JN214535
アダムの献身
イヴの恍惚

アダムの献身 イヴの恍惚

篠崎一夜
ILLUSTRATION：香坂 透

アダムの献身 イヴの恍惚

LYNX ROMANCE

CONTENTS

アダムの献身
イヴの恍惚

息が、苦しい。

胸をさするぬくもりに、塔野未尋はちいさく喘いだ。労るように動いた指が、同じ執拗さできゅっと乳首をつまんでくる。

くらくらするほど、気持ちがいい。

でもこんなこと、望んではいないのだ。首を振ろうともがいた痩躯を、背後から逞しい腕が揺すり上げた。

「っあァ、待…」

叱る動きで腰を使われ、張り詰めた陰茎が深い場所を小突き上げる。こんな場所、本当は繋がるための穴じゃない。そう思うのに、奥を叩かれるたび火花のような快感が脳髄で弾けた。怖くてのたうつ体へと、正面に陣取る男が屈んでくる。

最初に触れたのは、鼻先だ。あやすみたいに互いの鼻を擦りつけられ、喉が鳴った。助けて。声にしようとした唇へと、ぬぐ、と深く舌を含まされる。

「んんぅ、あ」

敏感になりすぎた粘膜をざりりとこすられ、陰茎を呑んだ尻の穴がうねった。

「ああ…」

体の内側からも外側からも、自分とは違う雄の匂いがした。塔野を挟み、揺さぶる男たちの匂いだ。

そうだ。この体を自由にするのは、一人ではない。横から伸びたもう一本の腕が、塔野の性器をやさしく握る。

「ぁや、も、う…、無理…」

絞り出した懇願に、男たちが笑った。

「大丈夫だって。すげえ、大事にするし」

「安心しなさい。君を壊すような真似はしない」

口々に宥められても、ふるえが止まるわけがない。それが期待によるものだなんて、思いたくもなかった。

「俺もやさしくしてやってもいいぜ。お前がちゃんとお願いできるならな」

耳穴へと吹き込まれた囁きに、心臓までが甘く痺れる。

「塔野君。君はイヴだ」

放課後の博物学準備室に、教師の声が落ちる。磨き上げられた寄せ木細工の床に立ち、塔野は声もなく瞬いた。

神は、自らの姿に似せて人を創った。

創世記には、そんな一節がある。

アダムと名づけられた男は、神を最も忠実に模した存在だった。そのアダムの肋骨から創り出されたイヴもまた同じだ。生めよ増えよ、地に満ちよ。神の祝福を受け、彼ら一対は子供をもうけ、この地上に普く増えた。だがそうして栄えた存在は、長い長い時間を経て始まりとは異なる姿へと変化してしまった。

今この世に生きる人間たちが、正しくそれだ。彼らは神と同じく真っ直ぐに背を伸ばし、二本の足で大地を踏んだ。しかし創り出された瞬間に与えられた輝きは、すでに失ってしまったのだ。

それでも極めて少数ではあるが、今も世界には神の姿を正しく写し取った者たちが存在した。

アダム。

創世記に準え、彼らはそう呼ばれた。無論、呼び名は他にもある。

徴を持つ者。祝福を授かりし者。牙を持つ者、などと呼ばれることもあった。

だがどんな名前で呼ばれても、彼らには凡庸な人間たちとは一線を画する特徴があった。ずば抜けた身体能力と、明晰な頭脳。神々しいまでの資質に恵まれた彼らは容姿にも優れ、神に似せて創られたとされる言葉をそのままに体現していた。

「冗談はやめて下さい、先生。僕はセトです」

笑うこともできず、否定する。

圧倒的な輝きを放つアダムとは違い、この世界の大多数を構成するのは凡庸な人間だ。多くの場合、彼らはセトと呼ばれた。創世記においてアダムがイヴとの間にもうけた、息子の名前だ。

一説には、セトはアダムたちの二千倍以上この世界に存在すると言われている。言い換えれば、セト二千人に対し、アダムは一人程度の割合でしか生まれないということだ。同級生どころか、校内をくまなく見回してもそれらしき人物を一人見つけるのも難しい数字だろう。

尤も現在の研究によれば、セトとアダムとを別つのはごくわずかな遺伝子の差だとされていた。アダムはセトが突然変異した結果ではなく、むしろアダムこそがセトを含めた人類の始祖であり、現代に生きるアダムたちはその血を特に濃く受け継ぐ、あるいは先祖返りに近い者なのではと考えられていた。

だがそんなことは、塔野には無関係だ。

だって自分は、セトなのだ。

生まれてから今日まで、それは塔野にとって動かしがたい事実だった。

一般より、いくらか裕福な家庭に生まれたことは自覚している。名門であり、難関中の難関とされるこの全寮制の学園にも入学を許された。更に言えばその学内で、特別な推薦がなければ立候補すらできない生徒会にも所属している。

身体的にも健康で、身長は同じ高校二年生の平均をいくらか超えているだろうか。ほっそりとした体つきは、男性的な厳めしさとは縁遠い。母親譲りの容貌も同様で、瞼の薄いやさしげな顔立ちは男ばかりの校内ではよく目立った。入学当初は、上級生たちから冷やかしの視線を投げられることもあったほどだ。生徒会の一員として一目置かれる立場となった今でさえ、切れ長の双眸に宿る涼しさや、真っ直ぐに伸びるうなじを盗み見てくる生徒は少なくなかった。

だがそうだとしても、その全てはセトの枠を外れるものではない。そう、自分は極めてありふれたセトのはずだった。

「見ての通り、僕は男です。イヴであるはずがありません」

「イヴは通常女性であることが多い。だが男性の形で生まれる者もごく稀(まれ)に存在する。君のように」

イヴとは常に、アダムと一対で語られる存在だ。

アダムの男女比が大きく男性に偏(かたよ)るのに対し、イヴは圧倒的に女性であることが多い。むしろイヴと言えば女性だと、そう考える者が大多数だ。彼女たちは総じてうつくしい容姿と声を持ち、いつの時代も芸術家たちに特別な霊感(インスピレーション)を与えてきた。

アダムと同様に、イヴもまたその数は少ない。だが両者が辿(たど)る運命は、あまりにも違いすぎた。あらゆる分野で活躍を約束されたアダムに対し、イヴが選べる人生はわずかしかない。それどころか、地域によってはいまだ自由とは無縁のイヴこそが多かった。

その稀少(きしょう)さとうつくしさから、イヴは常に宝石や美術品そのもののように珍重されてきた。珍重、だ。イヴであると知れた瞬間に男たちが列をなし、嫁ぎ先が決められる。攫(さら)われ、売られ、闇(やみ)へと消えてゆくイヴも後を絶たないと聞く。平等という立て前が語られる現代においてさえ、イヴはあくまでもアダムの肋骨なのだ。

「君も知っての通り、イヴは大変稀少な存在だ。不幸なことに、過去には売買の対象にされたり、誘拐されたりする事例が多く見られた。そうした悲劇を繰り返さないよう、今は国もイヴの保護には力を入れている」

形のよい教師の唇が告げるのは、空虚な決まり文句でしかない。イヴに関し、保護などという言葉を鵜呑みにできるほど、塔野は楽観的にはなれなかった。世界はいつだって、アダムのためにこそ回っているのだ。

「幸い、この学園はそのための特別な研究指定校になっている。今回の定期検診によって塔野君がイヴであること、それも移行期の兆候が見られるイヴであることが分かった以上、我々が全力で君をサポートさせてもらうから安心してほしい」

椅子を軋ませた教師が、男らしい唇の端に笑みを載せる。

教師が言う通り、この学園が国の特別な研究指定校であることは塔野も知っていた。目の前にいる軍司志狼自身もまた、その一環として配属された人間だ。政府の担当者ではなく、彼はその協力関係にある研究機関の一員らしい。本来の勤務先は著名な研究所で、そこで働く現役の研究員が自分たちのために教鞭を執るのかと、赴任当時全校生徒の前で挨拶をする志狼を前にひどく驚いたものだ。

そんな志狼がアダムであることは、疑いようのないことだった。

革張りの椅子に預けられた体躯は、研究員などという肩書きが疑わしく思えるほどがっしりとして逞しい。年齢は、二十代後半だろうか。ゆったりと無駄のない挙動には、それ以上の落ち着きが感じられた。だが引き締まった体つきは、確かに二十代のそれだろう。

あの日、赴任の挨拶を聞くため講堂に集まった生徒たちからは、声にならないどよめきがもれた。それは羨望を抱く隙もないほど長い足や、厚い胸板にだけ向けられたものではない。彫りが深く野性的な志狼の顔立ちは、男だらけの講堂からでさえ黄色い悲鳴がもれるほどのものだった。ここが男女共学の学園だったなら、どんなことになっていたのか。

　くっきりと描かれた志狼の眼窩には鋭さがあり、薄くうつむくだけで目元に深い影が落ちる。その目元を覆う縁のない眼鏡は、男をより知的に見せるだけでなく、禁欲的な色香さえ加えていた。色香だ。薄い硝子を隔ててさえ隠し果せない凄味のようなものが、目の前の男にはある。堂々と壇上に立った志狼は、人々が理想とするアダムそのものだった。

「僕へのサポートは必要ありません。改めて検査を受けて…」

「検査の結果は正確なものだ。君が戸惑う気持ちも分かるが、すでにプログラムはスタートしている。他の参加者にも、今日ここに集まってもらっているんだ」

　志狼の言葉に応えるよう、博物学準備室の扉を打つ音が届く。応を待たず開かれた扉に、塔野の唇から驚きの声がこぼれた。

「遊馬…」

「未尋ちゃん！」

　扉の向こうで、光を煮詰めたような濃褐色の双眸がぱっと輝く。

　大きく両手を広げた軍司遊馬が、駆け寄ると同時にぎゅっと塔野を抱き締めた。

　今は塔野と同じ制服を身に着けた遊馬は、幼馴染みであり生徒会の後輩だ。切れ長の双眸は輝きが強く、気がつけばつい視線が追いかけてしまう。彫りが深いが厳つすぎない遊馬の容貌は、誰もが認める好ましいものだ。人懐っこく笑う遊馬を見ると、誰もが楽観的な気分にさせられた。

　遊馬と出会ったのは、もう十年近く前のことだ。夏休みに参加したキャンプで知り合い、不思議なほどに懐かれた。自宅が近いと分かってからは、小学校への通学も中学校への登校も一緒だった。塔野の学年が遊馬よりも一つ上だったから、卒業式のたびに泣かれるのはお約束だ。

自分よりちいさかったはずの遊馬が、今では見上げるほどに大きくなるなんて。悔しくないと言えば嘘になるが、遊馬に身長を追い抜かれたのはもう何年も前の話だ。ぎゅうぎゅうと塔野を圧迫してくる、この胸板だってそうだ。塔野のそれより、遊馬の体つきは一回り以上も厚い。光の加減では琥珀色に見える双眸を輝かせ、遊馬が塔野の額へと鼻面を押しつけた。

「どうして、遊馬…。お前もここに呼ばれたのか？」

戸惑いのまま尋ねた塔野に、幼馴染みが大きく頷く。

「そうす。未尋さんと一緒で超嬉しい！」

随分砕けてはいるが、遊馬が塔野に対して敬語を使い始めたのはこの春からのことだ。規律が厳しい生徒会に所属するにあたり、下級生である遊馬には敬語の使用が求められた。そうは言っても、体に染みついた癖は簡単には抜け落ちない。満点には遠く及ばない遊馬の物言いに最初は眉をひそめていた上級生たちも、気がつけばその屈託のなさに押し切られてしまっていた。

「僕も嬉しいけど、でもなんで…」

見知った顔に会えたことは、純粋に喜びだ。ほっとはするが、だが何故ここに遊馬が。そう思った時、どん、と重い振動が幼馴染みの体越しに伝わった。

「邪魔だぜ。退け」

低い声に、ひやりとする。呻く代わりに、遊馬が自分を蹴り退けた男を振り返った。

「なにするんすか鷹臣サン」

尖った声音に、甘ったれた可愛らしさなど微塵もない。あるいはそんなもの、最初から塔野の思い出のなかにしかないものなのか。ぎら、と光を弾いた遊馬の眼光は、獰猛な男のそれだ。体ごと向き直ろうとした幼馴染みを、塔野は両手で引き止めた。

「やめろ遊馬。校内での暴力行為なんて、絶対に駄目だ」

万が一にも、誰かが怪我をするようなことがあってはいけない。生真面目に咎めた塔野を見下ろし、扉をくぐった男がはっ、と笑った。

「聞いたか？　風紀委員様の命令だぜ」

「君もだ軍司。いきなり蹴るなんて危ないだろう」

眦を吊り上げ注意を与えた男は、遊馬よりも更に拳一つ背が高い。

黒々とした影を床へと落とした軍司鷹臣が、高い位置から二人を見下ろしていた。

なんでこんな男までが、ここにいるのか。天敵とも言える同級生の姿に、塔野が薄い唇を引き結ぶ。

恐ろしく、精悍な顔立ちをした男だ。凛々しい眉の流れと引き結ばれた唇の形は、うっかり見惚れてしまいそうなほど男らしい。だが飛び抜けて端整ではあっても、それは見る者を和ませる顔貌とは言いがたかった。むしろ対峙する者に緊張を強い、萎縮させるものだ。

鷹臣の前に立てば、誰だって体が竦む。

圧倒的な風貌のみならず、鷹臣という男は穏当な人物とは言えなかった。入学早々上級生をぶちのめしただとかそれ以前にも大の大人を病院送りにしただとか、焦臭い話は数限りなく耳に届いた。世間と隔絶された山奥のこの寮に、鷹臣を追って半裸の女性が押しかけたなどという話まである。どれも派手な尾鰭がついた結果だと思いたいが、鷹臣を前にすると所詮は噂だと笑うことはできなかった。塔野自身、校内で煙草を咥えた鷹臣を目にしたことは何度でもある。

生徒会の一員として、絶対に看過できない。

未成年の喫煙など、体にいいわけがないのだ。鷹臣自身のためにもやめるべきだと思うのだが、彼に注意する者など生徒会のなかにすらいなかった。触らぬ神に祟りなし。入学当初は生意気な奴だと憤っていた上級生たちも、最初の夏休みが始まる頃にはすでに鷹臣に関わることを避けていた。

賢い選択だ。分かってはいるが、校則に頓着しない鷹臣を目の当たりにすれば黙ってなどいられない。

煙草なんて体に悪い。授業をさぼるな。ネクタイを締めろ。

莫迦正直に注意を重ねる塔野を、鷹臣もうるさい奴だと思っているのだろう。顔を合わせるたび、どん、とわざとらしく体をぶつけて絡まれたりもした。今では鷹臣を見つけるだけで身構える塔野が面白いのか、二人が廊下で擦れ違えば居合わせた生徒たちが振り返る始末だ。

「鷹臣、塔野君の言う通りだ。仮にも我々は親類同士なんだ。喧嘩するんじゃない」

志狼が注意した通り、信じがたいことだが遊馬と鷹臣とは親類関係にあるらしい。俺、鷹臣さんたちと親類なんすよ。そう遊馬から聞かされた時には、耳を疑った。更には志狼と鷹臣とは実の兄弟なのだという。確かにこうして並べば、彼らは造形の上ではよく似ていた。

「それでは参加者も全員揃ったことだし、プログラムの詳細について説明させてもらおう」

すでに鷹臣と遊馬には確認ずみではあるが、と前置きをし、志狼が塔野を見た。

「これから塔野君には、ここにいる全員と性交渉をしてもらう」

「……え？」

教壇に立つ際と同様に、志狼の声音には淀みがない。だが告げられた内容を呑み込めず、塔野は白い眉間に皺を刻んだ。

性交渉。

響きそのものは、はっきりと耳に届いた。理解することこそを拒んだ塔野を、動揺のない眼が捉えた。

「鷹臣と遊馬は学内、いや全国レベルでも特に優秀なアダムだ。塔野君には特別プログラムの一環として今からここにいるアダムと性交渉をし、最終的には誰か一人をパートナーに選んでほしい」

志狼自身がそうであるように、鷹臣と遊馬がアダムであることは間違いのないことだ。

名門と呼ばれるこの学園には、良家の子弟が多く在籍している。

両親それぞれがアダムの因子を持つ場合、極めて稀にではあるがセトの親からアダムの子供が誕生することがあった。生まれてくる我が子がアダムであればと、そう夢見るセトの親は珍しくない。しかし実際は、アダムはアダムの親からこそ多く誕生した。

優秀な人材が集まれば、そこにアダムが含まれる可能性は当然高くなる。加えて、社会的に成功を収めた者たちの子供となれば尚更だ。塔野が知るだけでも、学園内にはアダムであることを公言する生徒が幾人かいた。

大抵の場合、彼らは祝福を意味する指輪をはめている。勿論そんなプライベートな問題を軽々に口にしたがらない者も多いから、実際はもっと多くのアダムがいるのだろう。つき合いの長い遊馬の口からも、自身がアダムであると告げられたことはない。だがちいさな頃から、なんとなく分かってはいた。

鷹臣も同じだ。気が向かなければ授業中でもふらりと姿を消すくせに、彼が学内でも屈指の成績優秀者であることは周知の事実だった。だからこそ教員たちも、鷹臣の素行に口を出そうとはしない。加えて、この容姿と体格だ。アダムでない方が不思議だろう。

しかしこの瞬間、重要なのはそんなことではなかった。

セックスをしろと、言われたのだ。

同性である生徒二人とセックスをしろ、と。

「待って下さい。それのどこがサポートなんですか」

イヴを保護すると、志狼は言ったはずだ。だがこんなこと、例えばイヴの自立を支援するだとか、そうした助力からは最も遠いのではないか。パートナーという名の庇護者を選べと、そういうことだ。

しかもそのパートナーと、セックスしろと迫るなんて。

ぞっと鳩尾が冷えて、考えるより先に踵を返す。磨き上げられた扉へと飛びつこうとした塔野を、長い腕が阻んだ。

「覚悟を決めたらどうだ。もう決まったことなんだからよ」

迷いなく告げる同級生の唇を見た時、二重の意味で悟る。

この部屋で動転しているのは、自分だけだ。セックスしろと、そんな非常識な言葉を投げられたのに、鷹臣も遊馬も驚いてはいない。志狼の言葉通り、彼らは予め知らされていたのだろう。知っていて、この部屋に入って来たのだ。

「君のご両親からも承諾はいただいている。急な話だから驚いてはおられたが、君のためになることならと了承して下さった」

自らの言葉を裏づけるよう、志狼が手にした書類を示す。目を凝らせば、両親の署名と捺印が目に入ったかもしれないが、それを見たいとは思えなかった。

「そんな、僕の意思は…！」

「お前も聞いたことがあるだろ。ここには特別な授業があるって」

大儀そうにポケットへと右手を収め、鷹臣が顎をしゃくる。

確かに、聞いたことがある。だがあんなもの、ただの噂だ。そう言いたいのに、喉の奥で声が潰れた。

「噂の通りだ。お前はイヴで、俺たちはお前とセックスするために選ばれたアダムだ。いずれお前は、女のイヴと同じようにガキを孕める体になるんだとよ。そこを使ってガキを作るとこまでがこのプログラムの目的らしいが、取り敢えず今日のところはこの場でセックスしねえとお前も俺たちも帰れねえってことだ」

改めて、鈍器で殴りつけられたのかと思った。

あり得ないと思うと同時に、本当だったのか、とも思う。

この学園に入学してすぐ、その噂は耳に入った。思うように外出も許されない、閉鎖的な全寮制の学校だ。真偽不詳の噂話は様々にある。なかでも、それは否応なく生徒たちの話題を浚った。

この学校って、セックスの実技授業があるんだろ。

先輩から聞いたんだ、という同級生の言葉に、生徒たちが驚きの声を上げた。その話なら、僕も聞いたことがありますよ。イヴと家庭を築くための子作り実習だって話ですけど。眼鏡をかけた級長がそう頷けば、教室中の関心は一息に高まった。

でもよぉ、だったらそれって、絶対アダム専用の実習じゃん。

同級生の一人が、唇を尖らせたのも無理はない。

現代においてはアダムもセトも対等であり、自らが何者であるかを公にする義務はなかった。だがそれはあくまでも立て前で、結局のところ社会が望むのは優秀なアダムだ。そんな神の寵愛を一身に受ける彼らにも、凡夫たるセトに遠く及ばない点がある。

低い、繁殖力。

神にも等しいアダムは、セトに比べ子供を持てる確率が驚くほど低いのだ。アダムがセトの女性との間に子供をもうけることは、不可能ではない。しかしその場合、アダムの特性を引き継いだ子供が生まれる確率は極めて低かった。

アダムの子供を辛うじて妊娠でき、アダムを産むことができる者。それが、イヴだ。

そのためイヴを得るということは、アダムの命題のように語られている。全く、下らないことだ。下らないが、イヴとの子作り実習と聞かされれば、その相手がアダムであろうことは誰にだって察しがついた。

美人な若いイヴの教師が、相手をしてくれるのかな。いや、イヴの生徒がいた場合に限られるらしいぜ。

侃々諤々と飛び交う噂話の最後は、やはり盛大な溜め息で終わった。

なんだそれ。共学校ならともかく、この男子校でどうやったらそんな状況になるんだよ。いや、でも何年か前には本当にあったらしいんだ。

熱心にそう主張する生徒もいたが、しかし全ては都市伝説の域を出ない妄言として落ち着いた。あの時、自分は呆れたように同級生たちを眺めていただろうか。そんな莫迦な、と眉をひそめたかもしれない。まさかこんな形でその渦中に放り込まれるなど、想像だにしていなかった。

「俺もまさか、口うるせえ優等生様がイヴだったとは思わなかったがな」

顔色をなくす塔野が、そんなに面白いのか。真上から痩軀を見下ろす男が、にや、と男っぽい口元を歪めた。

「しかもお前は最高に幸運なイヴだぜ。俺みてえな優秀なアダムのものになれるんだからな」

がっしりとした鷹臣の腕が、腰に回る。ぐ、と引き寄せるその強さに、背筋がふるえた。

「莫迦言うな！　未尋さんがあんたみたいな奴選ぶわけないだろ」

塔野の腰を撫でた鷹臣の腕を、日に焼けた手が打ち払う。声を上げた幼馴染みに、胸の奥で息が解けた。

「遊馬…」

「大丈夫だよ未尋さん。俺が絶対未尋さんを守る」

力強く断言され、ほっと膝から力が抜けそうになる。

そうだ。こんな事態は絶対におかしい。自分を庇うように立ちはだかった遊馬に、不覚にも鼻腔の奥が鈍く痛んだ。ありがとう、と伝えようとした塔野の手を、幼馴染みがきつく握る。真摯な双眸が、真っ直ぐに塔野を見た。

「だから勿論、未尋さんは俺を選んでくれるでしょう」

「…選、ぶ…？」

なにを、言っているんだ。安堵にゆるんだはずの息が、胸で凍る。ぐら、と後退ろうとした塔野に、志狼が頷いた。

「パートナーとなるアダムを選ぶ権利は、イヴである君にある。このプログラムを通じてイヴは一人のアダムを選び、パートナーが確定した後、プログラムの主目的は二人のサポートに移行する」

これは、マッチングなのだ。

撲たれたように、理解する。

繁殖を目的として、動物園で稀少動物が引き合わされるあれだ。むしろ誰とも番わないという選択肢があるだけ、動物の方がましなのではないか。だって、セックスしろと迫られているのだ。突然イヴだと告知され、弟のように可愛がってきた幼馴染みと、あるいは犬猿の仲の同級生と。

しかも、それだけには止まらない。そのアダムの子供を産め、と。選んだ男の子供を産めと、そう言われているのだ。

ぐら、と揺れた塔野の体を、あたたかな腕が引き寄せる。

「初めて会った時から、俺、ずっと未尋さんが好きだった」

燃えるような双眸が、間近から塔野を映した。待ってくれ、遊馬。咎めようとして、自分を見る幼馴染みの眼の色にぞっとする。

塔野が知る遊馬の瞳は、きらきらと光る琥珀色だ。白目との境界線がぐるりと暗く、その内側に飴色にも、黄金色にも見える虹彩が輝いている。自分よりいくら頑丈な体つきに育っても、屈託のない遊馬は純粋に可愛い生き物だった。彼はもう、ちいさな弟分じゃない。頭では分かっていても、塔野にとって遊馬はいつだって守るべき幼馴染みだったのだ。

だが今自分の腕を摑むのは、よく知った彼とは違う。火傷しそうな色に双眸をぎらつかせる、見も知らない男だった。

「手を離してくれ…」

「俺、あんたのパートナー候補に選ばれたって聞いて、マジ嬉しかった」

絞り出した声を呆気なく無視し、遊馬が一度だけ瞬きの合間に視線を伏せる。その口元は、わずかに笑っていただろうか。照れたようなその色にこそ、ぞくりとした。

「だってそうだろ。未尋さんがイヴじゃなくても、俺、いつか絶対ぇあんたとつき合いたいって思ってたんだ。未尋さんがイヴだったのも俺が候補者に選ばれたのも、全部運命だ」

迷いなく断言した遊馬が、鷹臣を振り返る。

「分かったら、先生も鷹臣サンも帰ってくんね。あんたらどうせイヴなら誰だっていいんだろ？　俺はこの人じゃなきゃ駄目なんだ。だから未尋さんは俺がもらう」

はっきりと牙を剝いた遊馬に、応えたのは志狼だ。手元の書類を繰った教師が、動揺のない声で遊馬を窘めた。

「すでに説明は受けていると思うが、万が一やむを得ない事情でアダムがプログラムから外れる場合は、次席の候補者がその役割を埋めることになる。現実問題として辞退は認められていないが、もし塔野君が遊馬を選ぶ前に鷹臣がプログラムを降りた場合、代わりの候補者が補塡されるだけだ」

「だってよ」

「だってよじゃねーだろ！　未尋さんは俺のもんだ！」

平然と頷いた鷹臣に、遊馬が眦を吊り上げる。堪らず、塔野は摑まれた体を暴れさせた。

「いい加減にしろ！　僕は誰のものでもないし、誰も選ばない！」

頭の上を飛び交う男たちの言葉には、塔野の都合は爪の先ほども含まれてはいない。高く響いた怒声に、ようやくその存在を思い出したのか。ぴたりと罵倒を途切れさせた男たちが、一斉に塔野を見た。

「聞いたか。残念だったな」

鷹臣に鼻で笑われ、遊馬が歯噛みする。喚こうとする遊馬を取り合わず、鷹臣が志狼へと顎をしゃくった。

「まあいい。安心しろ、志狼。俺も降りる気はねえ」

請け合った鷹臣が、自らの上着に手をかける。なにをするのかと身構える塔野の目の前で、男が迷いもせず制服の上着を脱いだ。

「こいつがイヴだって聞いて、俄然このプログラムに興味が湧いたんでな」

「君…っ」

にた、と笑った口元に、血の気が引いた。

　これは、嫌がらせだ。

　塔野にとって、鷹臣は天敵にも等しい相手だ。だからといって、こんな形での意趣返しなどひどすぎる。こんなもの、最も卑劣な暴力でしかない。

「さっさと始めようぜ。選べねえってそいつが言うんだ」

「選べないんじゃない。選ばないんだ！」

　尚も声を張り上げた塔野に、教師が短い息を吐いて立ち上がる。

「すまないな、塔野君。君の気持ちが落ち着くのを待てればいいんだが、君の現状を思うとそれも難しい。遊馬、こっちへ」

「待っ…」

　椅子に座っていてさえ、志狼は長身であることが分かる男だ。立ち上がれば、その威圧感がいや増す。白っぽい午後の日差しを背後に受け、大柄な志狼の影が準備室に伸びた。

「保健室を使うことも考えたが、あまり長いこと占領するわけにもいかないからな。簡易で申し訳ないが、今日はここを使用することとする」

　表情も変えず告げられる言葉の、半分だって頭に入ってこない。だが志狼の腕が木製の衝立を退けた時、悲鳴がもれた。

「っ…！」

　寝台だ。

　彫刻が施された年代物の衝立の向こうに、大きな寝台が据えられている。こんな場所で目にするには、あまりに不似合いなものだ。このプログラムのために、運び入れられたのだろうか。寮にあるものより幅広に思えるそれには、真新しい寝具が延べられていた。

「放せ！　遊馬…」

「君を傷つけるような真似はしたくない。最初は難しいと思うが、できる限り力を抜いていてくれ」

教師の声を頭上に聞きながら、踏み止まろうにも寝台へと押しやられる。寝台の反対側へと回った鷹臣が、塔野の肩を摑みあおむけに押さえ込んだ。強い、力だ。全力で身を捻っても、四本の腕を跳ね退けることができない。

「やめて下さい！　本当に、こんな…！」

「未尋さんのためでもあるんす」

膝を押さえつけた遊馬が、真顔で唸る。

そんなわけがあるか。力の限り蹴り上げた右の踵が、遊馬の肩にぶち当たる。さすがに低く呻いたが、幼馴染みは奥歯を嚙んで塔野の足首をきつく摑んだ。

「確かにお前のためだって言うには、語弊があるな」

膝で寝台へと乗り上げた鷹臣が、塔野のベルトを解きにかかる。

「やめ…っ」

「女王蜂と同じで、イヴには女王効果があるって知ってるだろ」

両手足をばたつかせる塔野は、混乱に呑まれまともに声すら上げられない。すぐに息が切れ、異様な現実に耳鳴りがした。それでも尚暴れようとする塔野の頭の横に、鷹臣が逞しい膝をついてくる。

「蜂と違って、イヴの女王効果には自分以外の雌の生殖能力を抑制する力はないとされている。だが周りの雄は、程度の差こそあれアダムだろうとセトだろうと影響を受ける」

影響って、なんだ。確かにイヴの特性の一つとして、女王効果という言葉があることは知っている。だがそれは、どこまでも遠い世界の出来事の話であるはずだった。

「平たく言えば、お前の側に寄ると大抵の野郎はみんな興奮しちまうってことだな」

あいつみたいに、と続けた鷹臣が、塔野の靴を毟った遊馬へと視線を向ける。脱がされるまでもなく、すでに革靴は片方どこかに飛んでいた。ぎらりと光る視線を上げた遊馬が、鷹臣を睨めつけながら塔野の制服に手をかける。

「女王効果なんかなくても、この人に興奮しない雄なんていないだろ」

「確かに、イヴかどうかを別にしても塔野君は魅力的だ」

寝台の脇へと椅子を引き寄せた志狼が、顔色も変えず同意した。

「その魅力的な優等生様に、女王効果が加われば余計に厄介だって話だろ。特に性移行期のイヴの影響力は強くなる」

僕は、男だ。性移行期なんて、あるわけがない。身を捻る塔野の腰から、遊馬が下着ごと制服を引き下ろす。剝き出しの太腿がひんやりとした敷布にこすれ、その心許なさに悲鳴がもれた。

「や…、触る、なっ」

「触るのが重要だって話をしてるんだぜ？」

五指を大きく広げ、鷹臣が脇腹を撫でてくる。

ごつごつとした、男っぽい手だ。肌理（きめ）を味わうようなその動きに、どくりと大きく心臓が跳ねる。こんなふうに他人の手で撫でられた経験なんか、一度もない。未知のものに対する恐怖に、ひく、と痩躯がしなった。

「マーキングだ。同時に、子宮の形成を促進する効果もある」

「子…」

椅子から立ち上がった志狼が、静かな声で教える。

「女王効果の強さや、それを発する期間に関しては諸説ある。日頃から常に微弱な効果を発してはいるが、それも個体差が大きいというのが現実だろう。君のような、男性のイヴに関しては統計自体が少ない」

足元側から聞こえてくる教師の声は、教壇に立つ時と変わりがない。だが混乱に掻（か）き混ぜられた頭では、そんなもの理解しようがなかった。

「っあ…」

「塔野君、君は特別なイヴだ」

ゆっくりと足音を響かせた志狼が、棚の一つを開く。取り出された器具が、どさりと寝台に下ろされた。

「我々の体感からしても、君の女王効果の威力は相当なものだ。大変に魅力的で、おそらくこれからしばらくは安定せず、効果を発揮し続けるだろう。こんな状態の君が一人歩きをしようものなら、瞬く間にそこらの雄の餌食（えじき）にされてしまう」

今正に自分を餌食にしようとしている男たちが、なにを言うのか。叫ぼうとした声が、目に映ったそれに押し潰される。

「っ、それ…」

「縛るんすか？」

志狼が寝台へと置いた器具を、遊馬が手に取った。

革でできているのだろうか。明らかに拘束具と分かる、白いベルトだ。

「塔野君に怪我をさせないためだ。内側は十分にやわらかいから、肌を傷つける心配はない。だが絶対に、きつく締めすぎないように」

ひ、と声がもれると同時に、全力で足を振り上げたが無駄だった。四本の腕が手際よく伸び、腿と臑（すね）とを一纏（ひとまと）めに括（くく）られる。

「やめろ！　遊馬ッ！」

「いい趣味とは言えねえが、確かにこいつはお前のためだぜ。余計な怪我をしないですむ」

無駄なく動いた鷹臣の手が、ぎ、と革を軋ませて留め具を固定した。二人共、こんなものの使い方に精通しているとは思いたくない。だが優秀なアダムたちは、すぐに要領を把握したのだろう。左右の足それぞれを二人の手で深く屈曲させられ、まるで仕上がりを競うよう幅の広いベルトでがっちりと固定された。

「君の女王効果には、どんな雄も惑わされる。塔野君を欲しがる雄は後を絶たないだろうが、そうした輩（やから）を遠ざける手段の一つがマーキングだ」

鷹臣たちの手際を満足そうに確かめた志狼が、剝き出しになった塔野の膝頭を視線で撫でる。両腕は固定されていないとはいえ、両足の自由を奪われた体はあまりに無防備だ。下半身を裸に剝かれ、こんな拘束具で縛られてしまったのだと、その精神的な衝撃だけで背筋がふるえた。

「そんな、まさか…」

「犬と同じだ。上位の雄が自分の雌だって印をつければ、それより弱い奴は大抵の場合びびって近づけなくなる」

たっぷりと、こいつでな。

笑った鷹臣が、自らの股間を摑んで示す。

「な…」

見せつけるよう、摑んだ肉を鼻先で上下に揺すられた。制服の上からでも、そこに重たげな肉が収められているのがよく分かる。嫌だ。そう思うのに、膝立ちで腰を突き出す鷹臣から目を逸らせない。

「加えて、アダムを…雄を受け入れ性交することにより、ホルモンの分泌が促進される。移行期にはホルモンバランスが乱れがちだが、セックスによってより確実に妊娠可能な体への変化が促され、安全に性移行を終えることができる」

言葉にされた途端、下肢を固定する器具ががしゃ、と音を立てた。だが暴れようにも、足を嚙む器具はゆるまない。目を見開く塔野の下腹を、鷹臣の掌がそっと圧した。

「俺たちとセックスすることによって、お前は早く確実に、孕める体になるってことだ」

「ただ自然に任せるのではなく、性移行の期間をコントロールするというのは君の安全のためにも重要なことだ。怖がらなくていい。いずれ確実に訪れる変化を、一番安全な場所で迎えるためだ」

一番安全な場所とは、なんだ。声を出したいのに、喉も指先も言うことを聞いてはくれなかった。

「お前は幸運な奴だって言っただろ。同じぶち犯されるにしたって、そこらの屑を相手にせずにすむんだ」

平然と言い放った鷹臣が、動けずにいる塔野の痩軀を引き起こす。どっかりと腰を下ろした男の股座へ、座る形で抱えられた。

「マジで、夢みてえ」

真正面へと落ちた嘆息に、我に返る。

固定された足の間を、膝立ちになった幼馴染みが凝視していた。

「や…、見る、なっ…！」

両手で視線を遮ろうにも、背後に陣取る鷹臣に腕を摑まれる。

まじまじと遊馬が覗き込んでくるのは、同性の下半身だ。イヴであるか否かは別としても、この瞬間その事実に変わりはない。そんなものに、どうして息を荒げるのか。

ちいさな頃から、遊馬は女の子たちによくもてた。ことあるごとに告白され、彼女がいるという噂だって聞いたことがある。勿論、遊馬が同性愛者であってはいけない道理などない。だが今日この博物学準備室に足を踏み入れるまで、塔野は遊馬が異性愛者であることを疑っていなかった。鷹臣に対しても同じだ。男ばかりの寮生活では、同性愛に関する噂もちらほらと耳に入った。だが鷹臣はそうした話題から、最も遠い男に思えた。その鷹臣が、まさか嫌がらせのためとはいえこの体に触れようというのか。

信じられない。信じられないが、尻へと密着する男の陰茎は、確かに硬くその形を変えていた。

「ひ…」

「俺、今まで未尋ちゃんをネタに何回抜いたか覚えてねえけど、すげえ、ずっと想像してきた通りだ…」

陶然ともらした幼馴染みが、ベルトで固定された臑に触れてくる。鷹臣の手で膝頭を左右に引かれると、裸に剝かれた場所ががばりと大きく開かれた。

「あっ、手、放せ…っ」

「毛も色も、薄いまんまで本当きれいだ。未尋さんのここ…」

蕩けそうな声で、笑われる。見ないでくれ。焼けるような羞恥に暴れる塔野の股座を、なんの躊躇もない指がさりりと撫でた。

「ひァっ」

「かわいい声」

陰毛を掻き分け性器を手に包んだ遊馬が、ふるえる腿へと顔を寄せてくる。仰け反って逃げようにも、背後にある鷹臣に背を押しつけることしかできない。整髪剤と、煙草。そして肌の匂いだろうか。塔野を挟む男たちの匂いが、逃れようもなく鼻腔を満たした。

「イヴの男性は、中性的な身体的特徴を持つ者が多いとされている。移行期に入っている影響を別にしても、塔野君は肌の質も素晴らしいな」

自らの言葉を確かめるように、志狼の指がそろりと塔野の顎下を撫でる。たった、それだけの動きだ。それなのに、ぞくっと肩が竦んで声が出る。萎えていた性器までもがふるえたのか、耳の真後ろで鷹臣が舌打ちをもらした。

なにが起きたのか、すぐには理解できない。こんなにも強烈な性感を、味わった経験などないのだ。芯を持った自分のペニスにも、じんと爪先にまで響いた気持ちよさにも脳の理解が追いつかない。

「教師がンなエロい手つきで生徒を触っていいのかよ」

「資格の有無だけで言えば、私も塔野君のパートナー候補者の一人ではある。無論、教師としての職務を優先するつもりだが」

薄く笑った志狼の言葉に、ひく、と白い胸が引きつった。

この場にいるアダムと、性交してもらう。あの言葉には、志狼自身も含まれていたということか。怯えを露にした塔野の額へと、志狼がやさしく唇を押し当てる。

「理性が残ってるうちは、だろ」

呆れたように眉を上げた鷹臣が、右手を伸ばし塔野の性器を撫でた。

「うあ」

まだ去りきっていない性感に追い打ちをかけるよう、じんとした痺れが走る。

太い指で先端をつままれ、弾力を確かめるよう転がされた。無造作ではあるが、その動きは決して乱暴ではない。遊馬に持ち上げられたペニスの下、まだやわらかい陰嚢までをふにふにと指で挟まれた。

「や、あっ放…」

鷹臣の手が膝から離れても、遊馬の体が足の間にある以上膝を閉じることはできない。膝さえ寄せられれば、内腿を緊張させ下腹に溜まる気持ちのよさを散らすことができるかもしれない。だが二人の男の腕と体とが、それを許さなかった。

「あァ、あ…」

すっぽりと陰茎を包む遊馬の手が上下に動くと、爪先が引きつるほどの気持ちよさが込み上げる。自分の手で触る時とは、全然違う。陰茎の手触りを確認するようにつけ根から先端までを撫でられただけで、鼻にかかった声がこぼれそうになった。ペニスを扱く手の強さも、与えられる気持ちのよさも自分ではなにも加減できない。ぶつけられる刺激が苦しくて、唯一自由になる爪先がシーツを掻いた。

「気持ちいいの？　未尋さん」

ぴくぴくと肩をひくつかせる塔野に、遊馬が熱っぽい息を吐く。興奮、しているのだ。目元を上気させた幼馴染みが、性器を扱く動きに捻る刺激を加えてくる。

「っあ、や、動かす、な…っ」

「どうして？　先っぽ、ぱくぱくしてるのに」

ぺろりと唇を舐めた遊馬が、中指と親指とでむにゅりと包皮を引き下げた。敏感な粘膜が外気に触れ、つやっとした肉の色が目に映る。

「ひァ、あ…」

自分以外の人間が作る指の輪から、充血した先端が顔を出している。それだけに留まらず、がっしりとした鷹臣の手がもう一本、塔野の陰嚢を転がしているのだ。視覚からの刺激にも打ちのめされ、どっと背中を汗が流れた。

「男としての機能も、問題はないようだな」

二人の手で好き勝手にいじられる塔野の股間に、もう一本乾いた指が伸びる。あ、と声を上げた塔野の視線の先で、志狼がペニスから腺液を拭った。まるで、検体でも採取するような手つきだ。びくっと体ごと跳ねた性器から、わずかだが精液が混じった腺液が飛ぶ。

「っあァ、や…」

「この先、こいつを使う機会はねえだろうがな」

笑った鷹臣が、志狼の動きを追ってペニスの先端を丸く撫でた。

「うぁ…、触るな、そこ…」

「ちんぽより、こっちが好きか？」

悶えた塔野に背後から頬擦りをして、鷹臣が会陰を探る。ぐりっと撫でられたのは、その更に奥にある尻の穴だ。

「な…、ァ、や、指…っ」

ペニスへの刺激に沸騰していた頭が、ぐらりと揺れる。嘘だろう、そんな場所。青褪めた塔野を間近から見下ろし、鷹臣が男っぽい上唇をぺろりと舐めた。

「安心しろ。こっちにはまだ穴が開いてねえが、ケツならちゃんと使える」

こっち、と教えた指が、尻の穴から会陰を一撫でにする。胸に着くほど膝を大きく引き寄せられると視界が下がり、より一層男たちに尻を突き出す形になった。

「やぁ…っ」

「あー、ちんちんだけじゃなくって、こっちもまだ男のままなんすね」

放課後の日差しに晒け出された場所に、身を乗り出した遊馬の視線が突き刺さる。陰嚢の下にある、尻の穴へと続く薄い皮膚だ。鷹臣にいじられた会陰を、塔野の腺液でぬれる指がにゅるっと辿る。

「ひァ、あ、違う…！　そんなとこ…」

ぴんと張り詰めたそこは、普段意識さえしない場所だ。実際、なんの機能もありはしない。だが女性であれば、膣口が存在するのだろう。女性器の割れ目を探すように、鷹臣の指がねっとりと縦に動いた。

「楽しみだろ、優等生。俺の雌になれば、ココで俺のちんぽを咥えることができるんだぜ」

耳殻に唇を寄せた鷹臣が、低い声を吹き込んでくる。

産毛を逆立てるような声の響きにも、会陰を圧迫する指の強さにもぞくぞくと腹の奥が重く疼いた。直接刺激される会陰も気持ちいいが、それよりもっとずっと奥、臍の下までもが甘く痺れる。ああ、と細い声がもれ、顎の力がゆるんでしまう。違う。こんなこと、気持ちがいいはずがない。そう思うのに、酸欠で干涸らびていた口腔にとろりと唾液が溜まった。

「や、違…、ぁ…」

「違わねえよ。今は正真正銘の処女だがな」

笑った男が、とんと指の腹で会陰をノックしてくる。いずれここが開くのだと、嫌でもそうなるのだと、教えるための動きだ。

一実際どういう形で君の女性器が形成されるかは、今の時点では明言できない。いくつかのケースが考えられるが、骨格の変化を始め乳房の発達など、全身が女性へと変化する場合もあれば、軽度の影響に留まる場合もある」

乳房、骨格、女性器。耳から入る教師の声が、意識からこぼれ落ちてゆく。そんなもの、理解などしたくないのだ。

「新たな膣は形成されず、今あるアヌスが膣を兼ねるケースもある。だが全てに共通する変化は、子宮と卵巣の形成だ。外性器を含め、外見は男性とほぼ同じというケースでも、女性の生殖器官は問題なく形成されていた」

問題ないわけ、ないじゃないか。

この体は、文字通り塔野を塔野たらしめてきたものだ。生まれた時からこの形で、それが容易に増えたり減ったりするなど考えたこともない。体の肉を毟り取られていくような恐怖に、奥歯が鳴る。

「怖がらなくていい。君の体は我々を受け入れられるようにできているんだ」

穏やかに告げた志狼が、手に取ったボトルを傾けた。ぶちゅ、と音を立ててペニスにこぼれたローションを、二本の指が好き勝手に掬(すく)う。

「ひっ、ァ」

反射的に力を込め、拒もうとしたが叶わなかった。二人の男の人差し指が、先を争い尻の穴へもぐろうとする。

「っあ、や、遊…」

先につぷんと入り込んだのは、鷹臣の指だ。皺を寄せる穴の弾力に、遊馬はわずかに躊躇したのか。

だが太い指を呑んで拡(ひろ)がる穴の形を見せつけられれば、我慢などできるわけがない。ごく、と喉を鳴らした幼馴染みが、括約筋を引き伸ばすよう指を進めた。

「あ、駄目…っ、入れたら…」

訴えても、遊馬は顔さえ上げてくれない。鷹臣の指を押し退けるよう、厳つい指がくねりながら深くもぐった。

「うあ、ひ…」

「いきなり二人して入れる奴がいるか。…ああ、でも大丈夫だ。切れてはいないな」

さすがイヴだ。

鷹臣と遊馬、それぞれの指を呑んで拡がる穴に、志狼がローションを注ぎ足してくる。その冷たさに身動(みじろ)ぐと、穴のなかで二つの指がごつごつとこすれ合った。

拡げられる感覚に、声がふるえる。苦しい。だが怯えたほどの痛みはない。たっぷりと注がれた、ローションのせいなのか。狭い入り口を縦に、そして横へと引き伸ばされ、圧迫感に呻きがもれた。

「未尋ちゃんのなか、すげえ熱くって、ぴくぴくしてる」

荒い息を吐いた遊馬が、腸壁の弾力を味わうようににゅぶりと指を回してくる。最初は怖(お)ず怖(お)ずと前後していただけの指が、二度三度と掻き回すうちその動きを大胆にした。

「あ…、待、遊馬、や、そ…」

「ここか?」

応えたのは、鷹臣だ。背後から腕を使うには、人差し指では不自由だったらしい。ちゅぷんと一度指を引き抜いた男が、より太くて長い中指を押し込んでくる。意外にも器用な動きで腹部側をくすぐられ、びく、と白い尻が跳ねた。

「え…、あッあ？　ひ、っあ、あー…」

自分でも驚くくらい、ぬれた声がこぼれる。なんだ、これ。なに、が。がくがくと全身がふるえて、口を閉じていられない。瞬くこともできない塔野の反応に満足したのか、背後の男がやさしく耳殻を嚙った。

「これだろ？　前立腺。すげえ反応だな」

「男としての器官も、ちゃんと機能しているということだ。指が届くなら、少し奥にある精嚢も刺激してやるといい。指の腹で転がすよう、やさしくな」

頭上で交わされる会話も、頭に入らない。鷹臣の指がくにくにと動くたび、電流のような痺れが爪先に飛び散る。刺激の大きさに、これが快感だとすぐには脳が処理できない。それなのに勃起したままの性器からは、たらたらと透明な腺液が切りもなくこぼれた。

「そんなに気持ちいいんだ、未尋ちゃん」

喉に絡んだ呻きを吐いて、遊馬もまた鷹臣が捉えた場所を搔いてくる。やめてくれ、そんなに強く。声を出すこともできず、塔野は必死になって爪先をばたつかせた。

「体の負担を軽減するため、イヴは性交時にドーパミンが出やすくなると考えられている。塔野君の体も、通常よりチャンネルが広いのは事実だろう」

志狼の言葉に軽く頷き、鷹臣が指で捉えた器官を前後に転がす。それだけでも堪らないのに、刺激が脳に伝わりきる前に遊馬が同じ場所をぐりぐりと左右に揉んでくるのだ。全く違う動きをする指が、同じ場所を虐めようとぶつかり合う。気持ちよくて、苦しくて唯一自由になる腕が鷹臣の腿をぎゅっと摑んだ。ほとんど力の入らないそれは、ただぶるぶるとふるえることしかできない。気がつけば二本に増えた遊馬の指が、ぬれきった肛門を横に拡げた。

「もう我慢できねー。ここ、入れさせて、未尋ちゃん」

切迫した声が、請う。

生徒会に入って以来、一応の体裁を整えてきた敬語など見る影もない。赤く上気した幼馴染みの顔が、切なく歪む。その熱っぽく潤んだ眼の奥にあるのは、見たこともない雄の欲望だ。

「っぁ、遊…」

「確かに、そろそろ大丈夫だろう。塔野君も随分受け入れる準備が出来上がってきたようだ」

涎が、垂れてしまってるな。

ふふ、と笑った志狼が、ぬれきった塔野の顎を両手で拭う。子供にするよう世話を焼くくせに、その指は興奮を隠そうともしない。拭いきれなかった唾液をねろりと舌で舐め取られ、あれだけ違和感しか感じなかったはずの腹の奥がずくんと疼いた。

「んあ、ぁ…」

自分の体の変化に、ついていけない。なにが、起きているのか。ぬぽ、と音を立てて指が抜けても、気持ちのよさは消えてくれない。それどころか益々息が切れて、背骨が溶けてなくなりそうだ。喘ぐ体を寝台へと落とされ、背後にいたはずの鷹臣が向かい合う位置から自分を見下ろした。

「おい！　テメなにやってんだよ」

下着ごと制服を蹴り脱いだ遊馬が、塔野に伸しかかろうとする男を摑む。

「童貞はすっこんでろ」

「未尋ちゃんとヤるために取っといたんだよ！　童貞だろうが俺が未尋ちゃんとヤるべきだ！」

なにを、言い争っているのか。ぐちゃぐちゃに蕩けた脳味噌には、そんなものもただの雑音だ。

「黙りな。お前と揉めればあいつが塔野をかっ攫ってくだけだぜ」

暑さに耐えかねたとでも言うように、鷹臣もまたシャツの釦を毟る。肩口で拭うのももどかしそうに、ぶる、と振られた頭から汗の粒が胸元にまで飛んだ。

「さっき確認しただろう、遊馬。塔野君の安全のためにも、未経験者のお前に処女の相手は任せられない。責任者である私の言うことが聞けないのなら、お前を候補者から外すしかなくなる」

志狼の脅しに、遊馬がぎりぎりと奥歯を嚙む。固く拳を握り締めた遊馬を見遣り、鷹臣がにやつきもせずベルトを外した。

「そういうことだ」

「鷹臣。細心の注意を払ってやれよ」

志狼の注意に舌打ちで応え、鷹臣が自らの下腹を探る。取り出された陰茎の形に、涙で曇る視界が揺れた。

嘘だろう。そう思っても、動けない。こんなもの、初めて見た。そもそも勃起した他人のペニスを突きつけられるなど、初めての経験だ。遊馬の視線もまた、忌々しそうにそれを見るのが分かる。

「あ…」

平らな腹の下で、重たげな陰茎が臍に着くほど反り返っていた。太いだけでなく、十分に長い。くっきりと血管が浮き立つその形は、塔野が知る陰茎とはまるで違った。怖くて、目を逸らすこともできない。それなのに、足の裏がじりじりと痺れてもぞつく。鳥肌を立てる塔野の腿裏を、大きな手がやさしくさすった。

「俺のものになる覚悟はできたか？」

そんなもの、絶対に無理だ。

叫んだつもりだが、いやいやと子供みたいに首が振れたにすぎない。太い指が陰茎を押し下げて、ローションでひたひたにされた穴へと当ててくる。入るわけがないと思うのに、にゅぶ、と腰を突き出されれば薄い腹がへこんだ。

「…や、あぁ見…、あ」

「未尋ちゃん」

熱でぱんぱんになった脳味噌と体を、日常を象徴する幼馴染みの声が撫でる。見ないでくれ。声に出して訴えたはずなのに、胸や腋をさする遊馬の眼が押し開かれる穴を凝視していた。

「うあ、あ…」

拘束され、あおむけに転がされた体では足をばたつかせることすら難しい。それなのに大きな手で膝を押されると、尻が恥ずかしいほど上を向いてしまう。限界まで開かされた足の間に、屈強な鷹臣の体があった。脈動する赤黒い陰茎が尻の穴を拡げて沈むのが、遊馬だけでなく塔野の目にも否応なく飛び込んでくる。

「ひぁっ、あ…、うぅ」

ずるずると重いものを押し込まれる圧迫感に、何度だって呻きがもれた。逃すまいと腰を摑んで揺すられるたび、ぬぶ、と反り返った肉が穴を進む。突きつけられる光景のいやらしさに、渇ききったはずの喉が鳴った。

「あァ…やっ、も、無…」

ずん、と、体重をかけて伸しかかられる。具合を確かめるようぐりぐりと腰を揺すられ、繋がっているのだと嫌でも教えられた。

「すげえな…。これがイヴのなかってやつか」

ぬれた息遣いが、呻きと共に顔を舐める。苦しむように掠(かす)れているが、それは鳥肌が立つほど気持ちよさそうだ。はあ、と口を半開きにした鷹臣の鼻先から、汗が玉を作って滴(したた)る。

何人もの上級生を殴り伏せてすら、鷹臣は息を乱さなかったと囁かれる男だ。その鷹臣がこんなふうに汗を浮かべ、顔を上気させる姿など塔野はこれまで見たことがない。いつもは冷淡に凪(な)いだ双眸が、今は緑色を濃くしてぎらぎらと輝いていた。

欲情、しているのだ。

剣呑(けんのん)さすら感じさせるそれは、焦点を欠きつつ据わっている。これが、女王効果の影響なのか。剝き出しの興奮を示す呼気の熱さに、ペニスを呑み込んだ穴がきゅうっと締まった。

「…っ、てめ、きつすぎだ」

ぐ、と腹筋に力を入れて耐えた鷹臣が、眉間の皺を深くする。そんな顔、するな。歪められた容貌の男臭さに、ぞくぞくと鳩尾が痺れた。

「塔野君の女王効果を前に、若造にしてはよく耐えていると言ってやりたいが、イヴとの性交渉にはただでさえ強い快感がある。我を忘れて、乱暴にはするなよ」

志狼の声が聞こえた気がするが、そんなものすでに意味をなさない。舌打ちで応えた鷹臣が奥歯を軋ませ、ぬぽ、と浅く陰茎を引き出した。ペニスの表面積全てを使って穴の締めつけを楽しむよう、今度は角度を変えて入り込む。

「ひぁっ、ああ」

二度三度と繰り返されるたびに、陰茎がそれまでよりも深くもぐった。ひっきりなしに泣き声を上げる体を、終いには押し潰す勢いで掻き回される。

苦しくて悶えたはずなのに、突き上げられ、揺すられ、捏ね回される体がぐにゃりと蕩けた。気持ちよくて、膨れ上がったなにかが弾けてしまう。込み上げるふるえに息を詰めた時、鋭い痺れが塔野の胸を刺した。

「んんあっ」

頭の脇へと膝をついた遊馬が、淡い色をした乳首へと触れてくる。半端に残るシャツを掻き分けた指が、つんと尖ったそれを引っ張った。

「もういいだろ鷹臣さん、さっさと代われよ」

「ひァ」

不意打ちのような性感が、びりびりと下腹を舐める。触られているのは乳首なのに、どうしてそんな場所が気持ちいいのか。無防備でいた分乳首への刺激にもがけば、注意を引き戻すよう腰を回された。

ひぅ、と声がもれてしまうそこは、先程指で刺激されていた器官だ。前立腺、と言葉にされた場所を、みっちりと太い肉で圧迫される。ごりごりと雁首(かりくび)の段差で捏ねられると、性器のつけ根から腹の奥までが焼けるように疼いた。気持ちがよくて、それが苦しくて爪先が何度も丸まる。

「未尋ちゃん…」

熱い息を吐いた遊馬が、塔野の指に指を絡めて自らの股間へと押しつけた。挿入そっくりの動きで腰を突き出され、ごつごつとした熱い肉が掌にこすれる。勃起しきった、遊馬の陰茎だ。

「あっ、あ、駄…」

頭を振ろうとする塔野に、鷹臣が深く覆い被(かぶ)さる。喘いだ唇に、熱い息を吐く口が重なった。

「んん、あ…」

ただでさえ足りない酸素を奪われ、苦しくて口が開いてしまう。見逃すことなく伸びた舌が、ぬぶ、と怖くなるくらい深くもぐった。

「ふ、ぁん、ふ、ぅう…」

こすり合わされる舌はもう、痛むほど敏感になりすぎている。ずくずくと疼くそれを吸われると、どっと唾液があふれた。くすぐられるたびに、喉の奥まで掻き毟りたいほど甘く痺れる。舌どころか、口腔そのものが溶けてしまいそうだ。んんぁ、と呻いた塔野の唇の奥で、鷹臣もまた低く唸った。

「軍…」

動きを止めた男の体が、重く伸しかかる。

射精、されているのだ。

腹に広がる熱さが信じられず、悶える。だが撲たれるような絶望感すら、今は遠い。愕然とする体の上で、鷹臣がぶるっと体をふるわせた。一度は動きを止めたはずの腰が、再びぐいと擦りつけられる。もっと奥、一番深い場所に精子を注ぎたいと強請る動きだ。

「大丈夫か、塔野君」

額の上に志狼の声が落ちるのに、響き自体は遠くで聞こえる。ほんの数秒、意識が途切れていたのかもしれない。あ、と睫を揺らした塔野の尻の奥で、萎えきらない陰茎が動いた。

「…っう、あ…」

それでも満足するまで、吐き出したのだろうか。名残惜しそうに前後した鷹臣の亀頭が、ぬぽ、と粘つく音を立てて抜け出る。終わった、のか。まだ現実が呑み込めない目で、瞬く。茫然と弛緩し、幼児のように上下した瞼へ、志狼の唇が落ちた。

「よく頑張った。初回から、あんなにいやらしくイけるとは予想外だったがな」

低められたその声の意味も、頭を素通りする。ぽっかりと体の一部が欠落してしまったように、指先一つ動かせない。くふ、と泣き声のように鼻が鳴って、志狼の体温へと鼻先を擦りつけそうになった。

どうしようもなく涙がこぼれ、瞼を下ろそうとした塔野の下肢を強い力が掴んでくる。

「かわいそうに、未尋ちゃん…」

え、と瞬いた時には、遅かった。拘束されたままの両膝を、幼馴染みの手に割り開かれる。

「鷹臣さんのせいで、すげえ色になっちまってる。未尋ちゃんのココ」

たった今まで同級生が陣取っていた場所に、遊馬が膝で這い寄った。荒い呼吸に揺れる体には、伸しかかる幼馴染みを押し返す力などとてもない。だが身動ぎ一つできなくても、遊馬の眼がなにを凝視しているかは嫌でも分かった。

「あ…、見る、な…」

逃れようのない羞恥に、鷹臣を呑み込んでいた尻穴がきゅっとうねる。張り出した雁首で掻き回されていた穴は、艶々とした内側の色まで晒してしまってはいないか。垂れてくる精液を指で拭われ、ぴくぴくと肛門がひくついた。

「っあぁ…」

「安心して？　俺がすぐ、掻き出してやっから」

呼吸を整えることもできないまま、ぬぶ、と膨れきった陰茎に尻穴を割られる。シーツを摑もうともがいた塔野の手は、気がつけばどろつく体液でぬれていた。先程鷹臣と間を開けず射精したはずなのに、幼馴染みのペニスはすでに血流を行き渡らせ反り返っている。

「あァ、待っ、遊馬、待…」

視覚からの刺激にも、興奮したのか。がつん、と最初から重い衝撃を伴い突き上げられた。さっき弾けたものと同じ光が、目の前で飛び散る。

「ひあっ、ぐ…」

待ってくれ。いきなり、強すぎる。声を上げて悶えた体を、斟酌なく揺すられた。

こすられ充血した塔野の尻の穴は、鷹臣の陰茎の形にゆるんでしまっているはずだ。それでもそこに収めるのに、遊馬のペニスは楽だとは言いがたかった。興奮しきり、丸く張り詰めた亀頭に前立腺を押し潰され、電流のような快感が下腹を撲つ。

「あ、遊馬、あぁ、深…」

「っ、あ、すげえ…っ」

獲物を逃すまいと体重をかけて伸しかかり、遊馬が上擦った声をもらす。

閉じていられない唇が、はぁっ、はっ、と熱い息を吐き散らした。初めて、見る顔だ。走り回って上気した顔も、苦痛に耐えて奥歯を嚙む顔もいくらだって見たことがある。だがこんなふうに目元を染め、半眼になって刺激に没頭する姿なんて見たことがない。

きつく嚙み締められた顎の力強さに、ぞくりとする。腹の奥が切なく疼き、ぎゅうっと爪先が丸まった。

「信じられねーくらい、イイ…っ、未尋、ちゃん…っ」

縋るように名前を呼ぶのに、遊馬は腰の動きを止めてくれない。むしろ奥へ奥へともぐりたがるよう、踏み出した足裏がシーツを嚙む。前のめりの姿勢で足を踏み締められると、体の下でかわいそうなくらい寝台が軋んだ。

「ひァ、ぁあ、ぐ…」

「腸の構造に変わりはねえだろうからな。あんまり奥まで入れると痛がるぜ」

塔野の顔の脇へと腰を下ろした鷹臣の忠告も、耳に届いているとは思えない。薄い腰に指を食い込ませ、遊馬が掠れた声をもらした。

「…っく、ぁ、やべ…」

顎を上げた遊馬の咽頭で、男らしい喉仏が上下する。ぶるぶるとふるえた幼馴染みの陰茎が、うねる穴へと精液を注いだ。

「んあ、…あァ」

「未尋、ちゃん…」

充足の息を吐いた体が、突っ伏すように崩れてくる。発熱したように熱い肌を、したたるほどの汗がぬらしていた。ずっしりと重い体は、ちいさな幼馴染みのそれではない。だが誰よりも親しい、遊馬の重みだった。

「体重をかけるんじゃない、遊馬。向かい合う体位でセックスする場合は、体の屈曲が深すぎると塔野君の負担が増す。あまり腰を持ち上げるな」

志狼の注意を無視し、汗にぬれた腕が喘ぐ塔野を抱き寄せる。

「未尋ちゃん」

甘えた声に、繋がったままの体がびくんとふるえた。

セックス、してしまったのだ。

酸欠に喘ぐ、ぐずぐずに蕩けた脳味噌でも分かる。弟のように思っていた遊馬と、セックスしてしまった。改めて突きつけられた現実に、泣きたいようなふるえが込み上げる。罪悪感にぬれたはずのそれは、だが足裏を舐める甘い痺れと混じり合い、とろりと重く下腹を蕩けさせた。

「んん、ぅあ…」

しがみついてくる遊馬の体が、ちいさく揺れる。抜けかけていた陰茎が、ぷちゅ、と音を立てて穴を圧した。離れては、くれないのか。むしろ萎えかけた陰茎を、そこに擦りつけ育てる動きだ。あ、と声を上げた塔野を押し潰し、遊馬がゆすゆすと腰を揺する。

「好き。未尋ちゃん。ずっと、ずっと好きだった。絶対、俺だけのイヴにするから」

譫言（うわごと）のようにこぼした遊馬の双眸が、汗にぬれた前髪の向こうで光を弾いた。それは、無害な幼馴染みの眼ではない。うっとりと潤んだ眼光の強さに、精液でぬめる穴がきゅうっと締まった。

「そうは言っても、お前の早漏ちんぽじゃこいつを孕ませられると思えねえがな」

鼻で笑った鷹臣が、喘ぐ塔野の頭を引き寄せる。涙で貼（は）りつく前髪を払い、導かれた先は鷹臣の股座だ。軽く拭われただけの陰茎が、びた、とぬれた音を立てて鼻先を撲った。

「っあ…」

強（こわ）い陰毛までが、ざり、と顔にこすれる。あんな量を出したのに、もう勃起したのか。濃さを増した陰茎の匂いに、くらくらした。

嫌だと訴えようにも、遊馬に揺すられる体は息を継ぐことさえままならない。指で支えられた鷹臣の陰茎が、呻きをもらす唇へキスするみたいに押し当てられた。

「んあ、ぅぐ…」

「後でまたたっぷり種づけしてやるから、口の処女も俺にくれよ」

欲張りな奴だと呆れた志狼の声が、聞こえた気がする。ぐぽりと口腔に押し入られ、遊馬の陰茎を呑んだ穴が悶えた。遊馬の突き上げをはぐらかすよう、鷹臣の肉がずるずると舌を圧す。二本の陰茎に掻き混ぜられ、痩軀がしなった。


革靴の下で、大理石の床が冷たい音を立てる。

それは昨日まで聞いていたものと、なんら変わりがない。だが今は、まるで違うもののように耳に届いた。

ぐら、とふらつきそうになる体を支え、塔野は薄い背筋を伸ばした。校舎の廊下が、目の前に長く延びている。太い円柱で支えられた石造りの校舎は天井が高く、こんな気分で眺めるのでなければ溜め息がもれるほどにうつくしい。

悪い夢だと、思いたかった。

イヴだと宣告されたことも、この体が変化の途上にあるという話も、そしてよく知った男たちに犯されたことも、全て悪い夢だと思いたかった。だが、と塔野は長い睫を伏せた。だが朝が来ても、世界は変わらずそこにあった。

現実、なのだ。

固定されていた手足の痛みや、吸われ、嚙みつかれた痣(あざ)たちがこれが夢ではないと教えていた。それでも目覚め、変わり果てた世界を前に立ちつくしていられたのは数秒だけだ。青褪めた体を制服で隠すと、塔野は急き立てられるように登校の準備を始めた。

今日は、寮で自習をしてすごしてくれていい。

平たく言えば欠席して構わないと、志狼から連絡を受けたが耳を貸しはしなかった。

塔野が目覚めた部屋自体、それまで暮らしてきた寮のものとは違う。校内にはいくつかの寮があったが、生徒会に所属する塔野には校舎に近い建物への入寮が許されていた。しかしプログラムの開始と共に移った先は、そこよりも更に立地のよい東の寮だった。

以前は生徒会のなかでも、特に選ばれた者だけが入寮していたとの噂がある場所だ。こぢんまりとした建物にはステンドグラスがはまり、裏手にはちいさいがよく手入れされた庭までが設けられていた。今でも一階に生徒会の資料庫が残されているため、塔野も以前一度だけ訪れたことがある。

そんな寮に、塔野のため広い一人部屋が用意されていた。階は違うが、同じ建物には志狼を始め候補者であるアダムたちも暮らしているらしい。

努めてそのことは考えず、足早に寮を出た。もし今日登校できなければ、自分は二度と校舎の門をくぐる気にはなれないだろう。

叶うなら、ここを飛び出し自宅へと帰ってしまいたい。そう考えもしたが、鬱血にまみれた体を目の当たりにしたら怖くなった。昨日起きた出来事を、誰にも知られたくない。親にだって、話したくはなかった。志狼が言う通り、両親が今回の一件を了承していたのだとしたら、それこそどうにかなってしまいそうだ。

鉛を呑んだような痛みが、胃を苛む。

できる限り背筋を伸ばし、塔野は昨日までとなんら変わりがないという顔を作って大理石の廊下を踏んだ。

軋む関節を叱咤(しった)して中央階段を下りれば、丸天井から注ぐ明かりが足元を彩る。天気のよい日は多少遠回りでも、移動教室の際には中庭を囲む回廊を通るのが好きだった。だが今日は、さすがにそんな気分にもならない。泣きすぎて痛む目に、階段に飾られたタペストリーが映る。絹糸で織られたそれは、荘厳な造りの校舎によく似合った。学内にはタペストリーだけでなく、大きな油彩画や柱を飾る彫刻、古びた武具などがあたかも博物館かのように並べられている。

目の前のタペストリーに描かれているのは、聖書の一幕だ。たわわに実をつける木の下で、長い髪の乙女が男性へと果実を差し出している。

誘惑に負けたイヴが、まだ罪を知らないアダムに知恵の果実を勧める場面だ。

罪を犯したのはイヴであり、アダムはその被害者だとでも言いたいのか。実際、そうなのだろう。しかしアダムは自らの意志で断ることもできたはずだ。そうはできない弱さを肯定するくせに、罪に誘ったイヴだけを責めるなんて。

いつもはまじまじと見上げもしないそんな絵が、今日はひどく気に障る。唇を引き結んで踊り場へと下りようとして、塔野はその動きを止めた。

「塔野！」

投げられた声に、はっとする。

それは廊下に居合わせた他の生徒たちも同じだ。昨日、塔野の身になにが起きたのか。そして、どんなプログラムが始まったのか。誰にも知られたくないと願う気持ちとは無関係に、全てはすでに学校中に知れ渡ってしまっていた。一歩校舎に足を踏み入れた瞬間、すぐに気がついた。自分を見た、級友たちのあの目。

清潔な風紀委員が、昨日アダムたちとなにをしていたのか。

好奇心に満ちた視線を注がれるたび、指先がふるえた。恥ずかしくて、逃げ出してしまいたい。そんな気持ちをねじ伏せ背筋を伸ばす塔野に、気安く声をかけてくる者は少ない。だが驚く周囲を掻き分けるよう、見慣れた痩軀が階段を駆け上がるのが見えた。

「雨宮（あめみや）…」

同室の友人の名が、唇からこぼれる。

痩（や）せて背が高い雨宮は、同じ制服を身に着けた生徒たちのなかでもよく目立った。はっきりとした顔立ちは、座っていれば文句のない美男子だ。だが一度口を開けば、それも霧散する。音楽特待生という珍しい肩書きを持つ雨宮は、その率直すぎる性格が災いして次々と同室者が音を上げていった問題児だ。結果、口うるさくはあるが面倒見（めんどうみ）のよい塔野の同部屋へと回された。当初周囲は戦々恐々としていたようだが、しかし二人は意外にも馬があった。独立独歩な雨宮は興味の幅が狭く、塔野に世話を焼かれることを嫌がらなかった。むしろ思う存分世話を焼かせてくれる雨宮は、塔野にとっても生活しやすい同室者と言えたほどだ。

「一体どうなってるんだ、塔野。特別プログラムが始まるからって、昨日いきなり学校の奴が君の荷物を持ち出して行ったぞ」

塔野の全身に視線を走らせるなり、挨拶もない。

雨宮らしいと思うと同時に、大丈夫だと応えたくてもそうできなかった。友人の口から出たプログラムという言葉に、全身が硬直する。真っ青になった塔野へと、もう一つの足音が追いついた。

「…っあ…」

「大橋(おおはし)先輩？」

唐突に足を止めた同行者を、雨宮が怪訝そうに振り返る。

雨宮と共に駆けつけてきた大橋は、同じ生徒会に所属する上級生だ。備品管理などを行う庶務の責任者で、塔野も世話になることが多い。やさしげな容貌が、今はそれと分かるほど動揺していた。

「…いや、ごめん、その…」

声を上げてしまったことを詫びる大橋は、本当は立っているのも辛(つら)いのだろう。塔野と目を合わせることもできない様子で、しどろもどろに舌を縺(もつ)れさせた。

「これって、あれか。マーキング」

はっきりと言葉にして、雨宮が形のよい眉間を歪ませる。

遠巻きに塔野たちを見ている生徒たちも、きっと同じことを考えていたはずだ。大橋は頷くこともできないまま、蛇に睨(にら)まれた蛙(かえる)のように脂汗を滲(にじ)ませている。

マーキング。そう呼ばれる行為が、昨日どんな手段で行われたのか。思い出したくもない記憶に、胃が捩(よじ)れるように痛んだ。

「…匂いがするわけじゃ、ないようだが」

くん、と鼻を鳴らした雨宮が、首を捻る。あんたはどうなんだ、と意見を求められ、大橋が歯切れ悪く言葉を選んだ。

「…そう、だね。こんなはっきりしたの初めてって言うか、どうしたらこんなふうになるのか、分からないけど…、なんて言うか、気配って言うか」

「僕は、あまり感じないな。性欲なんてもの、ないからかもしれないけど」

真顔で告げる雨宮は、別段冗談やからかいを口にしているつもりはないのだろう。本気で心配しているからこそ、状況を正しく読み取ろうとしていることは塔野にもよく分かった。

「ちょ、雨宮君。それじゃまるで僕にし、下心があるみたいじゃないか。多分、個体差なんだと思う。僕がセトだってのもあるだろうけど、でもアダムだってなんて言うか、結構、怖いと思う、かも」

怖い、というのは、素直な表現に違いない。ぶる、とふるえてしまいそうな屈辱の苦さに、塔野は薄い唇を引き結んだ。

「……色々ご迷惑をおかけして申し訳ありません」

ようやく絞り出すことができた声に、雨宮が形のよい眉を吊り上げる。

「なに言ってるんだ。僕が言いたいのは、君は大丈夫かってことだ」

「…うん、ありがとう。君は…？　僕の引っ越しの件でも迷惑をかけてしまって申し訳ないけど、雨宮は昨日、外部から先生が来る日だっただろ。ちゃんとレッスンに間に合うよう移動できたのか？」

「君がそういう奴だってのは知ってるけど、今は他人のことを心配してる場合じゃないだろう」

心配そうに眉根を寄せられれば、返す言葉がない。

「雨宮君が言う通り、無理はしちゃ駄目だ塔野君。この件では、生徒会からも伝言があるんだ。その、しばらくは色々大変だろうから、落ち着くまで生徒会の活動は休んだ方がいいんじゃないかって…」

大橋の声を遮るよう、ざわ、と周囲の空気が揺れる。はっとして仰ぎ見た階段の先に、しなやかな影が落ちた。途端、ばくんと心臓が音を立てて跳ねる。

「未尋ちゃん！」

名を呼ぶと同時に、勢いよく遊馬の足が床を蹴った。まさか、そんな高さから。驚く周囲に構わず、長軀がひらりと階段の手摺（てすり）に乗り上げる。そのまま勢いを殺すことなく、踊り場へと滑り降りた。

「っ…！」

だん、と目の前に降り立った幼馴染みに、身動き一つできない。恐ろしい勢いで滑り降りたというのに、遊馬は足元をふらつかせもしなかった。

だが今塔野を驚かせたのは、そんなものではない。

目の前に迫った琥珀色の双眸にこそ、氷塊を押し当てられたように心臓が軋んだ。

「未尋ちゃん、探したんだ。なんで一人で…！」

詰め寄ろうとした遊馬が、そこで初めて側に立つ大橋に眼を向ける。同じ生徒会に所属する二人は、当然面識があった。だが今遊馬の眼を過（よぎ）るのは、疑いの色だ。塔野の身辺に、どんな意図で近づく者なのか。それを確かめようとする幼馴染みの眼光に、気がつけば塔野は声を上げていた。

「…お、大橋先輩は、生徒会からの伝言を届けに来て下さったんだ」

声の代わりに血を吐いた方が、余程楽だったのではないか。

大橋のために絞り出した塔野の弁明に、冷たい光を孕んだ遊馬の双眸がぱっと解ける。

「なーんだ。焦っちゃったすよ先輩。もしかして先輩まで未尋さんのこと口説いてんじゃないかって」

歯を見せて笑うその顔は、いつもの幼馴染みのものだ。照れ隠しにか、ばしばしと背中を叩いてくる遊馬に、大橋もまた脂汗を滲ませながらもほっと表情をゆるませる。人懐っこい遊馬の笑顔を向けられれば、誰だってそうなってしまうのだ。

「あーむしろ未尋さんのこと心配して、声かけてくれてたって感じ？ あざす」

こんな砕けた言葉だって、生徒会内で許されているのは遊馬くらいだろう。にここと笑う遊馬が、でももう大丈夫、と塔野に腕を伸ばした。

「俺が来たから心配ないす。生徒会の用件も、俺通してくれたら大丈夫なんで」

まるで自分こそが、塔野の保護者だとでも言いたいのか。胸を張った遊馬に、雨宮が眦を吊り上げた。果敢にも抗議しようとしてくれた雨宮を、大橋が慌てて引き止める。

「確かに君がいれば安心だ。じゃあ、僕たちはこれで」

雨宮の腕を摑み逃げるように去る大橋を、呼び止めることはできない。あ、と声を上げようとした塔野を引き寄せ、遊馬がその首筋へと顔をうずめた。

「すげえ、未尋さんから俺の気配がする」

大橋に向けた快活さそのままに、うっとりとした声がうなじを舐める。衝撃と動揺に、肺の奥でなにかが弾けた。

「放…」

「俺以外の男の気配もすっから、それはマジ腹立つけど、でも、嬉しい」

心底嬉しそうなその笑みは、昨日までの愛すべき幼馴染みそのままだ。曇りなく朗らかで、一滴の毒も含まない。だからこそ、ぞくりとした。

「放せって言ってるだろう…！」

昨日の記憶が、否が応でも蘇る。

この幼馴染みに、なにをされたのか。消しがたい記憶に、膝がふるえる。だが上擦る声を上げた塔野にも、遊馬の力はゆるまない。むしろむずかる子供をあやすように、逞しい腕で抱き寄せられた。

「体調、どうすか？　昨日の未尋ちゃん、最高にエロくってきれいで、俺思い出しただけで勃起しちまいそうてか勃起しちまうけど、んなエロい体で一人歩きなんて絶対駄目すよ。先生も言ってたじゃねーの。マーキングしてても、万一ってこともあるって。危ないすよ未尋さん」

なにが危ないだ。僕を強姦しておいて、よくもそんなことがぬけぬけと言えるものだ。

手足が冷たくなる恐怖と同じだけ、怒りで頭がぐらぐらする。どうにか遊馬を押し返そうとする塔野に、幼馴染みが手にしていたファイルを差し出した。

「暴れないで。怪我しちまう。俺、こいつを渡しに来たんす。今朝、顔見られなかったから。特別授業のシラバスと時間割」

このプログラムに組み込まれているのは、性教育の実践授業だけではない。イヴの体の構造を知る保健授業から、移行期をサポートする健康診断、メンタルケアに至るまで、示された表には様々な項目が並んでいた。

「っ……！　いらないッ。こんなもの……！」

朝から押し殺し続けてきた混乱が、堰を切ったようにあふれそうになる。意地悪で残酷な鷹臣に踏みにじられたことも、志狼に追い詰められたことも、塔野という人間の尊厳を叩き潰すには十分なものだ。だが昨日起きたのは、それだけではない。

小学生の頃から親しく育ち、弟のように思ってきた遊馬に犯されたのだ。

助けてくれと、心からの懇願を彼は一顧だにしなかった。あの場で唯一、自分に救いの手を差し伸べてくれる者がいたとしたら、それは遊馬だったはずだ。アダムにだって拒否権はないのだと、そう言われても感情は追いつかない。裏切られたと、誰かに対してそんな絶望を抱いたのは初めてだ。

「未尋ちゃん、怒ってる？」

全身で拒絶を示す塔野を、遊馬が背を屈めて覗き込んでくる。ふっくらと形のよい唇を引き結んだ遊馬が、当たり前すよね、と低く呻いた。

この声の苦さを、自分は知っている。悄然と肩を落とす姿が、懐かしい日々の記憶に重なった。遊馬との思い出など、数えきれないほどあるのだ。

「怒ってる？」

記憶のなかの、ちいさな遊馬が問う。あれは、初めて出会った頃のことだ。自分を見上げてくるその眼の色に、驚いた。一般的な東洋人のそれより二色近く明るい瞳は、飴色を通り越したきれいな琥珀色だった。

「怒ってないよ。でもここは、おっきな犬がいるから危ないんだ。怪我はない？」

尋ねた塔野に、こく、とちいさな遊馬が首を縦に振った。

小学校の低学年だっただろうか。利発そうな眼が、わずかに潤んでいる。当然だろう。鎖が外れた大きな犬に、二人して飛びかかられたのだ。自分よりもでっかい犬に襲いかかられ、嚙まれてこそいないが塔野の顔は砂と犬の涎でべとべとだ。どうにか犬を追い払って安心すると、つきんと鼻腔の奥が痛くなる。泣いてしまうのが嫌で顔をこすると、遊馬のちいさな手が伸びた。

「ううん、大丈夫。助けてくれて、ありがとう」

「よかった。もう少しだけ、がんばって。お母さんたちの所へ、もどろうね」

助けたなんて、大袈裟だ。自分より年下の遊馬が嚙まれないよう頑張りはしたが、大人がそうするように簡単に追い払えたわけではない。遊馬を庇い覆い被さっていた分、塔野の方が擦り傷だらけになったけれど、二人共大きな怪我がなかったのは幸いだった。

「明日もまた、遊んでくれる…?」

細い首を傾げた遊馬が、きらきら光る眼で塔野を見る。全幅の信頼を寄せるそれを、この手で守ってやらなければ。あの時の自分は、そう思ったはずだ。

思い続けて、きた。遊馬がするすると自分の背を追い越し、アダムであると気づいても、ずっとずっと塔野はそう思い続けてきた。

それなのに。

高校二年生の自分を抱く遊馬の腕に、ぎゅっと痛いくらいの力が籠もる。

「でも未尋ちゃんがどんだけ怒ってても、俺、謝らねーから」

掻き毟りたいほどに、眼底が冷たく痛んだ。

「お前…ッ」

決然ともらされたそれは、あのちいさかった幼馴染みの声には重ならない。力任せに遊馬の胸を撲とうとして、塔野は息を詰めた。

鼻先がぶつかりそうな距離に、琥珀色の双眸がある。

午前中の明かりを受けるそれは、日々見慣れてきたものであるはずだ。でもこれは本当に、よく知った幼馴染みのものだろうか。今自分を見るのは、図体は大きくなったけれど人懐っこい幼馴染みの眼ではない。知らない、男の眼だ。

そう、昨日自分を犯した、雄の眼だ。

息を呑み、棒立ちになったその隙が災いした。光る眼をした遊馬が、塔野の掌へと掌を重ね指を絡めて握り込んでくる。

「っあ…」

「あんな形で、鷹臣さんたちとあんたを犯すことになったのは、未尋さんの意志を無視した上、邪魔な野郎までいたわけだから、俺としても最低だったたって思ってる」

最低であることに、異論はない。だがその論点は正しくない。抗議しようとした塔野を、遊馬が壁と自分の長身とで挟み込む。

「自覚してるんだったら、手を放せ…！」

「嫌す。あんたとヤりたかったってのは、本当だから」

「遊馬…！」

「昨日も言ったけど、ずっと、ずっと好きだった」

額へと寄せられた声に、迷いはない。

生徒が行き来する、休み時間の階段だ。いくつかの目がこちらを見ているが、遊馬は気にも留めていない。むしろこのプログラムへの参加により、校内のどこでも自分の気持ちのまま振る舞うことが許された。そう喜びさえしているようだ。

「やっ…」

背けようとした顔を追いかけ、唇が重なってくる。

あたたかくて、ふ、ともれる息遣いが生々しい。唇の隙間をぺろ、と舐められ、二の腕に鳥肌が立った。

昨日、何度となく口づけられた唇だ。

技巧もなにもなく、ただぶつかるだけだった唇が、今は隙間を埋めるようやわらかに密着している。

「あ…」

昨日も、この舌は同じように動いただろうか。

思い出すな、と叫ぶ声とは裏腹に、なにかがぞわりと首筋を舐めた。昨日嗅いだ、博物学準備室の匂いだ。放課後の日差しに、わずかな埃っぽさが混じる。それを押し退けて肌に貼りつく、汗の匂い。

濁った、ただただいやらしい、溺れそうなあの匂い。

精液の、匂いだ。

ぐっと、冷たい手で胃を握り潰されたかと思った。

喉の奥で呻いた塔野を、宥めるような唇が何度も啄む。思いがけないその器用さに、びく、と肩がふるえた。そんな塔野に満足したのか、唇を浮かせた遊馬がにかっと笑う。

「昨日はごめん。興奮しっぱなしで、つい乱暴にしちゃって。…って、あ。謝っちゃった」

上気した目元を輝かせ、遊馬が恥ずかしそうに一度だけ視線を下げた。だけど、と続けられた声の響きに、ぞわりと背筋に痺れが走る。

「だけど、これからはもっとやさしくするから」

違う。そんなことを望んでるわけじゃない。首を振ろうとするのを無視して、唇の内側をねっとりと舐められた。糸切り歯に触れた舌の動きに、じわ、と上顎全体を痺れが包む。

「んぁ、あ…」

びりびりと喉奥にまで響いた甘さに、舌先がひくついた。

気持ちがいい。そう感じた自分自身に、愕然とする。

こんなのはおかしいと思うのに、否定できない気持ちのよさが口腔を痺れさせた。

「っ…、あ、やめ」

昨日は、ただ痛いくらい唇や舌を吸われただけだったはずだ。終いには、それさえも気持ちいいと感じていたかもしれない。だけどこんな、粘膜が疼くような性感とは違っていた。

上手く、なっているのか。あるいは塔野自身の感覚の変化なのか。どっちにしたって、喜べるはずはなかった。

「未尋さん…」

逃げようとする舌を追いかけ、ねろ、と吸われる。

「初めて会った時から、好きだった。…覚えてる？　あんた、俺に飴くれてさ」

吐息混じりに囁かれると、じんと重い痺れが口腔を満たした。ぞわぞわとするその感覚が脳髄を蝕んで、言葉の意味が上手く摑めない。

「…あ、め…？」

「自分だって腹減ってたのに、俺のために我慢して」

うっとりと笑った舌先が、それこそ飴玉を舐めるみたいに塔野の歯茎をくすぐった。ぞくりと、肩が竦んで舌がひくつく。

なにを、言ってるんだ。僕は、飴玉一つのためにこんな目に遭っているのか。遊馬と飴を食べた記憶など、何度だってある。そのどれが、こんな行為に結びついていると言うんだ。

「っ…、手、どけ…」

「俺のことを、選んで」

真摯な声が、請う。

「そうしたら、鷹臣さんには…、いや、志狼さんにだって、あんたには指一本触れさせない」

「あ…」

「俺以外、あんたに触れようとする奴は皆殺しにしてやるから」

それは、虚勢ではない。機会さえあれば、いやそんなものなくとも、この幼馴染みは自らの言葉を実行に移すだろう。彼は、自分の正しさを疑っていない。濁りなく瞬いているであろう琥珀色の眼を、塔野は見上げることができなかった。

「遊馬…」

やめてくれ、こんなこと。

声になる前に、熱い唇に呑み込まれる。痛いくらいに絡んだ指が壁伝いに滑って、ぐらぐらと膝が崩れた。

「殺してやる、か」

短い嘆息が、頭上に落ちる。踊り場に差す日差しが、翳ったのかと思った。

「遊馬、お前の熱意は理解するが、どれだけ頭に血が上ろうと候補者同士、物理的に傷つけ合うのは厳禁だ。万が一他の候補者に怪我を負わせるような事態になれば、候補者としての資格を失うことになる」

冷静な声に、びくん、と爪先が跳ねる。

いつの間に、自分たちは床へと崩れ落ちていたのか。尻から床にへたり込んだ塔野の視界に、大柄な男が影を落としていた。

「軍、司、先生…」

「おはよう、塔野君。体調に変わりはないか？」

微笑んだ志狼が膝を折り、塔野へと手を伸ばしてくる。子供にそうするよう顎を拭われ、唇どころか喉元までもが涎でぬれていることに気がついた。

「あ……」

羞恥に、かあっと体が熱くなる。

身を捻ろうとする塔野とは違い、志狼にはどんな狼狽もない。笑みを含んだ双眸が、塔野の口元をやさしく撫でた。

「アダムとイヴが仲睦まじくするのはいいことだ。だが優先すべきは遊馬自身の欲望ではない。塔野君の安全であることを忘れないように」

唇を辿った指の動きに、じゅわりと舌のつけ根から上顎までもが甘く痺れる。ひくついてしまった舌先の疼きすら、見透かされているんじゃないのか。細められた志狼の双眸に、靴のなかで爪先ががくように丸まった。恥ずかしくて、心臓の音がうるさくて、苦しい。目元どころか耳の先にまで血の色を上らせた塔野を腕に抱え、遊馬がぎ、と歯を剝いた。

「教師がそんなエロい手つきで生徒触っていいんすか」

「問題はないな。言っただろ。私もパートナー候補の一人ではある」

どこまで、本気なのか。口元の笑みを深くした志狼が、屈強な体軀を深く折った。たったそれだけの動きにも、ぎくりと体が竦んでしまう。穏やかな日差しを遮り、志狼の唇が塔野の耳元へと落ちた。

「どうかな、塔野君。私を選んでくれるか？」

唇そのものが、触れたとは思わない。息遣いごと振動を伴う低音を耳の穴へと注がれて、ぞくぞくっと痺れが走る。

体を内側から蕩かす、電流に等しい。射精、してしまうかと思った。そんな自分自身に、愕然とする。瞬くこともできなかった塔野に、遊馬が大きく身を乗り出した。

「好き勝手してんじゃねえぞ、このエロオヤジが！」

「おっと、これはすまない。塔野君の魅力には、我を忘れがちでいけないな。教師らしく、では遊馬、お前に課題をやろう。後で部屋までプリントを取りに来なさい」

当然のように命じられ、遊馬が眼を見開く。そんな表情までが愉快だったのか、志狼が悠然とその巨軀を起こした。

「職権濫用だろうが志狼サン」

「身内贔屓だと思われないよう、可愛いお前には特に厳しく接しないとな」

にっこりと笑った志狼が、塔野へと手を差し伸べる。立ちなさいと、そう言うのだろう。意図は分かっても、しばらくはその手をぼんやりと目に映すことしかできなかった。遊馬に掻き回され、志狼に拭われた唇がじんじんと熱い。遊馬に肩を撫でられた時、鐘の音が校舎に響いた。

三限目の始まりを告げる鐘だ。

はっと我に返ると同時に、塔野が立ち上がる。

「じ、授業が始まるんで、失礼します…！」

廊下を走ってはいけないと、自制しようにもどうにもならない。口づけの余韻が残る唇を拭い、塔野は階段を駆け下りた。

「起立。礼」

日直の号令に合わせ、一礼する。

鉛のように、体が重い。

まだ、半日だ。もう、半日なのか。

ようやく迎えた昼休みに、教室の空気がゆるむ。昨日までの自分なら、同じように級友たちと歓談し、昼食を取りに出かけただろう。だが今日は、食欲など少しもない。朝からほとんどなにも口にしていなかったが、空腹は感じなかった。

このまま教室に残るか、無理にでもなにか胃に入れに行くか。思案し鞄を開いた塔野の目が、黒いファイルに留まる。二限目の休み時間に、遊馬から押しつけられたあのファイルだ。

結局、塔野は三限目の授業に遅刻した。生徒会に所属する身としては、あり得ない失態だ。本来なら、当然厳しい注意を受けていただろう。だが教員は塔野をちらりと見ただけで、何故遅れたのか問い質しもしなかった。

唇を何度も拭いて、制服の乱れだって直した。それでも隠しがたい痕跡が、残っていたのか。いずれにしても、教員は慌てたように塔野から目を逸らし、早く席に着きなさいと言ったにすぎない。級友たちも同じだ。どうして授業に遅れたのか尋ねる代わりに、好奇心が入り交じった目で遠巻きに眺められた。

耐えられない。

押し潰されそうな気持ちで、黒いファイルを睨む。特別プログラムにおいて、どんな授業が予定されているか。そしてその授業が、通常のカリキュラムとどう置き換えられるのか。ちらりと目に映ったシラバスの内容に、塔野は唇を噛んで席を立った。

食事どころか午後の授業を予習する気分にもなれず、教室を後にする。

廊下に出て視線を上げれば、中央階段と同様に古いタペストリーが目に入った。階段を下りたその先には、剣を帯びた甲冑(かっちゅう)が立っている。古い武具が並ぶ廊下を駆けようとしていた生徒たちが、塔野を見つけて姿勢を正した。生徒会のなかでも特に生真面目な一人として、塔野の顔はそれなりに売れているのだ。だが今はそれ以上に、特別プログラムの参加者として知られてしまったのだろう。塔野を認め慌てて居住まいを正した生徒たちが、同時にさっと顔を赤くした。

「図書室は、無理か…」

どうしようもない恥ずかしさに、指先がふるえる。

なるべく、人の少ない場所を選びたい。その一心で、塔野は回廊に囲まれた中庭へと出た。奥まで進んで校舎を抜けると、嘘のように喧噪(けんそう)が遠のく。

思わずほっと力が失せるのを感じながら、校舎を離れて木陰を踏んだ。日に日に強くなる日差しを浴びながら辿り着いたのは、校舎の裏手にあるちいさな庭園だ。緑の芝が敷かれたそこは、園芸部によって英国風に整えられている。オレンジや檸檬(れもん)、桃や花梨といった果樹が植えられた庭を、薔薇(ばら)の生け垣がぐるりと囲っていた。気持ちのよい場所だが、校舎の裏手にあるせいか訪れる人は少ない。このうつくしさを思えば残念なことだが、今日の塔野にとっては好都合だった。

緑の匂いを深く吸い込んで、煉瓦で組まれたアーチをくぐる。石畳に沿って進むと、緑の葉を広げる果樹が見えた。

白っぽい幹をした、無花果の木だ。

階段に飾られていたタペストリーが、脳裏に蘇る。知恵の実を食べたアダムは、裸体でいることに羞恥を覚え木の葉でそれを隠した。その時に使われたのが、無花果らしい。ちいさく唸った塔野の耳に、吠えるような声が届く。

品のない、笑い声だ。ふざけ合う生徒の声と足音とが、麗らかな静寂を乱した。

「へえ、思ったより広いんじゃねえの、ここ」

アーチをくぐって現れたのは、数人の生徒だ。見覚えのある同級生が二人と、残る二人は上級生だろうか。そのうちの一人は、確かアダムであることを公言している男だ。右の指にはめた金の指輪を、これ見よがしに光らせている。

物珍しそうに庭園を見回した一人が、石畳を外れて芝を踏んだ。それに続いた上級生が、蹴球を真似て植えられた薊を蹴る。

「先輩。植物が痛みますからやめて下さい」

注意などせず、この場を去るのが正解だ。

分かっていても、声にせずにはいられなかった。庭園にある植物は、どれほど無造作に見えるものでも皆十分に計算された上で植えられている。全ては、園芸部員たちが丹精した結果なのだ。

「えー。うっそ。俺怒られちゃった」

同級生の一人が、大袈裟に目を見開く。アダムの連れである自分たちに注意をする者など、いるはずがないと思っていたのか。はは、と声を上げて笑った男が、わざとらしく薊を踏み潰した。

「駄目だろお前。ちゃんとごめんなさいって言えよ」

「あー。ごめんなさいお花踏んじゃって…って、うっお、すげえなコレ」

芝生を踏んで近づこうとした同級生が、数歩も進むことなく口元を覆う。

「マーキングってこんなに派手につけるもんなわけ？」

「この距離でも分かるぜ」

顔を歪めた上級生が、無遠慮に鼻を蠢かせた。

「やめろよ君たち、失礼だろ。すまない塔野君。男のイヴなんて貴重だから、みんなちょっと興奮してるんだよ」

にっこりと笑った上級生が、仲間を窘めた。金の指輪をはめた、長身の男だ。自信にあふれた物腰は、いかにもアダムらしいと言えなくもない。

「僕は三ツ池。君も知っているのかな？　僕は今回のプログラムの最終候補者の一人だったんだ」

プログラム、と口にされ、胃が捩れるような苦さが込み上げる。切り捨ててしまいたい記憶が、ふるえを伴って首筋を舐めた。

もしかしたらあんなことを、この男とも。瞬間胸を過った想像に、塔野はふらつきそうな足を踏み締めた。

「残念だよ。僕こそが最も相応しいアダムだって言うのに、候補から外されてしまって」

嘆息した三ツ池は、確かに所謂下位のアダムというわけではないらしい。ただでさえ特別視されるアダムを、上位や下位といった等級に当てはめて考えるのも愚かな話だ。だがアダムのなかでも特に図抜けた存在がいることを、今回の件で嫌というほど思い知らされたのも事実だった。

苦々しさに口元が歪みそうになるが、三ツ池が纏う空気もまた力のあるアダムのそれだ。他の生徒たちのように塔野に施されたマーキングに怯えることもなく、長い足がゆっくりと石畳を踏んだ。

「僕は君に同情してるんだよ。あんな出来レースで選ばれた奴らをあてがわれて。勿論あの三人の家柄は悪くないよ？ 事業にだって成功してるしね」

「遊馬んとこは、金融関連だっけ？」

「軍司は複合企業サマだもんな」

マーキングの気配を牽制するように、芝を踏む取り巻きたちが肩を竦める。

「軍司んとこ、本社は海外で大学出たらそっちに戻るって噂だろ。軍司センセーの研究所も実質そこの持ち物で、今回のプログラムには随分力入れてるって話だけど」

「金とコネにものを言わせた結果ってわけだ。加えて兄弟が揃ってアダムってのもかなりレアだからね。軍司たちがプログラムへの参加を勝ち取ったのは、所詮そのあたりの事情でしかない」

三ツ池が言う通り、二人以上の子供を持つアダムは、珍しくはあるが驚くほどのことではない。だが兄弟揃ってアダムというのは、一般的とは言いがたかった。

だがそうした特異性だけが、志狼たちを候補者にしたとは思えない。彼らは決して凡庸な男たちではないのだ。鷹臣たちの悪口を言うためだけに、三ツ池はここまで来たのだろうか。まさか偶然、プログラムからもれたというアダムとこんな場所で鉢合わせるとは思えない。三ツ池たちが自分を追い、ここまで来たことは明らかだった。

「誤解しないでくれ塔野君。僕の家があいつらに比べて見劣りするって意味じゃない。ただあいつらのやり方がフェアじゃないってことさ」

アダムの口から語られる公明正大さとは、どんな皮肉なのか。アダムがアダムであるという特権を手放さない限り、この世界に公平さなんてものはない。その上でも、自分の思い通りにならないことには全て裏があると言いたいのか。

「君みたいに特別なイヴには、それに相応しいアダムがオーナーになってあげるべきだ。僕にはいつでも君を受け入れる準備ができている。最終的に、君が一番優秀なアダムの子供を産みさえすればプログラムの目的は果たされるんだ。出来レースで選ばれた候補者なんか放っておけばいい」

「折角ですが、僕はイヴになる気はありません」

パートナーという美名で飾られようと、アダムとイヴの関係は対等とは言いがたい。三ツ池はそれをはっきりと、オーナーと呼んだ。そんなふうに扱われる存在に、誰がなりたがると思うのか。失礼します、と一礼し、庭園を出て行こうとした塔野に三ツ池が目を剝く。他のアダムにマーキングされているとはいえ、イヴという生き物が自分に逆らうなど思ってもみなかったのだろう。

「おい話は終わってないぞ」

「踏み荒らした植物に関しては、僕から管理に連絡しておきます。指導があると思いますが、責任を持ってご自分の手で植え直して下さい」

生徒会の一員らしくきっぱりと告げた塔野に、三ツ池もその取り巻きたちも声をなくす。振り返らず石畳を進もうとした塔野を、我に返った三ツ池が掴んだ。

「いい気になるな、イヴのくせに！」

叩きつけられた怒号に、びりびりと皮膚が痺れる。他者を平伏させることに慣れた、アダムの声だ。本能的に、息が詰まる。思わず竦んでしまいそうになった塔野を引き寄せ、大きな掌が下腹を探った。

「あっ」

驚いて三ツ池を突き放そうとしたが、ぎゅっと股間を握られる。

「ぅあ…っ」

「生意気なイヴには、この場で僕が種づけしてやろうか」

制服の上から会陰を探すようういじられ、ぞっと鳥肌が立った。呻いた塔野に、同級生たちが止めに入るどころかごくりと大きく喉を鳴らす。こんな所で、まさか。食い入るように肌を舐める視線に、目の前が暗くなる。気色悪さに膝がふるえ、塔野は痩せた腕を振り回した。

「っや、放、せ…！」

膝を折り、屈むことで距離を取ろうとした体を三ツ池が追う。服の上からの刺激に焦れたように、息を荒げた三ツ池が尻の割れ目をぐりぐりと撫でた。

「放せだって？　アダムを産む以外能がないイヴのくせに誰に向かって口を利いてるんだ」

「おう。教えてもらおうか。お前が誰なのか」

低い声が、庭園に落ちる。

ただそれだけで、物理的な重さを伴い体を揺さぶられたのかと思った。内臓にずしんと響いて、胃が裏返りそうになる。息を詰めたのは、塔野だけではない。弾かれたように、瘦軀を取り囲む男たちが視線を上げた。

「軍司…」

煉瓦で作られたアーチの下に、黒々とした影が落ちている。あれほど眩かった世界が、一息に押し潰されたような錯覚があった。少なくとも、塔野にはそう見えた。

凍りつく男たちの視線の先で、長く捨て寸を取った革靴が石畳を踏む。アーチが作る影を抜け出ても、鷹臣の体軀はやはり大きく重く、煮詰めた影そのもののように庭園に落ちた。

「お前は…」

嗄れた声が、三ツ池の唇からもれる。

この状況で、声を出せたことこそが驚きだ。さすがアダムと言うべきか。だがそこに、塔野を怒鳴りつけた威勢のよさは欠片もない。

当然だ。格が、違いすぎる。

三ツ池に一喝された瞬間は、体が竦んだ。しかしこうなってしまえば、そんなもの問題でなかったことが分かる。相手が誰であれ、これほどまでの威圧感をぶつけられた経験など一度もない。鷹臣は両手をポケットに突っ込み、そこに立っているにすぎない。それでも加減なく叩きつけられる気配に、男たちが呼吸さえままならない様子で喘いだ。

「あ…」

どっと脂汗を滴らせた同級生たちが、ふるえる足で後退ろうとする。足を縺れさせる取り巻きたちを一瞥し、三ツ池が眦を吊り上げた。

「…よかったじゃないか塔野君。お迎えが来て」

三ツ池の腕が、どん、と乱暴に塔野を突き飛ばす。捨て台詞を鷹臣に投げることすら、できなかったのか。足をふらつかせた塔野に視線も向けず、三ツ池が踵を返した。

「おい。待て」

低く響いた声に、転がるように後退った取り巻きたちから悲鳴がもれる。何故、引き止めるのか。同様に驚いた塔野を、鷹臣が顎で示した。

「お前ら、こいつが俺のイヴだってことは承知してるな？」

誰が、君のイヴだ。決定事項として語られた言葉に、反論の声を上げる者はいない。足を止めた三ツ池の後ろで、取り巻きたちが怯えた視線を見交わした。

「確かにマーキングが薄れ始めてはいるが、こいつが俺のイヴだって話は昨日の内に広まってたはずだ。その上でお前らは、こいつに触れた」

マーキングの効果を、確かめようというのか。すん、と鼻を鳴らした鷹臣が、長い足で石畳を踏む。まるで散歩でもするような足取りだが、引き締まった体軀にはなんの隙もない。気圧されたように後退った三ツ池を、鷹臣の双眸が捉えた。

正確には、三ツ池の右手をだ。

それは先程、塔野を突き飛ばし、股座を探った手だ。火でも押し当てられたように、三ツ池が目を見開く。

「あれは、あのイヴの方から…！」

「当然、代償を支払う覚悟はできてるんだろうな」

どんな弁明も、無意味だ。耳を貸す素振りさえ見せなかった鷹臣に、三ツ池が石畳を蹴る。鷹臣を躱(かわ)し、逃げ出そうとしたが無駄だった。

「ぎゃあっ」

がっしりとした鷹臣の足が、三ツ池の足を軽々と掬い上げる。勢いを殺せないまま、三ツ池の体が音を立てて芝生に転がった。駆け寄れる者など、一人もいない。皆一様に、石でも呑み込んだように棒立ちになっている。

「覚悟もなしに、俺のイヴに手を出したのか？」

呻く三ツ池を、暗緑色の眼光が見下ろした。静まり返った双眸からは、どんな感情も読み取ることができない。まるで、底の見えない暗い海だ。

「だ、だから、これは…」

「お前らみたいな莫迦に今後も湧いてこられると迷惑なんでな。人のものを欲しがったらどんな代償が必要になるか、身を以(もっ)て覚えておけ」

それは、あくまでも事務的な宣告だ。怒気を滾(たぎ)らせることもなく、鷹臣の腕が芝生に転がる三ツ池へと伸びる。

助け起こすつもりか。そう考えた自分を、塔野はすぐに呪(のろ)うことになった。

節の高い鷹臣の手が、三ツ池の肘を掴む。そのまま荷物でも引き上げるよう捻り上げられ、絶叫が迸った。

絶叫、だ。

ごきりと、関節が上げた悲鳴が塔野の耳にまで届く。茫然とそれを見守っていた取り巻きたちから、ひぃっと声がもれた。

「やめろ！　軍司ッ」

だがやはり誰一人、三ツ池を助けるため割って入る者はいない。そのなかでただ一つ響いた声に、鷹臣が軽く眼を見開いた。

「手を放せ…！」

鳴ってしまいそうな奥歯を、塔野が懸命に噛み締める。屈辱だ。だが特別なアダムとやらが発する怒気を、まともに浴びせかけられているのだ。少しでも気を抜けば、膝から崩れ落ちてしまう。そうは思ったが、叫ばずにはいられなかった。

「こいつはお前を侮辱したんだぜ。なんで庇う」

鷹臣の声に、驚きはない。だが自分を映す双眸に浮かぶのは、心底からの疑問だ。

「庇うつもりなんか、ない。だが君が彼を殴るのも筋違いだ」

「お前は俺のイヴだ。そのお前を侮辱するのは、俺を侮辱するのと同じだぜ」

怒りが、目の前で爆ぜる。

君って男は、いい加減にしてくれ。耐えきれず芝を踏んで、塔野はその胸ぐらへと両手を伸ばした。

「誰が君のイヴだ！　いいか、ちゃんと見てみろ。今この場に、君自身に喧嘩を売ろうとしてる奴がいるか？　いないだろう、特別なアダム様」

鷹臣に威嚇(いかく)されれば、誰だって恐怖する。この場にいる誰もが、男に反抗する気力など最初から打ち砕かれていた。戦意を挫(くじ)かれ、逃げるしかできない相手を引き止めたのは他でもない鷹臣だ。

「勝負なら、とっくについてる。その上で君が暴れるのは、喧嘩じゃない。一方的な暴力だ。特別な立場の君にはそれが許されるって言うんなら、僕を口実に使うのはやめてくれ」

こうなってしまえば、セトは無論アダムでさえ鷹臣に刃向かうことはできない。その上で行われる狼藉(ろうぜき)は、喧嘩とは呼べなかった。そんなもの、ただの一方的な暴力だ。

叫んだ塔野に、三ツ池たちこそが息を呑む。

「…お前は、俺に意見する気なのか？」

その、特別な俺に。

不思議そうに瞬いた双眸にあるのは、やはり平坦な疑問だけだ。激昂(げきこう)でも、嘲笑(ちょうしょう)でもない。ぶる、と込み上げそうなふるえに耐え、塔野は暗緑色の双眸を睨めつけた。

「侮辱されたのは、僕だ。それを晴らしたいなら、僕が自分で抗議する。彼らに対してだけじゃない、君に対してだって同じだ…！」

三ツ池を摑んでいた鷹臣の指から、力が失せる。どさりと芝生に落ちた三ツ池が、喘ぎながらも立ち上がった。振り返りもせず走り出した男に、取り巻きたちも弾かれたように従う。

「面白え」

呟いた鷹臣の興味は、すでに三ツ池たちにはない。塔野から視線を外すことなく、鷹臣が笑った。

「相変わらずだな、お前は」

伸ばされた腕よりも、自分を見た眼の輝きにはっとする。

笑う、色だ。口元に浮かぶ笑みより、はるかに明るい色が塔野を捉えた。

「…っ、わ」

驚きに反応が遅れた体を、無骨な腕が摑む。強い力で引き寄せられ、男らしい鼻面が鼻先に迫った。

「全く、毎回毎回この俺を虚仮にしやがって。おい、今すぐ俺を選べ。妻にしてやる」

「……は？」

不遜に命じられ、瞬く。

妻にしてやるとは、何事か。君、僕の話のなにを聞いていたんだ。

「婚約なんて間怠っこしい真似も必要ねえ。すぐに手続きしてやるぞ」

親切そうに顎をしゃくられ、声も出ない。半開きになった塔野の唇に、鷹臣の笑みが深く屈んだ口が唇へと触れようとした瞬間、塔野は両手でその顔を押し返していた。

「な、なにが妻だ。僕は誰とも結婚なんかしないって言ってるだろう！」

「この俺を夫にできるチャンスがあるんだぜ。それを無駄にする莫迦がどこにいる」

真顔で眉を吊り上げられ、目眩がする。

その自信が、どこから来るのか。いや、確かに鷹臣が突出した男であることは事実だろう。だが、男なのだ。自分は夫など必要としていないし、なによりいくら優秀だろうとこんな意地の悪い男はご免被る。

「こんな嫌がらせなんかやめて、今すぐ特別なアダム様と結婚したいって女性と結婚してくれ！　きっとたくさんいるんだろっ」

「確かに、俺みてえなアダムと結婚したい奴はたくさんいるだろうな」

毛を逆立てて抗議する塔野にも、鷹臣は照れるどころか顔色一つ変えはしない。頷いた男が、自分を押し返す掌にするりと高い鼻梁を擦りつけた。

「だが俺はこの通り愛情深い男なんでな。俺を夫にできる幸運なイヴは一人だけだ」

指の隙間から覗く双眸が、にやりと笑う。

その幸運な一人が、僕だとでも言いたいのか。あむりと指の腹を唇で挟まれ、慌てて手を引っ込める。だが大きな手に手首を摑まれ、左の薬指を口に含まれた。

「あ…っ」

甘く囓られ、じんと鳥肌が立つような痺れが走る。

同時に、鼻腔の奥が冷たく痛んだ。アーチの下に鷹臣を見つけた時、正直なところ、ほんの少しではあるがほっとしたのだ。塔野の後に続いた三ツ池たちに気づき、わざわざ様子を見に来てくれたのではないか。そうだったとしたら、礼を言わなくては。そんなことまで考えていた自分は、全く以て大莫迦だ。鷹臣が塔野を追ってここまで来てくれたとしても、それはきっと塔野自身のためではない。こんな傲慢なアダムを相手に、礼など言ってやらなくて本当によかった。自分自身を褒め讃え、摑まれた腕を振り払おうとする。

「生憎、僕はイヴじゃないんでね」

踵を返し、石畳を踏もうとした体を引き寄せられた。瘦せているとはいえ、塔野は小柄でもなければ非力でもないはずだ。それなのに逞しい腕に摑まれ、あっさりとその胸板に体がぶつかった。

「マーキングが薄くなってるな」

驚く塔野の首筋に顔を埋め、鼻を鳴らされる。正面に立たれると、広い肩幅と胸板とに視界を遮られた。恫喝されたわけでもないのに、圧迫感に息が詰まりそうになる。

「放…っ」

「莫迦共が集まってくるのも、こいつのせいか」

鼻のつけ根に皺を寄せた鷹臣が、舌打ちをもらした。そんな顔をしてさえ、鷹臣の容貌は男らしく非の打ち所がない。当然のように動いた手が、塔野の上着を剝ぎ取った。

「普通は俺たちみてえなのが、しかも近い血縁の男が二人がかりでマーキングすればもう少し保つって聞くんだがな」

「っ…、おい、軍司、なにを…」

上擦ってしまった自分の声にも、不安を搔き立てられる。それを肯定するように、鷹臣が笑う。

「マーキングだ。嬉しいだろう?」

嬉しいわけあるはずがない。昨日、この男になにをされたのか。忘れようのない記憶に、ぞっと全身から血の気が引いた。

「必要ない…っ！　放せ！　授業が…」

「こいつも大事な授業だぜ、優等生」

にやついた男の唇が、耳殻に押し当てられる。熱いと感じた途端、信じられないふるえが体の芯を脅かした。

恐怖や嫌悪感とは違う。いや、嫌悪感が混ざっていたと思いたい。だがそれよりも強く、粘ついた痺れが爪先を舐めた。

「あ…」

混乱に声を上げた塔野から、無骨な指がベルトをゆるめる。そのまま下肢を寛げられ、下着ごと制服をずり下げられた。

「っや、軍司…っ」

目の前が、暗くなる。

押し潰される塔野の世界とは裏腹に、ここは明るい日差しが注ぐ裏庭だ。三ツ池たちが戻って来るとは思えないが、それでもどこに人目があるか分からない。そんな場所で下半身を露出させられる動揺に、心臓が大きな音を立てた。

「大丈夫だな。切れたりはしてねえ」

辛じてシャツだけが残された体を、林檎の幹へと追い詰められる。幹に向かい合う形で両手を突かされ、無防備な背中に鷹臣の巨軀が迫った。

「あ、見る、な…っ」

暴れる体を押さえつけ、シャツの裾を捲られる。視線が突き刺さるのは、昨日散々いじられた尻の割れ目だ。まだ腫れぼったく充血しているように感じるその場所を、大きく屈んだ男の視線が検めた。

「昨日はあんなにいやらしい形に口開いてやがったのに、今は処女みてえな色してんだな」

言葉に出して教えた鷹臣が、自らの制服の隠しを探る。なにを、する気だ。摑まれた体を悶えさせた塔野の背後で、ぱしゃ、と無機質な音が上がった。

「っ君、それ…」

「授業の一環だって言っただろ優等生。経過はちゃんと記録しねえとな」

懸命に身を捻らせた塔野の視界に、携帯端末らしき機材が映る。そのレンズが、尻の割れ目を間近から捉えていた。

「や…っ」

カメラを構えていない鷹臣の左手が、尻臀の肉をぐっと摑んで割ってくる。やめてくれ。叫ぼうにも、こんな場所で声を出すのも怖い。視線に晒されることに慣れていない尻の穴が、ぴくぴくと窄まろうとする。その反応すら逃すまいと、シャッターを切る音が立て続けに上がった。

「っあ…」

見られるだけでなく、撮られてしまっている。その恥ずかしさに、がくがくと足元がふるえた。

「おい、興奮したのか?」

満足するまで、そこを画像に収めたのか。携帯端末を戻した男が、ひくつく穴を指の腹で叩く。ぺちん、と送られた刺激に、下腹全体が大きく戦いた。

「んあ…」

「まさか俺の顔見りゃ噛みついてくる優等生様が、こんな所で露出した挙げ句、にケツの穴撮られたら興奮しちまう変態だなんて、そんなことあるわけねえよな？」

露骨な言葉で笑われ、かぁっと腹の底が熱くなる。悶えた塔野を見下ろし、鷹臣が携帯端末に代わり取り出したものを口に咥えた。ちいさな、銀色のアルミパウチだ。無精にも歯で裂いたその中身を、男が掌で受ける。

「違…」

僕は、変態なんかじゃない。否定しようとした塔野の下腹に、大きな手が伸びる。なんの躊躇もなく握り込まれた性器は、ゆるく芯を持ってふるえていた。

「あっ…」

突きつけられた現実に、声がもれる。手のなかの重みを確かめるよう、鷹臣がくにくにと色の薄い肉を揺らした。

「よかったな。このプログラムに参加してる限り、校内のどこでサカろうと校則には違反しねえ。規則厳守で楽しめるってわけだ。変態な優等生様には持ってこいじゃねえか」

こんなの、なにかの間違いだ。首を横に振る塔野に構わず、太い指が尻の穴へとローションを垂らす。パウチから搾ったそれでぬれた指が、にゅる、と浅く穴にもぐった。

「っひァ」

性器への刺激に集中しかけていた体が、びくんと跳ねる。崩れそうになる体を易々と抱え、鷹臣が大きく指を回した。穴に力を入れて拒みたいのに、その動きさえ男を喜ばせるのか。括約筋の厚みを味わうよう、長い指がゆっくりと進んだ。

「…あっ、ァ、ひ…」

昨日、そこをどうやっていじられたのか。

二度と思い出したくないと願った恥辱が、鳥肌を伴って踝を舐める。だが苦しむ塔野とは対照的に、拡げられる穴は従順だ。昨日の性交の名残が、まだそこをゆるませているのか。

あんなにも大きなものを、入れられてしまったのだ。

脳裏に蘇る陰茎の形に、ぞくぞくと内腿が痺れる。とろりと口腔に唾液が溜まるのを感じ、塔野は首を横に振ろうとした。嘘だ。興奮など、しようがない。汗を浮かべる塔野の首筋を舌で宥め、太い指がぐにぐにと腹側を引っ掻いた。

「んあっ、あ…、や、や…っ」

「ここ、そんなに気に入ったか？」

耳元に吹きかけられた息の熱さに、目眩がする。膝が笑って、立っていられない。そんな塔野を叱るよう、男の指が直腸をやさしく捏ねた。

遊馬の指と競うよう、こりこりと揉み込まれたあの場所だ。前立腺、と教えられたそこを、ローションでぬれた指がぐっと押し込み、腸壁越しに転がした。

「ひァ…、あ、強い、ぁ指…っ」

そんなにぐりぐりと、いじらないでくれ。もれそうになった懇願に、耳の後ろで鷹臣が笑う。泣きそうな塔野の悲鳴に満足したのか。応えるように強く、同じ場所を揉み込まれた。

「あ、あァ…」

一本の指で転がされるのも、十分に辛い。それなのにすぐに二本に増えた指が、挟む動きでふっくらとした器官を捉える。昨日の動きを復習するよう、揃えた指で左右から圧され、回す動きで揺すられるとじっとしていられない。ぴんと体が硬直し、爪先までがぶるぶるとふるえた。

「っひ、ぁ、あー…」

射精してしまったのか。

そう思ったのは、一瞬だ。ぬれた感覚もなければ、栓を抜かれるような射精感もない。代わりに背中から泥に崩れ落ちるような、じんじんとした気持ちのよさが腹を包んだ。

「さすが優等生。覚えがいいな」

大きく口を開けているはずなのに、呼吸ができない。まだちかちかとする視界ごと、喘ぐ体を果樹へと預けられた。

日差しを浴びる植物の匂いと、微(かす)かな土の匂い。間近に感じるそれを、背後から覆い被さる男の匂いが押し退ける。

「あ、軍…、ひぁ…」

尻の穴から指を引き抜かれ、ほっと息を吐けたのは一瞬だ。もう一袋、封を切られたローションがぬれた穴に注ぎ足される。冷たい、と思う間もなく、左右の親指で尻臀を横に割られた。

「だったらこいつのことも、ちゃんと覚えてんだろ」

「やァ…、無、理…」

指で掻き回されていた粘膜の隙間から、ぷちゅりとローションがこぼれる。その狭い穴に、むっちりとした肉が密着した。張り詰めた、鷹臣のペニスだ。

血管を浮き立たせた裏筋が、ずるりと一度尻穴の上をすべる。嫌がってくねらせた腰の動きが、誘うものにでも見えたのだろうか。熱い息を吐いた男が、体重をかけて腰を突き出した。

「あァ、あ…」

開かれて、しまう。

目の奥で光が散って、がくがくと手足がふるえた。前のめりに逃げようとする体を追いかけて、後ろから腰を揺すられる。昨日、何度目かの性交で背後から伸しかかられた。あの時も、正面から繋がるのとは違う角度で圧迫される感覚に、ぼろぼろと涙がこぼれた。立ったまま腰を掴まれ、引き寄せられる今もそうだ。膝がふるえて、どうしたって重心が下に下がる。そのたびに陰茎が抜けてしまいそうになるのを、腰を揺すって引き戻された。

「…っあ、は、ぅあ…、怖…」

怖いと、声に出して訴えたつもりはない。それでも切れ切れの息に、声が混ざった。

「怖くねえよ。塔野」

ぬれた頬に頬擦りして、鷹臣が低く笑う。怯えるまま、無防備にふるえた塔野の声にこそ興奮したのか。男の声に籠もる甘さと満足感に、ぞくっと首筋の産毛が逆立った。

どこまで、残酷なんだ。罵（ののし）りたいのに、みちみちと進んでくる肉の熱さに息もできない。

「軍…、も、あ…」

「上手いぜ、お前。こんなちっせえ穴なのに、もうちゃんと半分、呑み込めてる」

褒める動きで、繋がった体を小突かれる。まだ、半分。こんなに苦しいのに、あの肉をまだ半分しか呑み込めていないのか。茫然と喘ぐと同時に、どろりとした甘さが腹の奥を舐めた。

「…ぁ、嘘…」

じんと響いた気持ちのよさに、半開きになった唇のなかで舌がふるえる。しずくを作って足元の芝に落ちるのが、涙なのか涎なのかもう判別がつかない。

「嘘じゃねえ。お前のココ、具合だけじゃなく物覚えも最高だぜ」

すぐに俺の形に馴染んできやがる。

具合を試すよう、ぐりぐりと腰を回される。前後に揺すられる刺激だけでも堪らないのに、不規則な動きに背中が捩れた。開きっぱなしの唇から、ひっきりなしに声がこぼれる。苦痛を訴えるものだと思いたいのに、耳に届くそれは恥ずかしいくらいぬれていた。

「違…、そんな、違…」

違う、と泣きじゃくる声を咎めるよう、ずん、と深く突き上げられる。唐突な動きに息が詰まって、爪先が芝を掻いた。

ただでさえ、鷹臣の身長に塔野は拳二つ以上及ばないのだ。立ったまま繋がろうとすると、どうしたって腰を引き上げられる姿勢になる。ペニスが抜けてしまわない位置まで深く進まれると、串刺しにされるような恐ろしさがあった。あるいは、鷹臣のペニスという鉤に、この体を引っかけられているのか。

懸命に爪先に力を入れていなければ、もっとずっと深い場所にまで亀頭が届いてしまいそうだ。恐ろしくて内腿をふるわせれば、自分を拡げる肉の形がより生々しく粘膜に伝わった。

「んあ…、は、はぁ…」

「喜べよ。実技実習の成果が出てるって意味じゃねえか」

脇腹を這い回っていた厳つい手が、左の胸を気紛れにさする。ぷっくりと膨れた肉を引っ張られ、予期しなかった刺激が爪先までを貫いた。

「ひァあ、く」

「授業はさぼるなちゃんと出ろって、お前が言う通りだな。真面目に出席して回数こなせば、きっともっとよくなるぜ？」

ローションと体液とでぬれた男の指が、つまんだ乳首を左右に捻る。びりびりとした刺激が下腹に流れて、性器のつけ根が熱く痺れた。

「っあ、触る、な…」

こぼれた言葉を咎めるよう、ぴん、と乳頭を弾かれる。ころころに腫れた場所を虐められ、陰茎を呑んだ穴ごと下腹が切なくうねった。

「っぃ…」

「触って下さいお願いします、だろ」

仕方なさそうに吐き出されたその息は、やはり甘くぬれている。サディストめ。喘いだ体を、深く埋めた陰茎でぐちぐちと小突かれた。

「…あ、軍…」

「上手にできたら、触るだけじゃねえ。たっぷり舐めてやるぜ」

約束した男が、それを再現するよう耳穴にねろりと舌先を突っ込む。それだけで鳥肌が立つほど気持ちがいいのに、首筋に甘く歯を当てられると陰茎がひくついた。

「ひ、っあ…」

「なんだ。嚙まれるのが好きか。だったらいいぜ。そうしてやっても」

俺みたいなやさしい男を夫にできるお前は、本当に幸運だな。

耳殻を吸った鷹臣の背後で、授業の開始を告げる鐘が鳴る。

日常そのものの音に、揺さぶられる体がぎくりと竦んだ。真昼の裏庭で、裸に剝かれている。それだけでさえ耐えがたいのに、同級生の陰茎を吞み込んでこんな声を上げているのだ。

こんな姿を誰かに見られたら、恥ずかしくて死んでしまう。そう思うのに、午後の授業に現れない自分たちがどこでなにをしているか、クラスの連中はきっと思い巡らし察するのだろう。

「ぅあ…」

「授業、始まっちまったな」

大きく息を吐いた男が、ずるん、となめらかに腰を引く。直腸を搔き上げた雁首の段差が、塔野の弱い場所を二度三度と焦れったく搔いた。

「ひァあ、あ」

「俺たちもさぼらねえで、励もうぜ」

シャツだけを残す塔野の背中に、鷹臣の顳顬を流れた汗が落ちる。体重をかけて突き上げられ、甘い悲鳴が芝にこぼれた。

「イヴは世界の神秘そのものです。至高の美を体現する者であり、その輝きが黄金や宝石にたとえられるのは皆さんもご存じの通りですね。男女の、そしてセトとアダムの差を問うことなく、誰しもがイヴに魅了されます」

舞い降りた天使たちが、無垢な声でこの世の喜びを歌い上げる。くるくる輪になって踊る彼らに連れられ、このまま昇天してしまいそうだ。いやむしろそうなれた方が、幸せなんじゃないのか。

明るく澄んだ女医の声を聞きながら、塔野はそんな幻視に呻いた。

「イヴを題材に、多くの画家や文学者、音楽家が数々の優れた作品を生み出してきました。芸術に限らず、イヴはいつだってこの世界に大きな影響を与えてきたのです」

そして、一つの確信に至る。

無邪気さというものは、なんの免罪符にもなり得ない。むしろそれは罪だ。

にこにこと笑う女医が、大写しにされたスライドを切り替える。視聴覚室のスクリーンに映し出されたのは、著名なルネサンス期の絵画だ。だがこれは、美術の授業などではない。もう一度切り替えられた画面に、楽園に立つ男女の一対が現れた。

「その最も大きな影響。最も大きな神秘は、イヴとアダムとの関係そのものでしょう」

夢見るようにうっとりと、女医が続ける。

「心臓の半分、という言葉を知っている人」

女医の問いかけに、はい、と隣から快活な声が上がった。同時に伸びた手が、ほっそりとした塔野の手に重なってくる。

咎めるように視線を向ければ、精悍な容貌が嬉しそうに笑った。屈託のない遊馬の笑顔は、無邪気ではあるが子供じみてはいない。しなやかな、だがすでに大人の男へと近づきつつある力強さが、幼馴染みにはあった。

「いい返事ね遊馬君。じゃあ心臓の半分がなにか、教えてくれますか」

一年生である遊馬と、二年生である塔野とが同じ教室で机を並べるなんて奇妙な話だ。その上広い視聴覚室に座るのは、彼らを含めた三人の生徒しかいない。責任者である志狼が、いくらか後方の席について授業の進行を眺めていた。

「文字通り、アダムにとっては心臓の半分。なによりも大切な、ただ一人のイヴのことっす」

僕じゃなくて、ちゃんと先生を見て応えないと駄目だろう。

そう注意したくなるほど、じっと塔野に視線を注いだ遊馬が自らの左胸を示した。

「その通りですね。アダムは心臓の半分を、イヴに託して生まれてくると言われています」

朗らかな女医の声に、溜め息がもれそうになる。そんなお伽噺、今時小学生だって本気にはしない。

白い眉間に皺を寄せる塔野を眺め、遊馬はにこにこと笑うばかりだ。ちらりと右隣に視線を向ければ、嫌味なほど整った男の横顔が目に映る。大儀そうに頬杖をついてはいるが、鷹臣もまた嘲笑の一つも浮かべてはいなかった。

「でも大変残念なことに、全てのアダムが自分にとってのただ一人のイヴに出会えるとは限りません。むしろ、そうした相手と出会えたアダムは非常に幸運です」

心底気の毒そうに溜め息を絞った女医が、スライドを切り替える。

「アダムの人生はいわば、自分にとってただ一人のイヴを捜す旅でもあります。心臓の半分であるイヴと出会うことにより、アダムはより完璧なアダムになれると考えられています」

完璧なアダムとは、なんだ。あまりにも曖昧模糊として、非科学的な話ではないのか。

運命の赤い糸など誰の小指にも結ばれていないし、アダムの心臓は欠けるどころか常人のそれより頑丈な作りで左の胸に埋まっている。それが動かしがたい現実であるはずなのに、志狼でさえ異論を挟みはしなかった。

「本来的な意味での心臓の半分であれば最上ですが、そうでなくても人生を共にできる相手に出会えることはアダムにとって無上の喜びだと言う人もいます。そうした相手との繋がりを示すため、多くのアダムは伴侶の左の薬指に自身を象徴する指輪を贈ります」

切り替えられたスライドに、いくつもの握り合わされた指とそこに光る指輪とが映し出される。

地域によっても差はあるが、貴金属は古くからアダムを象徴するものの一つとされてきた。なかでも指輪は、現代においても多くのアダムが好む装身具の一つだ。特に左の薬指にはめる指輪は、セトの男女が贈り合うもの以上の意味を持つ。

左の薬指は、心臓に最も近い。そんな迷信から、アダムは互いの心臓を結びつけるため、自らのイヴに指輪を贈った。

イヴにとって、それは目に見える呪いだ。

別ちがたい一対であること。そして所有されるイヴであること。左の薬指で光る指輪は、全てを拭いがたく明示した。

「これらは、心臓の半分同士は左の薬指で繋がっていて、そのアダムから贈られた指輪は決して抜けることがないという故事に由来します」

どこまでも幸福な夢物語に聞こえるが、アダムから贈られた指輪は決して抜けない、という点に関しては同意できた。正確に言えば、指輪を外すことができるのはアダムだけで、イヴにはそれが許されていないのだ。一度左の薬指を繋がれてしまえば、イヴはアダムが用意した鳥籠で生きるしかない。

身を飾る指輪が豪奢であればあるほど、鎖は重くイヴをアダムが作る楽園に繋ぎ止めた。

「勿論アダムを必要としないイヴ、イヴを必要としないアダム、そうした人だっているでしょう。ですがここにいる皆さんが心臓の半分を探すアダムであり、その唯一であるかもしれないイヴであるならば、メンタルケアの分野から私もお手伝いができればと思っています」

向日葵のような笑みを浮かべ、女医の視線が塔野を捉えた。

「塔野君は、つい先日自分がイヴであると告知されたばかりなのよね？」

「そうす」

唇を引き結ぶ塔野に代わり、遊馬が指を離さないまま応える。

「きっとびっくりしたでしょうね。男性のイヴは数が少ないこともあって、塔野君のようにセトの男性だと誤認されてしまうケースが結構あるんです」

さばさばとした女医の物言いは、まるでこれが日常的な話題でもあるかのようだ。こんな形で人生が暗転するだなんて、頻繁に起きていいこととは思えない。頷くこともできない塔野をどう理解しているのか、彼女が笑みを深くした。

「男性のイヴは、セトやアダムと同様に男性としての第二次性徴を迎えるケースもあれば、そのタイミングで女性のイヴと同じ特徴、即ち妊娠が可能な体へと変化していく場合もあります」

ぐっと、吐き気にも似た苦さが込み上げる。

第二次性徴だとか妊娠だとか、通常の授業で耳にするならなんでもない言葉だ。だが目に見えて表情を固くした塔野を労るよう、女医が視線を振り向けた。

「何故イヴは圧倒的に女性が多いのか、鷹臣君、その理由が分かりますか？」

唐突に名前を呼ばれた鷹臣が、驚きも示さず瞬く。持て余すほどに長い足をどかりと机の下に投げ出したまま、暗緑色の眼が塔野を映した。

「現在有力とされる説によれば、本来イヴはセトと同じく生まれてくる子供の男女比に大きな偏りはないと考えられている。これに影響を与えているのが、アダムだ」

「そうですね。アダムの大多数が男性として生まれてくるからこそ、イヴはその影響を受けて多くが女性となると考えられています」

鷹臣の返答にもその声の響きにも、女医は満足したのだろう。大きく頷いた彼女と同様に、その仮説は塔野も多少は知るものだ。

「イヴがアダムに影響を与えるように、イヴもまたアダムによって影響を受けているの。塔野君のように男の子として生まれ、第二次性徴を迎えた後でも、イヴはアダムの存在によって性別に変化が生じる場合があるとの報告があります」

尤も、と言葉を継いだ女医が、ちいさな息をもらす。

「この影響というのは個体差が大きく、身体的変化一つを取っても先の状況を正確に予測することは難しいのが現状です。第二次性徴後や成人後であっても、完全に女性的な姿になる人もいれば、外見上はあまり変化がない人もいます。そもそも本来のイヴというものが、性別を持たない、あるいはどちらも兼ね揃えている、そんな存在なのではと言う人もいます」

ぶる、とちいさなふるえが肩を脅かし、塔野はきつく指先を握り締めた。

本当は動揺なんて、微塵も覗かせたくはない。ここには誰一人、自分の味方はいないのだ。自分自身でさえ、今では塔野の味方ではいられないのかもしれない。

この体の内側で、なにが起きているのか。

イヴではないと何度大声で叫ぼうと、込み上げる怯えを否定することは難しかった。

「ただやはりアダムの数が多い環境下、または影響力の強いアダムに性的に働きかけられると、イヴの変化は促進されるものと考えられます」

「アダムが多いこの学校に入学したから、こいつの変化が始まったってことか?」

椅子の背に体を預けたまま、鷹臣が男らしい眉を引き上げる。

それは塔野も疑問に思ったことだ。外の世界であれば、この学園内ほど日常的にアダムと接する機会は少ない。ここの環境そのものが、イヴに作用しているということか。

「可能性はゼロじゃないわね。ただ塔野君の場合、この学校以外の環境で生活していたとしても、数年以内には確実に変化が現れていたものと思われます」

「僕は影響なんか受けていませんし、変化だってありません」

我慢しきれず、尖った声が唇からもれる。きっぱりと断言した塔野に、女医はやはり向日葵のように笑った。

「いいのよ焦らなくて。塔野君は今まで自分はセトだと思って生きてきたんですから。すぐに現実を受け入れがたいのは当然よ」

言葉こそ寛容だが、それは塔野がイヴであることを否定するものではない。

「どんなに素晴らしいパートナーに支えられていたって、簡単に乗り越えられることばかりじゃないわ。もし少しでも不安な気持ちや体調に変化があれば、いつでも相談に来て下さい。勿論、ただのお喋り(しゃべ)りも歓迎よ。私はいつでも保健室にいますから」

お茶を用意して待ってるわ。

そう告げた女医に、志狼がゆっくりと席を立つ。

「先生には、今後プログラム参加者全員のメンタルケアを担当していただくことになる。各自指定の面談日には必ずカウンセリングを受診するように」

志狼に目礼を送られた女医が、思わずといった様子で顔を赤らめた。既知の間柄だろうと、志狼と視線を合わせれば誰だってそうなる。威風堂々とした男の前に立つだけで、ぽかんと口を開いたきり動けなくなる者も多いのだ。

幸福そうに頬を染め、手を振った女医が視聴覚室を後にする。面談日の日程表に視線を落とし、塔野はひっそりと溜め息を嚙んだ。

「猜疑心が強いとカウンセリングは不向きとの意見もあるが、体調に関しての相談だけでも構わない。単位にも含まれるのでそのつもりで」

猜疑心が強いとは、僕のことか。思わず視線を上げそうになったが、考えてみればこの場に疑り深くない者などいないのだ。遊馬は人懐っこく素直だが、同時に決断力に優れ抜け目がない。志狼や鷹臣は言わずもがなだ。全くこんなカリキュラムに、なんの意味があるのか。唇を嚙んだ塔野に、志狼が眼鏡の奥の双眸を細めた。

「塔野君に関してはパートナーが確定した後も、継続的な面談が義務づけられている。彼女に話し辛いようであれば、私でも構わない。いつでも面談に来なさい」

頭上から降る志狼の声は、三半規管をとろりと痺れさせるほどに響きがいい。だがとてもではないが、その言葉に頷くことはできなかった。こんな眼をした大人に、なにを相談しろと言うのか。益々唇を引き結んだ塔野の隣で、はい、と遊馬が手を挙げた。

「どうした、遊馬」

「早速今から夫婦カウンセリングお願いできねーかと思って」

夫婦、という言葉に、塔野の眉間が曇る。警戒を露にする塔野をよそに、志狼が首肯した。

「構わないが、なにか？」

「俺ずっと気になってることがあるんすけど、どーして未尋サンからこんなに鷹臣サンの気配がするんすかねえ？」

塔野の指を撫でた遊馬が、ぎろりと鷹臣を睨めつける。

何故気配がするかなど、問うまでもない。全てがマーキングの成果であることくらい、遊馬には十分分かっているはずだ。蘇る昨日の記憶に、さぁっと首筋の産毛が逆立つ。昼休みの裏庭で、鷹臣とどうすごしたのか。青褪めた塔野の肩を、右から伸びた腕がぐっと引き寄せた。

「こいつがお願いだからセックスして下さいって頼むんで、昨日ハメてやっただけだ」

「っ…！　そんなこと、言ってない…！」

我が物顔で身を乗り出した鷹臣が、肩口に顎を引っかけてくる。男っぽい喉仏が間近に迫り、昨日嗅いだ整髪剤と煙草の匂いが鼻先に触れた。

「抜け駆けしたってわけすね」

「聞こえなかったのか。こいつが頼んだんだぜ。お蔭で有意義な実技実習になったがな」

そんなわけがない。抗議しようとした塔野の耳殻を、嘘つきな口ががじがじと囓った。他の全ての部位がそうであるように、鷹臣は歯の一本までもが頑健で並びがいい。肉感的な唇が動くたび、その奥からくすみのない歯がちらりと覗いた。

「そうだったのか？　塔野君」

足を止めた志狼が、首を傾げる。

「違います！　マーキングが薄くなりかけてるって、言いがかりをつけられて…」

「だったら、俺も今からマーキングしてあげますよ未尋さん」

がた、と椅子を鳴らした遊馬が、塔野へと伸しかかった。

なにをするんだ。塔野が座る長椅子の左右には、それぞれ鷹臣と遊馬とがかけている。遊馬から距離を取ろうにも、鷹臣が動かない以上机か背凭れを越えて逃げる他ない。青褪め椅子へと乗り上げた塔野の腰に、鷹臣の腕がぐるりと絡んだ。

「童貞は引っ込んでろ。こいつは俺の妻になりてえんだと」

「だからそんなこと、言ってない！」

叫んだ塔野の足を、遊馬が摑んでくる。昨日の、そして一昨日の記憶が蘇って血の気が引いた。あんなこと、もう絶対に嫌だ。もがいた体を転がされ、抗う間もなくあおむけに机へと落とされた。

「遊…！　やめろッ」

「今日はこの後、確かにセックスの実習予定ではあるが、お前たち休み時間は必要ないのか？」

腕の時計へと眼を落とした教師に、鷹臣が頷く。

「終わってから考えればいいんじゃねえのか」

こんなことにだけは、遊馬も鷹臣に同意するらしい。足元を遊馬に任せ、頭側へと回った鷹臣が塔野のシャツを捲り上げてくる。

「嫌だッ、放…」

露にされた白い肌に、三対の視線が突き刺さった。

なめらかな塔野の肌には、目立った傷など一つもない。だがそれも、一昨日までのことだ。机に転がされた痩軀に、今は夥しいほどの吸い痕や歯形がくっきりと浮いていた。

「てめ…ッ」

塔野の足から制服を引き下ろした遊馬が、ぎら、と双眸に怒りの色を走らせる。

「派手にやったな」

呆れたように覗き込んだ志狼に、鷹臣がにやりと笑った。

一昨日の博物学準備室でだって、痛いくらい吸われ甘く嚙まれた。だがそれよりはるかに多く、昨日の鷹臣は塔野の肌へと自分の存在を刻んだのだ。

「傷になってはいないようだが、エスカレートして怪我をさせないように」

教師面で痕を検めた志狼が、しかし、と笑った。

「塔野君のような真面目な生徒が、制服の下にこんな体を隠して授業を受けていたとはな」

ふふ、と眼を細めた男が、脇腹に浮いた吸い痕の一つを指で辿る。途端にぞわりと背中が捩れ、恥ずかしいほどに爪先が跳ねた。

「や…っ」

「昨日一番気持ちよかったとこ、言ってみろよ」

塔野の鼻先に伸しかかった鷹臣が、きゅうっと左の乳輪をつまんでくる。少し痛いくらいの、だがむず痒さを伴う刺激だ。途端に、昨日与えられた恥辱が肌を舐める。まるで刺激に条件づけされた、犬みたいだ。あぁ、と声を上げた塔野の両手を、志狼が当然のように摑み取る。

「気持ちイイのはこれでしょ」

はっとして視線を向ければ、幼馴染みが塔野の性器へと深く屈んだ。

「や…、遊馬ッ」

そのまま視線を合わせ、見せつける動きで口を開かれる。信じられない。叫んだ塔野に構わず、熱い息がふ、と先端にかかった。かぽりと口腔に含まれ、踵が音を立てて机を打つ。

「あっ、や、舐め…っ」

「フェラ好き？　どう舐められるのがいい？　教えてよ。俺もっと上手くなって、未尋さんのこと悦ばせてあげたいから」

有無を言わさず、幼馴染みの指と舌がむにゅりと包皮を引き下げた。舌を使って先端をこじ開けられ、刺激の強さに全身に火花が散る。敏感すぎて、自分の指でさえひりついて感じる場所だ。とてもではないがそんな所、これほど思い切りよく触ろうとは思えない。

なにより、覆い被さってくるのは幼馴染みの口だ。駄目だと分かっているのに、痛いくらい性器に血が集まってしまう。熱くて、ぬるぬるして、気持ちがいい。初めて感じる熱と口腔の凹凸に、性器どころか脳味噌ごと溶け落ちそうだ。

「剝かれるのは、相変わらず辛いようだな。ペニスでイキすぎると、塔野君の負担になる。あまりいじりすぎないよう、ちゃんと加減してやりなさい」

ひくひくとふるえる下腹を見下ろす志狼の言葉は、塔野を救うためのものではない。簡単には射精させるなと告げた男に、鷹臣が薄桃色の乳輪を捻り上げた。

「ッあ、あ！」

「あれはもうちんぽじゃねえだろ。フェラじゃなくてクンニって呼んでやれよ」

汚い言葉で笑った鷹臣が、硬さを確かめるようぴん、と乳首を指で弾く。遊馬の口に含まれた陰茎と同様に、そこはもうころころと勃起し男の指を押し返していた。

「ここも気持ちいいんだろ？」

「ひ…っ」

覆い被さった鷹臣が、ねろりと膨れた乳頭を舌先で引っかける。乳輪に添って、二つ三つと歯形を重ねられた左の乳首だ。舌触りを楽しむよう左右へと転がされ、じんと甘い痺れが下腹を撲った。

「あ、や、噛ま、ないで…っ」

「ちゃんと言え塔野。昨日俺にどこ噛まれて一番気持ちよかったか、童貞野郎に分かるようにな」

器用に動く舌で押し潰される乳首が、ぐにぐにとその形を変える。そんな場所、くすぐったいだけでなにも感じない。そう思っていたはずなのに、ぢゅうっと音を立てて吸いつかれると性器ごと爪先がひくついた。もっと強く、昨日みたいにぐりぐりといじってほしい。はしたない欲求に、ぐらぐらと頭が煮える。遊馬の喉奥で不規則に締めつけられ、堪えようと思う間もなく性器が爆ぜた。

「っぁ、あー…」

遊馬の口のなかから、抜き取るなどとてもできない。射精してしまったのだと、すぐには理解だってできなかった。幼馴染みの口を、汚してしまったのだ。その事実に打ちのめされる塔野のペニスを、ぞぞ、と音を立てて遊馬が吸い上げた。

「んあ、あ、駄目…」

尿道口から精液を掻き出す舌の動きは、そうでなくても刺激が強すぎる。助けて。悶えた唇から、とろりと涎がこぼれた。はみ出た舌先を見逃すことなく、志狼の口がちゅうっとそれに吸いつく。

「なにが駄目か、ちゃんと言いなさい。意思疎通を図るのは、大切なことだ」

「そうだぜ。どうされるのが好きか、はっきり言えよ、優等生」

ぬれきった左の乳首にふっと息を吹きかけ、鷹臣が反対側の乳首を爪の先で押し潰した。もうどこを触られても、気持ちがよくて怖い。下腹に広がる痺れに爪先が丸まり、遊馬の口腔でぴくぴくとペニスが揺れた。

「んあ、あー…、ぅう…」

「今日の実習課題は、性器の形状変化の経過観察と乳首の性感開発を想定していたが、少々予定を変更しよう。塔野君には、もう少し素直になることを学んでもらいたい。恥ずかしがる必要はない。我々を信頼して、君を全部、見せてほしいだけだ」

眼鏡の向こうで細められた双眸に、ぞっとする。

信頼なんて、どの口で言葉にするのか。必要と思えば、いつだって力づくで毟り取るくせに。背筋に走った怒りすら、乳首をざらついた舌で捏ねられると興奮にすり替わった。

「ぁ、や…」

「まずは、その嘘がいけない。言いなさい、塔野君。今、どこがどう気持ちがいいのか」

志狼の言葉に、陰茎を甘やかす遊馬が尻の穴を指で小突いてくる。その動きにびくつけば、鷹臣の犬歯が甘く乳首へと食い込んだ。

「言ってよ未尋さん、どこが気持ちいいのか」

ねろねろと舐められる陰茎は、射精の衝撃に痺れてこれ以上の刺激は苦しい。左右の乳首を乳輪ごと引っ張られれば、気持ちのよさが下腹を浸した。だがそのどちらも、それだけでは決定的な絶頂感には結びつかない。悶えた塔野の唇を、志狼がやわらかに吸った。

「言えよ、塔野。言うまで、終わらねえぞ」

臍をくすぐる鷹臣の声は、決して脅しなどでない。塔野が口を開いて腹の底まで晒け出さない限り、この甘い拷問は終わることがないのだ。

「あ…」

痺れきった舌が、唇の奥でふるえる。遊馬の指で揉まれた尻穴が、きゅっと切なく締まった。

「全…、部」

とろりと、唇の端から涎と共に声がこぼれる。

「あ？　なんだって？」

「…全、部、気持ち、い…っ…」

気持ちいいと、言葉にすると鳥肌の立つ痺れが下腹を包んだ。間を置かず欲しかった動きで乳首を吸われ、ああ、とぬれきった声が出る。

「よくできたな、塔野。偉いぞ」

褒める志狼の声に、ぬれた唇の端が子供みたいに弛緩した。だが瞬いた眦からは、涙がこぼれる。

性器に、乳首に、唇に、三つの唇で繰り返しキスを落とされ、塔野は白い体をのたうたせた。

くらりと、目眩がする。

眠気にも似たそれに、指先が顳顬を探った。

このところ、深い眠りを得られたためしがない。覚めることのない夢から、抜け出せずにいるみたいだ。実際、夜といわず昼といわず屈強な男たちに囲まれ、好き勝手に組みつかれているこの現実はあり体に言って悪夢だろう。

込み上げる溜め息を噛んで、手元の参考書へと意識を戻す。

日差しを浴びる、昼休みの教室だ。

窓際の、一番後ろの席。木目がうつくしい椅子に腰かけ、塔野は数式へと視線を走らせた。

ここ数日で、肉づきが更に薄くなったせいだろうか。清潔な塔野の横顔に、憔悴が淡い影を落としている。だがそれすらも、青褪めた頬の上では憂うような艶に変わった。目元を飾る睫が揺れるのを、いくつかの視線が注視していた。

塔野の安眠を阻害する要因の一つが、これだ。

教室でも廊下でも、塔野へと突き刺さる視線は日増しに増え続けている。特別プログラムが始まり、もう最初の週末を超えてしまった。周囲の関心もそろそろ薄れてはくれまいか。そう願いはするが、空（むな）しい望みだ。日々熱心に擦り込まれるマーキングのお蔭か、あるいは滲み出る塔野の倦怠（けんたい）に性的な妄想を掻き立てられるのか。なんの面識もない生徒までもが、擦れ違えば食い入るような視線を向けてきた。

強く握りすぎたせいか、ぱき、と音を立ててシャープペンシルの芯が折れる。ちいさく笑う気配がそれに重なり、塔野は我慢できず視線を上げた。

「先生」

明瞭（めいりょう）な棘（とげ）が、声に混ざる。

不機嫌さを露にした塔野の声にも、それを投げつけられた男は動揺一つも覗かせない。むしろ益々嬉しそうに、笑みを深くしたにすぎなかった。

「いい加減にして下さい、軍司先生。もう昼休みが終わりますよ」

無視するのが、最善の策だ。分かっているのに、そうしきれない自分にも腹が立つ。勿論、一番腹立たしいのは目の前に座る志狼だ。

午後の日差しを浴びる新緑が、窓の外に広がっている。そこを渡る風を受け、志狼が木製の椅子に体を預けていた。

「生徒の君に、怒られてしまったな」

ふふ、と笑った志狼が、溜め息がもれるほど長い足を組み替える。

塔野の注意を引けて嬉しいと、素直すぎる喜色を滲ませる声に、反省などあるわけもない。

これが鷹臣の実兄だとは、俄かには信じがたい話だ。無論精悍な容貌や逞しい背格好など、二人に共通する部分は多い。遊馬ほどには喜怒哀楽がはっきりしていない点もそうだ。しかし纏う空気は、まるで違った。

無愛想で取りつく島のない鷹臣に比べ、志狼は穏やかで物腰もやわらかい。大人の余裕とでも言うのだろうか。地に足が着いた力強さと、年月に磨かれた厚みとが目の前の男にはあった。それは同時に、近づきがたい底知れなさや男臭い色気にも繋がる。

そう、色気だ。

自分自身が思い描いた言葉に、言いようのない羞恥を覚える。同時に込み上げたふるえに、塔野は参考書を捲った。そんな塔野の横顔を、相変わらず級友たちが盗み見てくる。

塔野と志狼がどんなプログラムに参加しているか、それを知らない生徒はいないのだ。眉間の皺を深くした塔野の手元が、翳る。音もなく身を乗り出した志狼が、塔野を覆うように日差しを遮った。

「すまない。君があまりにも真剣に打ち込んでいるものだから」

自分はそれほど、驚いた顔をしていたのだろうか。

低く謝罪した志狼の指が、すい、と塔野の前髪を掻き上げる。先程回廊を通った時に、ついたのか。ちいさな花弁のようなものを、志狼がつまんで見せた。

ほんのわずかに、指先が額に触れたにすぎない。それなのにぞくく、と肩が竦みそうな痺れが走る。なんの動揺もなく、受け流さなければいけない。頭では分かるのに、顔どころか耳まで熱く焼けてしまいそうだ。かぁっと血の色を上らせた塔野を、志狼のみならず教室中の視線が息を詰めて注視した。

「…もう、授業が始まります。僕は一人でも大丈夫ですから、ご自分の持ち場に戻って下さい」

縺れてしまいそうな舌を叱咤して、浅く喘ぐ。

マーキングは十分に行っているつもりだが、君を一人にするのは不安だ。

そう主張して、志狼を始めとする三人は常に誰かを塔野の身辺に貼りつけたがった。そんなもの不要だと抗議しても、耳を貸してはもらえない。

「怖いな。だが、怒った顔も魅力的だ。このよさが分からず怒らないで、なんて言う遊馬は、まだまだ子供だということか」

志狼の口から出た名前に、筆記用具を持つ手がふるえそうになる。

「大好きな君から避けられているんだから、泣きたくなるのも分からなくはないが」

君は私や鷹臣のことだって、避けているんだろうけれど。

そう淀みなく告げる志狼の双眸は、塔野の瞳から外れることはない。

一瞬視線を揺らしてしまった自分こそを、塔野は恥じた。別に、隠していることじゃない。自分が三人を避けたいと思うのは、至極当然だろう。そうだとしても、見透かされていると感じてしまった自分自身に、苦い敗北感が込み上げた。

「私にとってあいつは可愛い末弟も同然だ。あいつの不幸など露（つゆ）些（いささか）かも願ってはいない」

尤も、と続けた唇が、ふっと笑う。

「尤もあいつが泣き虫なのはガキの頃から変わっていないからな。正直面白くはある」

なんて大人だ。

それは志狼にとって、単純な事実なのだろう。いつも食えない笑みで人を煙（けむ）に巻いておいて、たまに肚(はら)の内を覗かせたかと思えばこの外道さとはどうなのか。

「…子供の頃とは、もう全然違いますよ」

「私より、君の方が遊馬のことをよく知っているみたいだな」

この人の、こういうものの言い方が苦手だ。

核心を外側からするりと撫でて、塔野の反応を観察する。文字通り、実験の経過に眼を凝らす研究者だ。対象物を小箱に収め、神の如(ごと)き冷徹さで覗き込む。

「遊馬の奴を可愛いと思っているのは本当だ。君だってそうだろう？」

同意を求められても、素直には頷けない。

太陽みたいな遊馬の快活さは、どんな人間の心をも掴んでしまう。塔野自身、こんなことになっても遊馬を憎むことは難しかった。

ずっと大切に思ってきた幼馴染みで、友人。

心の底から拒否することも切り捨てることもできない相手が、全身全霊でぶつかってくるのだ。誤魔化しも、衒(てら)いもない。全力で注がれるあんな愛情を、塔野は他に知らなかった。

「恋愛に関して、遊馬はアダムらしい側面を少しだけ強く引き継いでしまったらしいな。そこも含めて、私にとっては遊馬も鷹臣も可愛い奴らなんだが」

「…アダムらしい側面、ですか？」

思わず繰り返してしまった塔野に、志狼が頷く。

「そうだ。心に決めた相手には、これ以上なく執着する」

執着とは誰よりも無縁に思える男が、厳かに告げた。

自分はきっと、ひどい顔をしていたんだろう。胡乱(うろん)さを隠せなかった塔野を眺め、志狼がくっくと肩を揺らした。

「確かに、アダムと一口で括るのは乱暴だな。薄情なアダムだって山ほどいるし、個々人の資質によっても大きく異なるだろう。ただあいつは…、いや、私たちは、少々アダムとしての血が濃いらしい。だからなのか、そんな影響もあるのかと興味深く思うことはある」

「特別なアダム、だからですか」

生まれながらにアダムとして扱われるということは、ひ弱な精神でいることを許さないのだろう。ささやかな塔野の嘆息にすら顔色一つ変えることなく、志狼が頷いた。

「そうだな」

「アダムというのは、合理的な生き物なんじゃないんですか」

志狼が言う通り、アダムという言葉で全てを一括りにするのは乱暴だ。それでも、俗っぽい言葉を持ち出さずにはいられなかった。恋愛に執着するなんて、冗談にしても不合理極まりない話ではないのか。

「私に言わせれば、アダムなんてのは不合理の塊のような生き物だ」

真顔で応えた志狼が、例えば、と首を傾ける。

「例えば、アダムは失恋したら死ぬ」

「…は？」

驚きが、そのまま声になった。

「心臓の半分を得られたアダムは、それでようやく完璧な存在になれる。だがもしその相手を先に失うようなことがあれば、一人では生きていけない」

「豆腐メンタル……」

相手を失ったら死ぬだなんて、兎じゃあるまいし。

「一途な生き物だと言ってくれ」

思ったことが、顔に出ていたらしい。呆れ果てる塔野の鼻先へと、志狼が男らしい鼻面を突き出した。

「かく言う私も、その一途な生き物だ」

まずは、恥という概念を回収するところから始めて下さい。心の底から訴えようとした塔野へと、節の高い指が伸びる。鷹臣とよく似た、だがほんの少し荒れた手だ。ごつごつと厳つい指が髪を絡め、搔き上げられる。

「私を選ばないか、塔野」

覗き込んでくる双眸の色に、不覚にも息が詰まった。

薄い硝子の向こうにある志狼の眼は、遊馬ほど明るい色をしてはいない。一見すると鷹臣と同じ、黒曜石の色だ。だが鷹臣がそうであるように、目を凝らせば虹彩にはうつくしい色合いが隠されているのが分かる。

濃紺、だろうか。鷹臣よりも青味が勝る虹彩が、真昼の陽光を浴びて暗く光った。

「君も知る通り、私も君のパートナー候補の一人だ」

するりと髪を梳いた指が、顳顬へと触れてくる。ゆっくりと、少し冷たい指先が塔野の頬を辿り、口端へと動いた。

「生徒に手を出す悪い大人になるつもりはなかったが、君を見ているとどうしても我慢ができなくなるな」

自嘲を滲ませたはずの唇が、に、と笑う。柔和な、大人ぶった教師の顔ではない。あ、と体を引こうとした時には遅かった。大きな掌が、塔野の後頭部を包む。

「先…」

なにかを食べるみたいに開かれた口が、唇へと重なった。

他人の唇というのは、みんなこんなにもやわらかいのだろうか。塔野が知るのは、三人の男の唇だけだ。彼らの唇は薄っぺらい塔野のそれより肉厚で、触れた瞬間にはふにゅりと蕩けそうな弾力があった。

「先、生っ…、ここ、教室…っ」

二人を注視していた級友たちから、どよめきがもれる。

特別プログラムは、他のどんな事情よりも優先される。ここでキスしようが、それこそセックスを始めようが推奨されこそすれ問題にはならない。だが塔野には、到底耐えがたいことだ。

そう思うのに、ねろりと唇を舐められると背骨が溶け落ちそうな気持ちよさが広がる。二人の体の間で、がた、と机が固い音を立てた。構わず、器用に顔を傾けた志狼が唇の割れ目を左右に舐める。焦りとは無縁の舌先が、我が物顔で唇の奥へと入り込んだ。

「んんぁ…」

唇の表面と、口腔内の境目。普段意識などしないそんな場所が、ぞわぞわするほど敏感な場所だと教えたのは志狼の舌だ。下唇や上唇を唇で挟み、軽く吸っては遊ばれたこともある。だがそんな動きをすることもなく、今は厚みのある舌がずっぷりと口腔を満たした。

「ふ、んあ」

自分以外の体温に馴染んでいなかった口蓋が、途端にじんじんと痺れる。反射的に、舌で舌を押し返そうとしてしまったのも悪かった。ちゅるっと音を立てて舌先を吸われると、熱い舌触りと甘さとが喉の奥まで痺れさせる。

気持ちがいい。

志狼のキスは、巧みだ。ぶつけるように唇を合わせてくる遊馬とも、器用だが執拗な鷹臣のそれとも違う。塔野の呼吸を読んで、宥めるみたいに、味わうみたいに舌を使った。舌先の裏側や上顎といった、塔野の舌や体がぴくぴくとふるえてしまう場所を探すことを楽しんでいるみたいだ。そのねっとりとした動きに塔野が慣れ、少しでも気を抜こうとすれば途端にきつく吸い上げられる。

「先…」

飲み込むこともできず口腔に溜まった唾液を、くちゃ、と音を立てて掻き混ぜられた。級友たちに、聞こえてしまうんじゃないか。どうしようもない羞恥に脳味噌が煮えたが、それ以上に間近に感じる志狼の匂いにくらくらした。

整髪剤の微かな薬っぽさに、自分とは違う肌の匂いが混ざる。他人の匂いを、心地いいだなんて思うはずがない。それなのに鼻先に触れる志狼の汗の匂いに、舌先が疼いた。

これ以上は、本当に駄目だ。力の入らない腕で押し返そうとする塔野を笑い、唇が浮き上がる。ようやく深く許された呼吸に喘ぐと、褒めるように唇の端を吸われた。まるで塔野という生き物の形を確かめる手つきで、頬をくるまれる。

「俺を選べ、未尋」

ぞくりと、背筋がふるえた。

私、と、教師然として口にする行儀よさは跡形もない。これこそが、この男の本質なのか。逸らされることのない眼光に、かち、と微かな音を立てて奥歯が鳴った。

薄い硝子の向こうで、暗い色をした双眸がにこりと笑う。夜の始まりを告げる空の色だと、そう思った。

「あんな若造たちより、余程君のことを大事にしてやれる。勿論、君を美術品みたいに部屋に飾っておく真似なんかしない。君がやりたいと思うことがあれば、なんだってさせてやろう」

唾液にぬれた唇が、鷹揚に請け合う。

ぐっと歪んでしまった塔野の眉間の形に、志狼が愉快そうに肩を揺らした。

「させてやる、なんて言われようには我慢ができないか」

正しく、その通りだ。ぎゅっと唇を引き結んだ塔野を、志狼は愚かだと突き放しはしなかった。むしろ満足そうに、ぬれた唇を親指で辿られる。

「私の弟たちはつくづく趣味がいい。勿論私も、君のそうしたところを気に入っている」

益々眉間を歪めるしかできない塔野から、あたたかな指が離れた。

「ここ、惜しいが少し間違っているな」

骨張った志狼の指が、ノートに書かれた数式を撫でる。

「余弦（コサイン）から正弦（サイン）に変える際には必ずマイナスがつく。この式だけ、それを忘れてるな」

「あ…」

確かに、指摘された通りだ。

まだ疼く口腔に堪え見下ろしたノートには、誤りがある。参考書によって一部が隠されてしまっている数式を、志狼はほんの一瞬覗き込んだにすぎない。それだけで、男は塔野の誤りに気づいたのか。

「分かってる。こんな単純なミス、普段の君なら犯さない。私が余計なことを話しかけたからだ」

穏やかに慰められ、今度こそ首筋まで熱くなった。庇ってもらわなければならない点など、一つもない。間違いを指摘された以上にその事実こそが恥ずかしくて、塔野は唇を引き結んだ。

「こいつは宿題じゃなく、特別プログラムのために欠席せざるを得なかった授業の内容だろう？」

続いた指摘に、ぞくりと鳩尾が冷える。

志狼の言葉通り、机に広げられたそれは宿題ではなかった。特別プログラムの実施は、放課後にのみ限られているわけではない。通常の授業時間内にも、頻繁に呼び出しを受けた。健康診断からメンタルケア、アダムとイヴにまつわる歴史や体の構造まで、プログラムにおける必修項目は多い。その上実技と称して性交までもが推奨されるのだから、当然塔野はいくつかの授業を休む結果となった。

「特別プログラムに付随する事情で授業に出られなかった場合、イヴは学期末に補習さえ受ければ合格点がもらえる。それなのに君は、欠席した授業内容をちゃんと自習しているわけだ」

「…休んだ分、次の授業についていけないと困りますから」

一時間欠席すれば、当然それだけ授業の進度から取り残されてしまう。そうでなくても、校内の競争は激しい。遅れを取り戻すどころか、成績を維持するために授業の予習と復習は必要不可欠だ。

「その通りだが、イヴが学期末に受ける補習は形式的なものでしかない。君がその気になれば、今後一切授業に出なくてもここを卒業することができる」

ほとんど同じ説明を、塔野は特別プログラムが始まってすぐ別の教員からも受けていた。

特別プログラムは、イヴに大きな負担を強いる。出席日数が足りなくなるなど、学業との両立が危ぶまれる可能性は大いにあった。そのため、プログラムに参加するイヴには学期末の補習が用意されていた。宿題や予習を怠ったとしても、咎める教員はいない。毎日少なくない量の宿題に追われ、小テストや補習に四苦八苦する級友たちからは、俺もイヴになりてえと冗談交じりの羨望がもれていた。

自分だって、こんな状況でなければ小テストの免除を喜んだかもしれない。だが現実は、少しも喜べなかった。

難関と言われる試験を経て、塔野はこの学園に入学したのだ。アダムだとかセトだとか関係なく、同級生たちと机を並べ学ぶためにここに来た。自分の手で入学を勝ち得たように、この学園を卒業し次の目標を目指す。

憧(あこが)れている大学は、当然あった。そこに手が届くか、あるいは他にも興味のある分野が現れるか、先のことは分からない。だが自分自身の足で、己の将来を選択していくつもりだった。

それが、どうだ。突然この教室からも蹴り出され、小テストさえ受けなくていいと言われた。そんなもの必要ないと、イヴとして生きる以上塔野自身の意志で歩む人生など必要ないのだと、宣告されたも同然だ。

「君はプログラム開始後も欠かさず小テストを受けて、成績も以前と変わりないそうだな。担当の先生方も、感心しておられた」

事実だけを並べた男の指が、もう一度塔野の髪に触れた。

「諦めてないんだろう？」

それは、問いではない。

確信に満ちた声は、毒のようにやさしく響いた。

「あいつらの…、私たちの妻になんかならないで、君はまたこの教室に戻って来ようとしている」

暗い紺色を隠す志狼の双眸が、教室を見回す。

ほんの何日か前まで、当然のように塔野の生活の一部だった場所だ。セトであることを意識する必要もなかった、ただの塔野の居場所だった。でも今は、志狼の言葉の通りはるかに遠い。

図星だ。

諦めるつもりなんか、勿論なかった。

志狼が見透かす通り、イヴとしてここを卒業するつもりなどない。一刻も早くこのプログラムから外れ、これまでの生活を取り戻したかった。そのためには、以前の生活から決して距離を置いてはいけない。

必ず学校に登校し、授業を受ける。プログラムのせいで欠席を強いられた場合は自習をし、穴を埋めた。小テストにも宿題にもそれまで以上に打ち込んで、成績を維持する。

単純なことだ。単純だが、恐ろしく困難なことでもあった。

本当は、教室に顔を出すことだって辛い。授業を受けたり参考書を開いていれば、多少は気が紛れる。だが好色さや好奇心を隠さない視線に晒されれば、否応なく気持ちが磨り減った。睡眠不足のせいで常にぼんやりと熱っぽく、まともに食欲も湧かない。鷹臣たちから逃れ、寮の部屋で予習を終える頃には頭を持ち上げていることすら難しかった。

それでも、それまでの日常にしがみつくことをやめられない。それすらやめてしまえば、自分が誰であるか塔野自身が覚えていられなくなりそうだからだ。

「全く、堪らないな」

嘆息が、落ちる。はっとして上げた視界に、自分を映す双眸があった。黒々とした海面が月明かりを弾くよう、ぎら、とその奥を鈍い色が過る。

「君は教室に戻るどころか、ここから逃げ出したいとそう思ってるだろう？」

重ねられた言葉に、心臓がぞわりと冷えた。

「だがそれだけは、君自身の安全のために絶対に避けなければいけないことだ」

断言した志狼が、男らしい指先を持ち上げる。銀色の指輪をはめた指の背が、塔野の頬をやさしく撫でた。

「私たちの最優先事項は、君の安全を守ることだ。そのためには君を閉じ込めてしまうのも一つの手段だろうが、君がそれを望まない以上、できる限りの譲歩はしたいと思っている。必要なのは、信頼関係だ。鎖に繋がれていなくとも、逃げ出さないというな。塔野君、君は賢い。君自身のためにも、我々の信頼を裏切らないでくれ」

裏切れば、どうなるか。

声にされなかった言葉の先に、肌がふるえる。思わず声を上げようとしたその時、どかっと固い音が響いた。

「変態教師が、教室でサカってんじゃねえよ」

頭上から降った声に、ぎくりと息が詰まる。視線を跳ね上げた塔野を見下ろし、志狼がちいさく肩を竦めた。

「確かに私もまだまだだな。塔野君を見ていると、職業倫理まで簡単に吹き飛んでしまう」

「吹き飛びすぎだろ。退け。そいつは俺の席だ」

どかりと、もう一度逞しい足が志狼の座る椅子を蹴る。

「軍司…」

大柄な影が、すぐ傍らに落ちていた。片手をポケットに突っ込んだ鷹臣が、塔野と志狼とを見下ろしている。いつ教室に入って来たのか、まるで気がつかなかった。それだけ、志狼との遣り取りに没頭していたということか。改めて込み上げる羞恥に、塔野は慌てたように唇を拭った。

「椅子ってお前、授業に出る気なのか」

「それが教師の台詞かよ」

鷹臣の舌打ちには、並みの教員ならふるえ上がらずにはおられない。だが志狼は、慣れたものなのだろう。苦にした様子もなく、引き締まった体軀を椅子から持ち上げた。

「確かにこれ以上レポートが増えたら、さすがのお前も睡眠不足になるか」

「レポート…？」

声をもらした塔野に、眼鏡越しの双眸が細められる。

「プログラムに参加するアダムには、プログラムの進行とイヴに関する詳細なレポートの提出が義務づけられている」

自分に関する、詳細なレポートとはなにか。そんなものになにが書かれているのか、想像するのも怖い。そう思うと同時に、イヴとは違い鷹臣たちが小テストなどを免除されている様子はないのだ。多忙な授業やプログラムの合間を縫い、アダムたちはそんな課題まで課されているのかと驚かされる。

「…そんな負担を負ってまで、どうしてプログラムに参加するんだ」

唇からこぼれたそれは、あまりにも素直な疑問だ。無論鷹臣たちにも、参加を拒む権利はないとされている。だが本当に塔野に嫌がらせをするために決断したのだとしたら、それはあまりに非効率的ではないのか。

「僕とセックスするために、レポートまで書いてくれてありがとうって言うところだろ」

肩を聳（そび）やかして立つ鷹臣が、笑みもなく告げる。

なんて男だ。愛想のない唇の形も、不遜に持ち上げられた顎の角度も見事だからこそ余計に腹が立つ。

「俺は参加したかったぜ、このプログラムに。すごおくな」

「塔野君。こんな青二才ではなく私を選ぶ気になったらいつでもそう言ってくれ。後悔はさせない」

「とっとと持ち場に戻りやがれ。変態教師」

煩わしそうに志狼を追い立てた鷹臣が、がたがたと椅子を引き寄せた。

鷹臣の席は、塔野の隣だ。プログラムが始まり、鷹臣がこの教室に移って来た日から当然のようにそう決まった。鷹臣ほど背が高く、肩幅の広い生徒など他にいないのだから仕方ないだろう。

参考書を片づけようとして、塔野が息を詰める。

椅子を席まで引き摺った鷹臣が、塔野を見下ろしていた。昼の日差しの下で瞬く鷹臣の双眸は、一見すると志狼のそれとよく似ている。だが志狼の眼が全てを見透かすものだとしたら、鷹臣の眼光は相手を物理的に切り開くものだ。刃物のように遠慮がなく、正確に対象物を切り分ける。その視線が自分の手元を撫でたことに、塔野は息を詰めた。

「っ…」

志狼がそうしたように、鷹臣もきっと一瞥しただけでこのノートの意味を悟るのだろう。教師としての温情からか、志狼は塔野の努力を無駄だと切り捨てなかった。だが、目の前の男は違う。

こんな、悪あがきをしてやがるのか。

鼻で笑い、諦めの悪い塔野に現実を突きつける残忍さが鷹臣にはある。そう信じて疑わない塔野の手が、ノートを閉じようと動いた。

「おい」

男の視線から全てを隠す間もなく、低い声が落ちる。笑う、のか。奥歯を噛んで身構えた塔野を、暗緑色の双眸がまじまじと見下ろした。

「お前、具合悪いのか」

ぶっきらぼうに問われ、眉根を寄せる。

鷹臣の眼が、ノートを見咎めなかったわけがない。ただ今その視線が注がれているのは、うっすらと隈を浮かべる塔野の目元だった。

「いや、健康そのものだよ」

こんなひどい嘘、あるものか。明々白々すぎるが、真実を吐露するつもりなど微塵もない。ふうん、と頷いた鷹臣がじろじろと塔野を見回す。レポートの参考にでも、しようとしているのだろうか。

「いつでも保健室に連れて行ってやるぜ。連れて行って下さいって、お前がお願いするならな」

笑みもなく言い渡した男が、隣の席に収まる。瀟洒な木製の椅子は、鷹臣の体軀を受け止めるには些か気の毒なほどだ。どこまで、傲慢な男なのか。椅子を軋ませた鷹臣の気配を真横に感じ、塔野は手のなかの筆記用具をひっそりと握り締めた。

授業の開始を告げる鐘が、鳴り響く。横顔へと注がれる視線を痛いほどに感じながら、塔野は教科書を開いた。


搔き回される、下腹が熱い。

はっ、はっ、はっ、と首筋に落ちる荒い息に合わせ、体が揺れた。

「っあ、あァ」

時々ぐり、と深い部分にまで先端が届く。怖くて声を上げると、機嫌を取るように腰を擦りつけられた。

不規則な陰茎の動きには、何度繋がっても身構えることができない。思ってもみない角度から突き上げられ、んあ、と無防備な声がもれてしまう。

後ろから伸しかかられ、裸に剝かれた尻にずっぷりとペニスが埋まっていた。それだけで目眩がするのに、縺れ合った二人の頭上には天井すらない。立ち入りが禁じられた屋上の一角で、塔野は一つ年下の幼馴染みと性交していた。

「うあっ、んん…」

「未尋さん…っ、あ、どう？　ここ、これで、いい…？」

塔野を呼ぶ遊馬の声が、切迫して途切れる。

射精を目指す掠れ声に、ぞくぞくっと性感が背筋を走った。そんな声で、聞かないでくれ。ぐちゃぐちゃになった頭のなかで、まともな思考など組み立てようがない。膝立ちになって塔野に覆い被さってくる遊馬に追い詰められ、気がつけば塔野自身も膝立ちで手摺に縋っていた。

一般の生徒の立ち入りは禁じられているが、屋上自体は常にうつくしく保たれている。広い花壇が作られ、手摺の向こうには常緑樹の生け垣が巡らされていた。手摺を握り締める塔野は、辛うじてその生け垣に隠された格好だ。だけど後ろで動く遊馬は、誰かに見咎められているかもしれない。

想像すると、ぞわりと踝から痺れが込み上げた。

三時間目の、授業時間中だ。誰も屋上なんか、気にしない。そう思っても、ふるえを止めることはできなかった。それが興奮によるものだとは、考えたくない。そんなのは、自分じゃない。言い聞かせるように喘いだ塔野を、力強い腰が突き上げる。なめらかに動いた陰茎が、深い部分に当たった。

「ひァあ」

「俺、ちゃんと気持ちよく、できてる…？　未尋ちゃんのこと」

きつく眼を閉じた遊馬が、鼻面を首筋に埋めて呻く。訴える間も、ぬくぬくと動く腰は止まることがない。左に捻る動きで深く突き上げられ、ぶちゅ、と空気を押し潰す音が尻で鳴った。

「あ…、黙…」

気持ちよくなんかないと、言ってやればどんなに楽か。

お互い剝き出しにしているのは、下半身くらいだ。半端に毟られたシャツの裾から、汗ばんだ手が胸元を探ってくる。狙(ねら)っているのか、焦らしているのか、乳首に中指が届いてすぐに離れた。ぎゅっと背中から抱き締められ、遊馬の腰の動きが速くなる。

「う、あァ」

じんとした痺れが、下腹だけではなく爪先までを甘く溶かした。少しでも快感を取りこぼすまいと、本能的に爪先が丸まる。きゅうっと尻の穴に力が入ったのか、そこを出入りする遊馬の動きが生々しく伝わった。膨らんだ亀頭が前立腺を押し潰しながら奥へと進んで、悲鳴がもれる。

「っひ、あ、も…」

逃げようとする塔野を追いかけて、しがみつく遊馬の腕に力が籠もった。大きな獣の前脚に、押さえつけられているみたいだ。がっしりとした前脚で獲物を捕らえ、一心不乱に腰を振る。ごりごりと遠慮のない力で前立腺を虐められ、半開きの唇から涎が垂れた。

「未尋、さん…っ」

繰り返し名前を呼んだ遊馬が、息を詰めて射精する。

「んっあ、ぁ…」

密着した体ごと、腹のなかの肉がびくびくとふるえた。熱いものが広がる感覚に、腰がくねる。苦しむようにも、注がれるものを取りこぼすまいとするかのようにも見える動きだ。それさえ刺激になるのか、低く唸った遊馬が益々強く腰を押しつけた。

「…ぁ、ちゃんと、イカせてあげるから、いい子にしてて」

はぁっ、と充足の息が耳の後ろを撫でる。ぞくっと身悶えた塔野の股間を、大きな手が探った。

「っあ、やめ…、その、言い、方…っ」

「なんで…？　未尋ちゃんが、よく俺に言ってくれるやつじゃん」

ちゅうっと首のつけ根に吸いついた遊馬が、腺液をしたたらせる塔野のペニスを摑む。とろりと角の取れた遊馬の物言いは、甘ったれた幼馴染みのものだ。だけど質感を味わうよう手のなかで性器を揺する動きは、すっかり堂に入っている。くにくにと先端をいじられ、恥ずかしさと期待とで心臓がうるさく鳴った。

尻のなかには、まだ遊馬の陰茎が入ったままだ。射精したばかりとはいえ十分な体積のそれに圧迫

され、前立腺がじんと疼く。

「違…、僕、年上…」

いい子にしてるんだぞ、と、それは確かに塔野が口癖のように告げてきた言葉だ。だが、今はどうだろう。年長者であることに変わりはないが、自分たちの立場はあまりにも変わってしまった。

「泣かないで、未尋ちゃん」

首を振った塔野の顎先から、いつの間にかこぼれていた涙が伝い落ちる。さっきから、それはずっと止まることがない。むずかる子供をあやすよう、遊馬が手にした性器を扱いてくる。その動きに、最初に塔野へと触れたぎこちなさは見いだせない。先端を掌ですっぽりと覆って、回すように刺激された。

「ひ…ァ」

鷹臣のように、剝き出しにした先端にねっとりと触れてくるほど残酷ではない。代わりに否応なく高められていく塔野の反応に、遊馬は満足するようだ。

遊馬は塔野が望む形で、快感を与えようとする。だが、これ以上は欲しくないと、そう訴えても無駄だ。吐き出すものがなくなっても、塔野が何度でも絶頂に押し上げられるようにと弱い場所を繰り返しさすってくる。ぼろぼろと泣くその横顔にも、興奮しているのかもしれない。ひくっ、と嗚咽が混ざり始めても構わず、敏感な裏筋を虐められた。

「あ、駄目、あ…」

「分かる？　前いじるとお尻の穴までぴくぴくしちゃうの、未尋さん最高に可愛い」

塔野のペニスに二本の指を引っかけて、遊馬が自分の陰茎を含む穴を覗き込んだ。遊馬が言う通り、塔野の尻の穴は性器の興奮に合わせ、ひくひくと力んだりゆるんだりを繰り返しているのだろう。

そんなものが、正常な尻穴の反応なのか塔野には知りようもない。つやっとした桃色の粘膜に眼を凝らし、遊馬が腰を引いた。

「んあっ」

「俺の精液もっと呑みてえって言ってるみたい」

前立腺を掻き上げた陰茎の感触に、塔野のペニスがびくんと跳ねる。少量ではあるが、射精してしまったのだ。もうなにも残っていないと思われた場所から精液があふれ、痩軀がずるずると芝生に崩れる。

「ここに毎日注いだら、俺と未尋ちゃんの赤ちゃんができんのかな」

真剣に瞬いた遊馬が、ぬぽ、と粘つく音を立てて陰茎を抜き取った。幼馴染みの双眸には、なんの曇りもない。ぶるっとふるえた体の内側に、大きな空洞ができたみたいだ。すぐには口を閉じきれない穴から、こぽりと精液が垂れるのが分かる。

「ん…、っあ…」

思わず穴を締めようとしても、上手く力が入らない。痺れたような穴を指で拭われ、射精したばかりの先端がぴくんとひくついた。

「っあ…」

「一番最初に妊娠させたら、確実に未尋ちゃんを俺のものにできるんだ。今は赤ちゃんになんなくても、毎日ここに俺の精子注いで頑張んねーと」

真顔で告げた遊馬が、垂れてくる精液を惜しむように指で掬う。そのままにゅぶりと肛門へと押し戻され、塔野は爪先を悶えさせた。

「や…！　ぁ、入れる、な、そんな…っ」

「駄目。早く俺のために孕める体になってもらわねぇと。それに、気持ちよくねぇ？　これ」

「ひぁ、あ…」

これ、と教えるように入り口近くで指を回され、過敏になった内壁がきゅうっとうねった。まるで遊馬の言葉を、体が肯定しているかのようだ。

「俺、未尋ちゃんのこと、すっげえ気持ちよくしてやりてえ。だからもっと上手くできるよう頑張るから、未尋ちゃんも俺とのセックスの実習、ちゃんとつき合って」

でも、と声を落とした遊馬が、健気な反応を返す尻の穴から名残惜しそうに指を抜く。

「でもあんまこすってこれ以上赤くなっちゃうとさすがに駄目だろうから、続きはまた明日」

やらない。明日もなんて、絶対やらない。

こぼれ続ける涙のせいか、子供みたいな言葉ばかりが胸を叩く。荒い呼吸に身を任せ、塔野は立ち上がる力もないまま芝が敷かれた床へと崩れ落ちた。

遊馬に捕まったのは、三時間目の授業が始まる直前だ。移動教室の途中で待ち伏せられ、引き摺られた先がここだった。

嫌だと言えば、だったらこのまま廊下でマーキングしましょうかと返された。結局一番近い場所にあった階段を上り、人気のない屋上へと行き着いたのだ。

「あー、泣かないで未尋さん、もう大丈夫だから」

ごそごそと着衣を引き上げた遊馬が、ハンカチを取り出す。まだ新しいそれを頬に当てられ、肩がふるえる。

「…これ…」

「ちゃんと忘れず持ってきたんだぜ。ガキの頃から、いつも未尋ちゃんハンカチ持ったかって言ってくれただろ」

小学校以来、年下の幼馴染みに忘れ物がないか確認するのは塔野の役目だった。誰かに、頼まれたわけじゃない。遊馬が塔野にくっついて歩くようになってからは、年上の自分が世話を焼くのが当然だと思っていたのだ。

太陽みたいに破顔した遊馬が、取り出したハンカチで塔野の内腿を拭ってくる。

「っ…、い、いい、自分で…」

「今までは俺が貸してもらってばっかだったでしょ。これからは俺が用意して、ちゃんと未尋さんのお世話するし」

上機嫌な遊馬の手が、精液でべとつく性器だけでなく尻の割れ目までを大きく広げた。怯えてひくつく穴に指を入れ、注ぎ入れたものを掻き出される。

「ひ、んん、あ…」

声を上げまいとしても、横臥（おうが）した体が悶えた。二本に揃えられた指がぐるりと右に、そして左にと回される。そうしながらゆっくりと出し入れされると、前立腺をいじられているわけでもないのにぞくぞくと背筋が痺れた。

「っう、んあ…」

「もうちゃんと口閉じ始めてんだ。未尋さんのここ」

指が届く範囲の精液を処理した遊馬が、最後にぺちん、と尻穴を指の腹で叩いてくる。じゃれるような動きだが、清められたはずのペニスがぴくんとふるえた。気がつけば、噛み締めていたはずの唇がとろりと開いてしまっている。どうなってるんだ、この体は。こんなこと、あるはずない。もじもじと揺れてしまいそうな爪先が怖くて、塔野は整いきらない息のまま着衣を引き上げようとした。

「黙、れ…、早く服、着て…。次、授業…」

汗ばんだ胸を上下させ、どうにか口にできたのはそんな言葉だ。

次の授業までも、遊馬にさぼらせるわけにはいかない。切れ切れに声にした塔野に、遊馬がちゅっと音を鳴らして唇を寄せた。

「安心して？　授業より未尋さんの方が大事だから。それに今日は志狼さんもいねえから、俺がしっかり未尋さんの側にいねえと」

瞼を吸ってくる仕種は、堂々としたものだ。鼻歌でも歌いたそうに、遊馬が自分の股間を拭った。

「…先生…？　ああ、研究所から…」

声にするつもりはなかったのに、呟きがこぼれる。今朝、寮でそんな話を聞いた気がするが、頭のなかはいまだ煮立ったままだ。

「向こうに残してきた仕事も多いから、結構呼び出しが入るみたいすよ。今日は泊まりで出なきゃいけないとかで、ヘリポートに迎えが来るって言ってたけど」

市街地から離れたこの学園へは、車が主な交通手段になる。だが緊急時への備えとして、敷地の一角にはヘリの離発着場が設けられていた。大がかりな防災訓練に使われることがあるとは聞いていたが、当然日常的に利用されるものではない。そんなものまで活用せざるを得ないほどの緊急事態だったのか、あるいは志狼が持つ権限の問題なのか。後者を連想させるのがアダムという生き物だと、このプログラムが始まって以来嫌というほど教えられた。

「あーあ。落ちねえかなァ、志狼さんが乗ったヘリ」

塔野の隣へと腰を下ろした遊馬が、真顔で呻く。全く屈託のない、だがどう頑張っても冗談には聞こえない声だ。

「なに、言ってるんだ」

「志狼さん、親類の俺が言うのもなんだけど、マジなに考えてるか分かんねえって言うか、恐ぇって言うか。でもあの人が未尋さんのことマジで狙ってるのは確かだし。鷹臣サンも一緒に乗ってりゃ、まとめて始末できて話が早いのに」

こんな場所で体を動かしたせいか、遊馬の双眸は血流を増していつもよりその輝きを濃くしている。ありふれた褐色よりも一色明るいその双眸は、きらきらと澄んでうつくしい。これが罪のない軽口であれば、窘めて終われただろう。だが機会と手段があれば、遊馬は己の言葉を実行に移すに違いない。そう確信させる光が、遊馬の眼にはあった。

果たしてこれを、一途だなどと呼んでいいのか。

「人の不幸を願うようなこと、言うもんじゃない…。もう、教室に…」

早く戻れと、まだ重い体を引き起こし、塔野は腕時計を覗こうとした。できれば這ってでも教室に戻りたいが、今はそれさえ難しい。手摺を背にどうにか上体を起こした塔野を、遊馬が自分の肩へと引き寄せた。

「俺のことより、未尋ちゃんこそ少し休んだら。俺、ついてるし」

逞しい肩へと塔野の頭を導き、遊馬が左の指に指を絡めてくる。

自分の背丈を追い越していく遊馬を、塔野はずっと我がことのように誇らしく思ってきた。だがその手は、そしてその肩はこれほど大きかっただろうか。

押し返し距離を取ろうにも、もう力では敵(かな)いようがない。繰り返される性交が、嫌というほどその事実を塔野に教えていた。

「駄目だ…、教室、戻らないと。サボるなんて、絶対…」

「本当未尋サン真面目なんだから。悪い子の俺は嫌いすか?」

諦めきれず呻いた塔野の指を、ぎゅうっと無骨な指が握ってくる。額を寄せて囁く声は、セックスの最中とまるで同じ響きだ。

「…それより、もっと、嫌われるようなこと…、しただろう」

まだ整いきらない息で絞り出せば、額がくっつく距離で遊馬が笑った。

「でも、本当の俺ってこうすよ」

明るい琥珀色の双眸が、頭上から注ぐ光を眩く弾く。塔野よりも体温が高い遊馬の中指が、瘦せた左の薬指を愛しそうに撫でた。

「あんたに気に入られたくて、ネクタイも締めてたし、生徒会にも入った。未尋さんに好きになってほしくて、いい子でいたんす」

首を伸ばした遊馬が、ちゅ、と塔野の唇に触れてくる。あまりにも自然な仕種で首を伸ばされ、瞬きだってできなかった。

「覚えてる？　未尋さん、俺と初めて会った時のこと」

「……飴玉を、あげただかって、時のことか…？」

初めて出会った日に限らず、遊馬との思い出はたくさんある。飴玉にまつわる記憶だって、一つではないのだ。

「親に連れて行かれたキャンプで、俺、遊具の列に並んでられなくて。動いてる遊具が見たくって前に行こうとしたんすよね。並んでる奴らすっ飛ばして」

「…なんだ、それ」

許しがたい暴挙だ。

涙の膜が残る目を瞬かせた塔野に、遊馬が肩を揺らした。

「同じこと言われたんすよ。後ろ並んでた奴に」

その情景を思い出したのか、琥珀色の眼がやわらかく光る。

「手ぇ摑まれて、ちゃんと並ばないと駄目だって。動いてる遊具の側に飛び出しちゃ危ないだろって」

全くその通りだ。そうは思うが、頷く力もない塔野の左手を幼馴染みが引き寄せる。やわらかな唇が、ちゅっと音を立てて薬指を吸った。

「で、俺、うっるせーって列飛び出して」

蘇る記憶に、塔野がぬれた睫を伏せる。

あれは夏に訪れたキャンプ場での出来事だ。日に焼けた利かん気な下級生が、ぱっと塔野の手を振り払って駆け出した。

覚えて、いる。

ちいさな背中はすぐに列を離れ、管理棟近くの柵(さく)へと飛びついた。

「入っちゃったわけすよね。入っちゃ駄目って言われてた柵よじ登って、キャンプ場に飼われてた犬んとこ遊びに」

そうだ。ちいさいが伸びやかな手足を持った下級生は、軽々と柵を乗り越えた。蒼白(そうはく)になった小学生の自分が、同じように柵に駆け寄った時には遅かった。大きな犬が二頭、ちいさな遊馬に向けて飛びかかったのだ。

「あいつら、今思っても結構でっかい犬だったと思うんすけど、俺ちっこいガキだから簡単にぶっ飛ばされそうになって。そん時、犬より先に俺に飛びついて来た奴がいたんすよ」

左の指に絡んだ遊馬の指が、痩せて骨が目立つそれをそっとさする。記憶のなかにいる幼馴染みは、走ってくる犬たちを微動だにせず見上げていた。怖くて、動けないのか。振り返った琥珀色の瞳は、まん丸に見開かれていた。

「俺、そっちにびっくりしちゃって。しかもそいつ、助けに来てくれたのかと思ったら、ここ入っちゃだめだって言われただろ危ないのにって叱り始めやがるの」

全く、僕が言いそうなことだ。

笑う力もなく、ちいさな息がもれる。でも実際、塔野はそんなことを言ったのだろう。

あぶないだろ。はやくにげて。

叫んだ塔野に、ちいさな遊馬はやっぱりきらきら光る目を見開いていた。

「そんな親切な僕から、遊馬は飴を巻き上げたのか…」

深く吐き出した息に、声が混ざる。

「ちなみにそいつ、俺庇って犬に小突き回されて。どーも昔乗っかられたとかで犬が怖かったみたいで。なのに必死になって俺のこと守ってくれるわけすよ。あんな恐そうな犬から。その上俺のこと助け出して、親んとこまで連れてってくれたんす。自分だって犬に噛まれそうになって、超怖くて泣きそうになってたのに」

泣いてなんかないぞ。

抗議しようとした塔野の後ろ髪を、伸ばされた遊馬の指が気紛れに梳く。絡んだ左の指が、ぎゅっと、握る力を強くした。

「それで、飴くれたんす。最後に一個だけ残ってたやつ。お腹空いただろう、これ食べて、お母さんの所まで頑張ろうって」

きらきら光る男の子の瞳こそ、飴玉みたいだ。あの時の自分は、そんなことを考えていた。手のなかの飴玉よりよっぽどきれいな目をしたその子は、塔野に尋ねたのだ。俺のこと、怒ってる、と。

「ここ、危ないから入っちゃ駄目なんだぞ。でももう怖くないから、大丈夫、とか言って。怖かったのは、あんたの方だったんじゃないかって思うわけですが」

笑った高校一年生の遊馬が、塔野の額へと顔を寄せた。秀でた幼馴染みの額は、まだ性交の名残を残して少しだけ汗ばんでいる。

「あん時の飴、最高に美味しかった」

それはそうだろう。こんなぐったりと投げ出された体ではなく、もっと厳めしい顔で応えてやればば正解だった。だがそうすることもできない塔野の薬指を、遊馬がそっと撫でた。

「だから、あん時決めたんす。あの飴玉よりおっきな宝石のついた指輪を、いつか絶対あの子の薬指に贈ろうって」

明朗に澄んだ琥珀色の双眸には、やはり一点の曇りもない。怖いくらいうつくしいそれは、微生物の生息も許さない純水と同じだ。

いつから大切な幼馴染みは、こんな眼をするようになったのか。もしかしたら本当に、自分が気づいていなかっただけなのか。

遊馬の指が、そっと左の薬指を辿る。

信愛の籠もる、やさしい動きだ。でもそれは、もう小学生の子供のものではない。

「ずっとあんたが好きだった。あんただけが」

引き寄せる腕の強さに、痩軀が傾いた。

「俺を選んで下さい、未尋さん」

ずるずると崩れ落ちる視界に、空が映る。ハレーションを起こす世界の向こうで、鐘の音が遠く響いた。


「雨宮、君少し痩せたんじゃないか。ちゃんと、食べてる？　音楽室に籠もって、食事をすっぽかしてないか？」

話したいことは、たくさんあったはずだ。それでも開口一番塔野の唇からこぼれた言葉に、雨宮が低く唸った。

「だから、まずは自分の心配が先だろう、塔野」

一喝され、我に返る。

「…ごめん。久し振りだったから、つい」

素直に視線を伏せれば、もう一度大きな溜め息が音楽室に落ちた。

「そりゃ痩せもするさ。ピアノ弾く以外の生活全てを丸投げしてきた君をいきなり取り上げられたんだぞ？　奴ら、さっさと僕に君を返すべきだ」

あまりにも雨宮らしい物言いに、こんな状況なのに唇が綻(ほころ)んでしまいそうになる。随分な物言いだが、雨宮が心底塔野を心配してくれていることは分かっていた。友人の憎まれ口ですら、今はこんなにも懐かしい。

訪れた音楽室は、雨宮の私室のようなものだ。昼休みの喧噪も、ここには遠い。それでもつい先程までは、この部屋も八十八鍵の鍵盤が奏でる音楽で満たされていた。

音楽室ですごすことの多い雨宮は、今日は昼食もここですませ音楽に没頭していたらしい。塔野も相変わらず働きたがらない胃を叱咤し、ラフマニノフの洪水のなかで昼食を詰め込んだ。暴風が如き圧倒的な音の繋がりは、塔野が抱える現状を現すのにこれ以上ない選曲だろう。呼吸できているのか不思議に思うほどの音楽の渦を蹴散らし、雨宮は訪問者である塔野に英和辞典を差し出した。

「僕も君がちゃんとご飯食べたり寝たり先輩たちを困らせてないか気がかりで仕方がないよ」

つい数日前まで、それは塔野の日常として当たり前に存在したものだ。声に出すと随分と遠いことのように思え、胃が重さを増す。

気分よく一曲弾き終えた興奮からか、雨宮は塔野に残るマーキングも苦にならないらしい。出会い頭には忌々しげに鼻面を歪めはしたが、級友たちほど落ち着かなげな様子はなかった。塔野の立場に眉をひそめこそすれ、イヴかどうかなど雨宮には心底興味がないのだろう。

「ちゃんと食べてるし寝てるし先輩たちも大いに困らせてやってるさ。それより塔野は、次の休みもそっちの寮に残るのか？」

普段の週末ならば、それだけを理由に帰宅することはほぼできない。だが今週の終わりは、連休だ。申請が通りさえすれば、ほとんどの生徒が寮を後にするだろう。

「…僕は、しばらく外出は難しいらしいから残るよ。君は？」

何故、外出できないのか。言葉にするまでもなく、雨宮は理解したらしい。全ては、塔野を拘束するプログラムのせいだ。露骨に眉間を歪め、雨宮が舌打ちしたそうに長い息を絞る。

「僕も帰宅はしない予定だ。なにか必要だったら、いつでも声をかけてくれ」

「君は本当にいい奴だな」

心底からの感謝に、雨宮がわずかに眉を引き上げた。面と向かって褒められ、照れているわけではないらしい。むしろ塔野らしい率直さに呆れつつも、それが気に入ったのか。ふん、と友人が鼻を鳴らした。

「今頃気づくようなことか？　分かったら君もちゃんと食事を取るんだぞ」

すっかり立場が逆転してしまったようだ。こんなにも頼りになる友人は他にいないが、だからといって雨宮に甘えすぎるわけにはいかなかった。塔野にマーキングが施されているのは事実だし、女王効果についても無視はできない。ありがとう、と礼を言い、塔野は長居することなく英和辞典を図書館で借りた本に重ねた。

「僕もしっかり食べてるから安心してくれ。これ、すまなかったね。同部屋のよしみで頼みごとばっかりして」

雨宮から受け取った英和辞典は、塔野自身の持ち物だ。

プログラムが始まった直後、塔野はそれまで使っていた寮からプログラム用の部屋へと移動させられた。引っ越しは業者によって行われたため、あの日以来塔野は一度も以前の部屋には戻っていない。この辞書は、プログラムが始まる以前に雨宮に預けたものだった。

「他にも必要なものがあればいつでも言ってくれ」

手を上げて応えた雨宮に重ねて礼を言い、音楽室を後にする。

できることなら、昼休みが終わるまでここで音楽の洪水に溺れていたい。誘惑を振り切るよう踏み出した塔野の背に、再び始まったピアノの旋律が届く。胃がぞくぞくするようなラフマニノフから一転し、その後に続いたのは厳かに降る雪のような曲だ。

「…アダムの堕落により全ては朽ちぬ」

よくそんな曲名、覚えていたものだ。

元はオルガンのために書かれた曲なのだと、以前雨宮に教えられた気がする。聖書に描かれた、楽園を追われる者たちを題に取った曲だ。階段に飾られたタペストリーでは、乙女がアダムに赤い果実を差し出している。苦々しく息を絞り、塔野は中庭へと続く回廊に出た。

初夏の日差しに照らされるそこは、今日も眩い光に満ちている。瑞々（みずみず）しい葉を茂らせた木々が枝を広げ、回廊の一角に絡んだ藤（ふじ）が紫の炎のように揺らめいていた。

聖書に描かれた楽園とやらも、きっとこんな場所だったのではないか。自分の想像に、辞典を握る指に力が込もる。神に禁じられた善悪の実を囓り、アダムらは楽園を追われた。しかし楽園に禁断の果実を実らせたのは、他でもない神だ。それを食べた人間を堕落と呼ぶのには、同情より反発を覚えた。

楽園という箱庭で、神は一体どんな実験を行いたかったのか。

楽園には善悪の実だけでなく、イヴを罪へと誘った蛇もいた。二人がどこまで誘惑に耐え抜けば、神は善悪の実を人に与えるつもりだったのだろう。

与えるつもりなど、なかったのかもしれない。

アダムにせよイヴにせよ、それを食べるためには自ら手を伸ばす以外なかったとしたら、堕落と呼ぶのはやはり傲慢だ。

益々苦い息を吐いた塔野の耳に、低い声が届いた。

藤棚を組まず、柱に絡むに任せた藤の木は葉の緑よりも花の色こそが際立つ。重たげに垂れる花房の下に、広い背中が見えた。

否応なく、視線を惹きつけられる。制服の上からでも、引き締まった体の厚みがよく分かった。すでに男として完成されつつある体軀の上で、暴力的なまでの力強さとしなやかさとが鬩ぎ合っている。

鷹臣だ。

携帯端末を手にした男が、電話の相手に応じていた。

携帯端末の使用は勿論、それを持ち込むこと自体この学園では禁じられている。加えて、鷹臣の左手には煙の立ち上る煙草が挟まれていた。こちらは、校則以前の問題だ。しかしまるで頓着なく、鷹臣が火のついたそれを唇へと運ぶ。

「また一人でうろうろしてやがるのか」

回廊に足を踏み入れた時点で、塔野の気配に気づいていたのだろう。通話を終えた鷹臣が、驚いた様子もなくこちらを振り返った。

「それとも俺に会いたくなったのか？」

揶揄を無視して、鷹臣に歩み寄る。まるでプログラムが始まる以前の、自分たちの再現だ。鷹臣も、同じことを考えたのかもしれない。面白そうに唇の端を吊り上げた男が、携帯端末を胸の隠しにしまった。

「こいつの許可は取ってあるぜ」

原則として禁止されてはいるが、一部の生徒に限り携帯端末の所持が許されているのは事実だ。鷹臣の言葉にも、嘘はないのだろう。

「仕事の用件だったのか？」

同じ寮で生活を始めて知ったことだが、鷹臣は学生の身でありながら家業の手伝いをしているらしい。手伝いと言うと牧歌的だが、それが学生のアルバイトの規模を超えていることは容易に想像がついた。

「安心しろ。浮気はしねえ」

「なんの話をしているんだ君は。モバイルが公認だとしても、煙草は絶対駄目だろ」

もう、何度目になるか分からない注意だ。飽きもしない塔野を笑い、煙草を咥えた鷹臣がゆっくりと肺を膨らませる。男っぽく歪むその唇が意外にもやわらかいことを、塔野は身を以て知っていた。

「お前が孕んだら、禁煙してやってもいいぜ」

「な…っ」

そんなことを言ってたら、永遠に禁煙できないだろう。色をなそうとした塔野へ、ぬっと男の腕が伸びた。自分を捕まえようとしたそれに、塔野が切れ長の目を見開く。

「君…」

「あ？」

面倒そうに返した鷹臣に構わず、塔野は硬い腕を掴んだ。しっかりと筋肉がついた、見るからに強靭な腕だ。その左腕を包む制服の裾に、よく見れば鮮やかな赤色が滲んでいる。

砂埃までついたそれは、明らかに血の色だ。

「どこかに引っかけちまったみたいだな」

塔野の視線に気づき、鷹臣が肩を竦める。苦にした様子もなく腕を引こうとするのを許さず、塔野はそれをぎゅっと掴んだ。

「なんだ」

「このままにはしとけないだろ」

自身の袖を汚す血の色より、塔野の剣幕にこそ驚いたらしい。ぽかんとして瞬いた鷹臣の腕から、塔野が慎重にシャツを捲った。

「軍司、これ…」

袖をぬらすのは、返り血などではない。手の甲から肘に向かい、歪な裂傷が走っていた。

「見た目ほどひどくねえ。少し血が出ただけだ」

「だからって、痛くないわけはないんだろ？」

叱りつけるも同然の塔野に、そりゃあな、と鷹臣がぼやく。やっぱりだ。掴んだ腕を放さないまま、塔野は木陰を横切った。

中庭の中央では、ちいさな噴水が透明な水を湛えている。睡蓮が浮かぶそれに隠れるよう、散水用の水場が隣に設けられていた。

「少し、染みるよ」

袖を捲らせ、蛇口を開いて傷口を洗う。砂埃と血とをそっと流せば、幸い鷹臣が言う通り深い傷ではなさそうだ。ほっとはするが、言葉通り鷹臣が不注意でこんな傷を負うとは思えなかった。

なにが、あったのか。

鷹臣に喧嘩を売る莫迦が、校内にいるとも思えない。だが先日の三ツ池との一件もある。塔野にそれと分かるマーキングをしているということは、鷹臣たちは常に自らの存在を誇示しているも同然だ。普段は避けられる摩擦でも、プログラムの最中は均衡が崩れるのかもしれない。

「なんだ難しい顔しやがって。怪我すんのも校則違反だとでも言う気か」

自分が、どんな顔をしていたって言うのか。大人しく腕を預ける鷹臣を、塔野はぎろりと睨みつけた。

「怪我の理由にもよる。喧嘩なら勿論校則違反だ」

びしりと告げた塔野に、鷹臣が瞬く。ぱち、と音を立てそうに睫が上下し、次の瞬間、男がちいさく噴き出した。

「な…っ！　笑いごとじゃないだろう。こんな怪我をしたのに」

咎めながら、ハンカチを取り出して傷の周りを拭う。

「大したことじゃねえよ」

「大したことだろ。お蔭で特別なアダム様の血も赤いって、よく分かったけど」

自分で口にしながらも、特別なアダムなんて言葉の愚かしさに溜め息がもれた。そっと水を拭った傷口に滲むのは、言うまでもなく塔野と同じ赤い血だ。

「お前、まさか俺に緑色の血でも流れてると思ってたのかよ」

「特別、なんだろ？」

我ながら、意地の悪い物言いだ。唇を噛んで、まだ血が滲んでくる傷口にハンカチを当てる。

「特別だから、君はこんな怪我をするまで喧嘩をするし、堂々と喫煙もする。なにをしても、許されるからだ」

「確かにお前以外、俺に説教を垂れる莫迦はいねえな」

大人しく塔野に腕を預けながら、鷹臣が肉感的な唇に煙草を挟む。

全く、その通りだろう。

鷹臣のこんな素行を目の当たりにしても、校内の誰一人として注意などしない。

煙草を吸おうと人を殴ろうと、鷹臣は完璧な男だ。完璧な、アダム。凡夫とはかけ離れた存在を相手に刃向かって、なんの得がある。そう判断する周囲は、塔野より余程賢い。

「…悪かったな。神の代理人であるアダムに僕なんかが意見して」

汚れた袖までをきちんと拭った塔野を見下ろし、鷹臣が煙草の煙を長く吐き出す。

「こいつを誰も咎めねえのは、俺が特別なアダムだからだ」

骨張った指が、そこに挟まれた煙草を揺らす。

よく、分かってるじゃないか。

溜め息を噛んだ塔野を、瞬きもしない暗緑色の眼が見下ろした。

「一番クソなのは、俺が煙草を吸ってる事実じゃねえ。勿論その事実もお前は許せねえんだろうが、それよりもクソなのは、アダムだってことに胡座（あぐら）を掻いた俺が、誰からも咎められねえって知った上でこいつを吸ってる、そこだろ？」

喫煙は、罪悪だ。

咎められるべき規則違反であると同時に、健康を害する行為でもある。だが鷹臣が口にしたように、それ以上に塔野を苦々しく苛む現実があった。

鷹臣は、自分が誰からも咎められないことを知っている。

それは反撃されないと知っていて、他人を殴るに等しい。最悪だ。道を外れてみせるなら、せめて痛みを負うだけの覚悟を持つべきではないのか。

「違いねえ」

自分自身の言葉に、鷹臣が笑う。

「俺は、アダムだからな」

神の形を模して創られた、神に最も近い存在。

聖書においては、アダムは神に試された。だが現代を生きるアダムたちは、むしろこの世界の神なのだ。

「知ってるか、優等生」

半ばまで吸った煙草を、鷹臣が足元に落とす。噴水をぐるりと取り巻くように、中庭の中央にはうつくしい石畳が敷かれていた。白い石畳に落ちたそれを、鷹臣が慣れた動きで踏み潰す。

「特別なアダムってのは、十六歳になると精子を提供させられるんだぜ」

驚きに、睫が揺れた。

そんな話は初耳だ。

立て前として、社会にはアダムとセト、そしてイヴもまた等しく扱うことが求められた。それはあくまでも立て前ではあったが、アダムであることを理由にそんな扱いを受けていいはずはない。

「優秀なアダム様は紙コップを渡されて、出すもん出すまで監禁されるんだ」

くしゃりと、自分の顔が痛みに歪むのが分かった。

塔野を見下ろす鷹臣の双眸には、なんの感慨も浮かんではいない。にやにやと笑うこともなければ、舌打ちももらさなかった。塔野の反応を読み取ろうとする、狡猾さすらない。ただ一度、煙草を吸いたそうに左の指が唇をさすっただけだ。

「表向きは、任意協力だ。社会貢献だの学術的意義だの、理由を挙げられた気はするが、取るもん取られるのは同じだ。優秀な遺伝子のサンプリングと、効率的な繁殖を行うための研究とも言ってやがったな。早い話が種馬だ。孕める可能性があるなら雄のイヴを使ってでも繁殖させようって、そういう話になったのもその一環だろう」

「そんなことが…」

任意協力などという言葉が見え透いた嘘であることくらい、塔野にだって分かる。十六歳の鷹臣に、選択の余地はなかったのだろう。どんな理由からにせよ、アダムであるがために究極の個人情報を提供させられたということだ。

「…すまない。嫌な話をさせて」

細く絞り出した塔野に、鷹臣の肩が揺れる。ぎくりとして身構えた塔野の目の前で、男が声をもらした。

「お前、本当に面白い奴だな」

笑って、いるのか。

なにがおかしい。呆気に取られる塔野を、暗緑色の双眸が捉える。くっくと上がる声と同じだけ、そこには光が爆ぜるような色があった。

「俺はアダムがかわいそうだとは思わねえ。結局のところ、アダムの男ってのはヒエラルキーの一番高い所にいるわけだしな」

三角形の、一番上。

ヒエラルキーなんて言葉が、鷹臣の口から出たことにこそ驚く。それがひどくさっぱりと、突き放した響きを帯びていることにも睫が揺れた。

鷹臣自身、その三角形を愛してはいないのか。アダムは最も、その恩恵を受ける者だ。三ツ池のように、当然の特権と感じている者だっているだろう。

「お前はどうだ?」

口元に笑みを残したまま、鷹臣が尋ねた。

「俺が特別なアダムなら、お前はもっと稀少なイヴだ。お蔭で悪い気を起こす莫迦共まで惹きつけちまうわけだが、お前が望めば最上の生活を手に入れることだってできる」

それは即ち最上位のアダムと結ばれたなら、最高の生活を得られるという意味だ。

社会的、経済的に成功したアダムと結ばれることを、熱望しない者はいない。イヴに限らず、それはセトにとっても憧れの夢物語だ。アダムに生まれることができなくとも、アダムに選ばれればその力に触れることができる。

誰しも一度は夢想するが、多くの場合アダムが求めるのはイヴだ。イヴであるということは、なかでも特別なイヴであるということは、上位のアダムを獲得できる機会がより多いことを意味する。その立場を羨む者は、きっと世界にはたくさんいるのだろう。

「僕はそんなこと、望んじゃいない」

握り締めた指先が、ちいさくふるえた。

アダムの後ろ盾があれば、希望の大学にも容易に進学できるだろう。社会に出て、希望の職に就くことだって可能かもしれない。だが全ては、それをアダムが許した場合に限られる。

神が作った、楽園で生きるのと同じだ。アダムが用意した箱庭で、イヴは与えられた自由を楽しむにすぎない。

「試験を受けなくていいとか、ここを簡単に卒業できるとか、僕はそんなものが欲しいんじゃない。いくら努力したところで、僕が君たちみたいに成功できるとは限らないけれど…」

でも、と、塔野は喘ぐように息を継いでいた。

「でも僕は、イヴに…、いや、イヴだけじゃない。それこそアダムにだってなりたくなんかない。セトでなくったっていいんだ」

一体自分は、なにをこの男に訴えようとしているのか。

こんな話、鷹臣には髪一筋ほどの興味もないだろう。目の前の男は、アダムのなかのアダムだ。生まれながらに一番高い場所で輝く相手に、セトですらなくなった自分の声が届くはずもない。分かっていても、唇が動いた。

「僕は、僕でいたい」

それだけだ。

誰かが拓（ひら）いてくれた人生が、欲しいわけじゃない。自分で選び切り拓く道は、最良の生活でもなければ最高のものでもないかもしれなかった。だけど、僕の人生だ。僕が選んだ、僕の人生だった。

「軍司」

噴水のせせらぎが、夢のようにうつくしい中庭に響く。楽園のようなその場所で、塔野は唇を開いた。

「君に、聞いてもらいたいことがある」

ばん、と蹴破られそうな勢いで扉が開く。

大きな音に、いくつかの視線が持ち上がった。放課後は利用者が少ないとはいえ、ここは図書室だ。咎めるように上げた視界に、よく知った人影が飛び込んでくる。

「危ないぞ遊馬。図書室で走るなんて…」

「未尋ちゃん…！」

強い声が、塔野の注意を押し退けた。

息を切らして立つ遊馬は、およそ静寂を好む図書室には似つかわしくない。

荘厳な部屋だ。堅牢な校舎のなかでも、特に高い天井を持つ図書室は塔野の気に入りの場所の一つだった。壁に沿って巡らされた本棚は飴色で、それぞれに重厚な黄金の板が掲げられている。天井を支える円柱に絡むのは、知恵の象徴でもある蛇だ。柱と同じ大理石で彫られたそれが、読書机につく塔野を見下ろしていた。同じく黄金の蛇が支える地球儀の間を抜け、遊馬が足音も荒く近づいてくる。

余程焦ってここまで来たのだろう。肩で息をする遊馬の額には、乱れた前髪が落ちていた。

「鷹臣さんを選んだって、本当なのか…？」

悲愴に響いた声に、図書室中の視線がこちらを見る。

どよめきと共に注がれる視線にも声量を抑えることなく、幼馴染みが問い質した。

「なんでだよ、未尋ちゃん」

梯子の上で作業をしていた司書が、何事かと顔を上げる。静かに、と注意が飛ぶ間もなく、遊馬が塔野へと詰め寄った。

「さっき志狼さんに聞かされて、俺…」

濃褐色の双眸が、歪む。爛々と燃える眼にあるのは、怒りではない。言葉通りの疑念と衝撃とが、遊馬の双眸のなかでぶつかり合っていた。

「どうして俺じゃないんだよ…！」

「遊馬、外に出…」

　これ以上ここで騒げば、周りの迷惑になる。なにより物見高い視線に、遊馬を晒す必要はないのだ。

　席を立とうとした塔野の腕を、強い力が摑む。あ、と思う間もなく、鋭角的な鼻先が目の前に迫った。

　すっきりと整ってはいるが、幼馴染みの鼻筋は決して華奢ではない。意志の強そうなそれが、角度をつけて塔野へと覆い被さった。

　キス、されるのか。

　ぎくりとして体を引こうとした塔野を、頑丈な腕が捕える。遊馬の腕ではない。攫うように抱き寄せられた塔野の足元で、がた、と椅子が固い音を立てた。

「鷹臣さん…」

　がっしりとした男の影が、図書室に落ちる。

　遊馬だって、十分に大柄だ。だがそれよりも上背で勝る鷹臣が、塔野を右腕で抱いていた。

「鷹臣、君、椅子倒…」

　図書室で、大きな音を立てるな。咎めようとした塔野の鼻先に、形のよい鷹臣の鼻筋が迫った。

「っ…」

　唇を、突き出される。

　意味は、問うまでもなかった。

　キスをしろ。

　肉感的な鷹臣の口元が、唇の動きで強請る。いや、命じるのか。

不遜に顎をしゃくられ、冷たい汗が背中を流れた。だが、塔野に選択肢はない。自分よりも高い位置にある頬へと手を伸ばし、意を決して伸び上がる。

「未…」

悲鳴のような声が、遊馬の口からもれた。その音が消えるより早く、鷹臣の口から唇を離す。触れていたのは、一瞬だ。それでも確かに、キスだった。

「恥ずかしがるんじゃねえよ」

たった今唇で触れた鷹臣の唇が、笑う。恥ずかしいわけじゃない。いや、恥ずかしいけど、そうじゃないだろう。声にすることができない唇に、やわらかなそれが落ちてきた。

「っ…、軍…」

大きく背を屈めて与えられた唇は、少しかさついているが弾力がある。

人目のある図書室で、これ以上なにをするんだ。もがこうとする塔野に構わず、肉厚の舌先が唇の割れ目をちろりと舐める。塔野より二回り以上体格のよい鷹臣は、舌だって厚くて長い。喘いだ塔野の口腔に、真上から差し込むように舌を伸ばされた。

「んぁ」

ふっ、と口腔に注がれる息の生々しさにすら、粘膜が痺れる。水を打ったように静まり返った図書室に、舌を使う音がはっきりと響いた。

「……の野郎！」

立ちつくしていた遊馬が、我に返ったように腕を伸ばす。肩を摑もうとした手を難なく払い、鷹臣が顔を上げた。

「あ…」

ぐにゃりと、床がやわらかく撓む。力が入らない膝を叱咤し、塔野は自分を抱える鷹臣の腕を摑んだ。遊馬、と呼ぼうとした声に、幼馴染みの肩が揺れる。その目元にさぁっと走った赤味は、怒りによるものか。唾液でぬれ、半開きになった塔野の唇を遊馬の視線が突き刺した。

「見ての通り、選ばれたのは俺だ。だよな、塔野」

耳元へと唇を寄せた鷹臣が、塔野の背中をさする。

愛着の籠もる、動きだ。ようやく手に入れた宝物を、一瞬たりとも手放したくない。そう主張する、子供みたいだ。

「……あ、ああ」

蚊の鳴くような声にも、満足したらしい。笑みを深くした鷹臣に、遊馬が愕然と眼を剝く。

「分かったら消えろ。俺は本来恋人とのセックスを他人に見せつける趣味はないんでな」

恋人。

ぬけぬけと口にした鷹臣が、見せつける動きでぎゅうっと塔野の尻を摑んだ。やわらかな肉に指を立てられ、踝から痺れが込み上げる。だが、その腕を振り払うことはできない。声がもれないようきつく引き結んだ塔野の唇へと、鷹臣がもう一度顔を傾けた。

唇を開きキスしようとした鷹臣を、琥珀色の目が睨めつける。視線で人を殺せるとしたら、きっとこんな眼だ。

「なんで」

ちゅっと唇を吸った鷹臣から眼を逸らすことなく、遊馬が唸る。

「なんで、あんたなんだ。絶対、裏があんだろ？」

憎悪にぬれた声が、低く尋ねた。どんな快活さも、伸びやかさもそこにはない。塔野を両腕に囲う鷹臣が、眼球の動きだけで遊馬を捉えた。

「お前が出て行かねえならいいぜ。もっと静かな場所を探すまでだ」

こいつと二人っきりになれる場所をな。

そう塔野の顳顬に唇を落とした鷹臣が、華奢な腰を掴んだ。身構える間もなく膝裏に腕を回され、軽々と抱き上げられる。

「ちょ…」

驚く塔野を両腕で抱いた男が、悠然と図書室を横切った。未尋さんっ、と遊馬の声が追ったがそれだけだ。振り返りもせず図書室を後にして、廊下を進む。

「おい、軍司…っ」

抱えられ、図書室から出て来た塔野の姿に、廊下を行く生徒たちが足を止めた。

確固たる足取りで進む鷹臣を目にした途端、ある者は飛び退いて道を譲り、ある者はあんぐりと口を開く。そのどれ一つ意に介することなく、男が広い歩幅で廊下を進んだ。塔野を抱えても足元一つふらつかせるどころか、立ち止まって抱え直すこともない。

「下ろしてくれ…！」

回廊を真っ直ぐに進んだ男が、そのまま校舎を後にした。呆気に取られる生徒たちを後に残し、辿り着いたのは果樹が植えられたあの裏庭だ。

「っあ…」

煉瓦が作るアーチをくぐり、枝を広げる林檎の木の下へと転がされる。

「ここは駄目だ、芝が傷…」

傷む、と注意しようとした塔野の視界が、暗く翳った。あおむけに芝へと落ちる塔野に、鷹臣の巨躯が覆い被さったのだ。

「ん、ぅあ」

図書室で中断された、キスの続きだとでも言うのか。まるでそこにそう収まるのが当然だと主張するかのように、唇が重なった。奥歯に力を入れて拒もうにも、糸切り歯を舐めた舌にぞわりと喉の奥が疼く。すぐに口腔に入りたがった舌先が、下唇を甘く吸った。

「ふ…」

鼻から息が抜けて、ゆるんでしまった歯列から厚い舌が入り込む。

んん、と呻いた声にさえ気をよくしたのか、鷹臣の舌が舌へと絡んだ。口腔を一杯に満たし、ぬぷぬぷと動く鷹臣の舌はいつだって執拗だ。塔野が逃げようとすれば追いかけ、舌が当たるだけでふるえてしまう場所を入念に溶かしたがる。

誘い出した舌先を軽く吸われると、びりびりと足の裏にまで快感が走った。口のなかを舐められて、どうしてそんな場所が気持ちよくなってしまうのか。だが覆い被さり、ゆるく預けられた体の重みさえ心地いいのだ。

注がれる唾液からも、覆い被さってくる大きな体からも鷹臣の匂いがする。ぞわぞわと口腔全体が痺れて、塔野は両腕を伸ばした。

「……おい」

不機嫌な声が、鼻先で唸る。

構わず、塔野は精悍な容貌を両手で押し返した。

「そこ…、まで、だ、軍司…」

ぴしゃりと声にしようにも、舌先が痺れて息が上がる。口元を押し返した塔野の掌に、ぬれた鷹臣の唇が密着しているのも悪かった。

「いいのかよ、抵抗なんかして。バレたらどうする」

掌の向こうで、低い声がもごもごと塔野を脅しつける。ぶるっとふるえた痩軀に体重を預け、鷹臣が周囲へと視線を向けた。

「誰も、いないっ。バレない、から…！」

塔野たちを見下ろすのは、艶やかな緑の葉を茂らせる木々だけだ。アーチのこちら側を覗き込もうとする視線は、一つもない。訴えた塔野の上で、逞しい体が身動いだ。

「どこに人目があるか分からねえんだから、慎重にいくべきだと思うがな。バレて困るのはお前だろ」

伸しかかる重みが、わずかに失せる。は、と深く肺に酸素が流れ込み、塔野はふるえる肘でどうにか体を起こそうともがいた。

「だからって、ここまですれば十分だ…！　どいてくれ…」

面倒そうに顔を上げ、鷹臣がぬれた唇をぺろんと舐める。塔野とのキスでぬれた、唇だ。味わうように舌を使った男が、尊大にも顎を上げた。

「おい。どいてくれじゃなくて、キスしてくれてありがとう、だろうが」

怒りに、目の前が赤く濁る。だが罵りを声にすることはできなかった。

何故、こんなことになったのか。

僕のパートナーに、なってくれ。

昼休み、あの楽園みたいな中庭で告げた時の鷹臣の顔が忘れられない。

怪我をした腕の傷口を洗い、水場に立ったまま切り出した。

君を、選びたい。そう言った瞬間、鷹臣は声もなく暗緑色の眼を見開いた。硬直、していたかもしれない。慎重に二度三度と瞬くたび、その眼は驚きと疑いの色とを濃くしていった。

俺のものに、なりてえのか。

余程虚を突かれたのか、尋ねる鷹臣の声は少し掠れていた。

君は、どうなのか。君は、僕を自分のものにしたいのか。

塔野の問いの意味を、鷹臣はすぐには見極めあぐねたのかもしれない。それでも首を縦に振ろうとした男に、塔野は唇を綻ばせてみせた。

君は確かに、僕を自分のものにしたいのかもしれない。でも僕と、本気で結婚しようなんて思っちゃいないだろう。

語尾を上げ、疑問の形で口にしながらも、それは塔野の確信だった。

俺を選べと、鷹臣は言う。今すぐ妻にしてやると笑いはしたが、そんなものはただの挑発にすぎない。

いずれは鷹臣も、イヴにせよそれ以外にせよ、誰かの手を選ぶ日が来るだろう。だがそれはもっとずっと先の話で、高校二年生の今、こんな形で婚姻相手を決めたいわけがなかった。今回イヴを逃したとしても、鷹臣なら今後いくらでも最良の相手を選ぶことができるのだ。

君は僕に嫌がらせをしたかっただけで、僕と結婚したいわけじゃないんだろ。

そう告げた塔野に、鷹臣は分かりやすく顔を顰めた。

図星だったのか。そもそも最初から、自分が選ばれる気などなかったのか。鷹臣がこのプログラムに参加したのは、断るのが煩雑な上に参加者であるイヴが塔野だったからだ。自分を散々虚仮にしてきた目障りな塔野を、公然と小突き回すことができる。塔野には共感できないが、娯楽の少ない学園内ではそこそこ刺激的な意趣返しだったのだろう。

君はまだ、僕に嫌がらせをし足りないかもしれない。でもこれは、君にとっても無益な話じゃないはずだ。

言葉を選び、塔野はそう鷹臣に持ちかけた。

アダムに知恵の実を勧めたイヴも、こんな気持ちだったのか。いやこれは、イヴに知恵の実を食べさせた蛇の気分だ。

「恋人になってほしいって言ったのは、お前だぜ？」

塔野の上から退いた鷹臣が、ごろりと芝に寝転がる。にやつく男を一睨みし、塔野はふらつく体を林檎の幹へと預けた。

「僕は恋人のふりをしていって頼んだだけだ」

三人の同性から繰り返し犯される毎日に、もうこれ以上は耐えられない。どうにか、プログラムを終わらせる手段はないのか。考えた末、行き着いたのは一つの可能性だった。

一人のアダムを選べば、他の二人を交えてセックスをする必要はなくなる。無論、誰かを選んだ時点でプログラムそのものが終了するわけではない。選んだアダムとの関係は継続され、その相手との繁殖を目的としたプログラムが新たに始動するだけだ。

だが少なくとも、複数での性交を迫られることはない。その上選んだ一人ともセックスせずにすむのなら、それが最善だ。

僕と、恋人のふりをしてくれ。

中庭でそう求めた塔野に、鷹臣はこれ以上ないほど深く鼻面に皺を寄せた。

「卒業するまで、か」

木陰が落ちる芝に悠々と体を投げ出し、鷹臣が舌打ちをする。

腕を枕に寝転ぶ姿は、まるで午睡を楽しむ大きな動物みたいだ。見下ろす形で両足を芝に投げ出し、塔野は唇を引き結んだ。

「昼休みにも言ったけど、君、海外への留学を希望してるって噂だろ？　僕も海外に進学すれば、さすがにこのプログラムの拘束力も弱まるはずだ」

イヴが複数の候補者から一人を選ばないまま懐妊したとしても、プログラムの意図からは外れない。

妊娠が分かった時点で、父親であるアダムの元に引き取られるだけだろう。妊娠して退学するか、結婚して退学するか、卒業後すぐに結婚するか。つくづくこのプログラムに携わる人間は、イヴをなんだと思っているのか。

控え目に言っても最悪だが、イヴが大学に進学する可能性をこのプログラムが想定しているとは思えなかった。海外留学となれば尚更だ。

「イヴにパスポートを発行する気があるか、怪しくはあるがな。それでも婚約者の俺が連れて行くって形ならどうにかなるだろ」

試験的なものとはいえ、こんなプログラムが運用されているくらいだ。鷹臣が言う通り、簡単にはイヴを海外に流出させるとは思えない。実際どうなるかは別にしても、少なくとも卒業までの時間を稼ぐことはできるはずだ。

「…君にそこまでの迷惑はかけられない」

「お前が言い出したことだろ」

身を乗り出した鷹臣が、のふりと塔野の腿に頭を乗せてくる。驚き、思わず距離を取ろうとすると、ぺちんと尻の近くを叩かれる。

「こら…っ」

「お前が守って下さいってお願いするなら、そうしてやるぜ」

それは、昼間中庭で鷹臣に求められたのと同じ言葉だ。

お前の恋人役を演じるとして、俺にどんな利益がある。

苦虫を噛み潰したような顔をした後、鷹臣は冷静にそう尋ねた。当然の問いだ。

鷹臣が偽りの恋人となってくれれば、塔野は卒業まで誰とも望まないセックスをする必要がなくなる。無事海外に逃げ果せたとしたら、万々歳だ。だが片や、鷹臣はどうか。

鷹臣は、このプログラムの候補者に名前が挙がるほどのアダムだ。塔野とパートナーにならなくとも、すぐに次の引き合いが来るだろう。かつて精子の提供を迫られたように、若い独身のアダムとして何事かの協力を求められる可能性だってある。

鷹臣自身がそうした環境を望んでいるならともかく、煩わしいのであれば全ては下らない雑音だ。塔野とパートナーでいる限りは、それ以外の結婚と生殖にまつわる雑事からは切り離される。そうは言ったものの、塔野自身これが平等な取り引きとは思えなかった。

恋人役を引き受けた場合、今後も塔野とのプログラムは継続されるのだから、面倒な授業や面談に出席したりレポートなどもこなさなければいけない。なにより真剣につき合いたい相手と出会った時、塔野の存在は面倒以外の何物でもなくなるだろう。

塔野が鷹臣へと差し出せる知恵の実は、神に背いてでも齧りたいものだろうか。

唇を引き結んだ塔野に、しかし鷹臣はにたりと笑った。

いいぜ。俺のものにしてほしいってお前がちゃんと言えたら、そうしてやる。

左腕に生々しい傷口を作る男は、神のような傲慢さでそう塔野に求めたのだ。

「どうした。中庭じゃちゃんと言えたじゃねえか」

暗緑色の双眸を笑わせた男が、我が物顔で塔野の膝へと頭を乗せてくる。

殴ってやろうか。誘惑は確かにあるが、実行に移すことは許されない。悔しさに歪む塔野の顔を、収まりのよい場所を探しながら男が見上げた。

「……卒業まで、僕を、守ってくれ」

絞り出した声に、鷹臣の双眸が光る。

「俺のものにして下さい。お願いしますだろ」

本当に殴るぞ、この野郎。

乱暴な衝動に目が眩むが、やはり口を噤むことはできなかった。

「…っ、……僕を、軍司のものに、して、下さい…。…お願いします」

唇をふるわせて懇願する僕を見てそんな嬉しそうな顔ができるなんて、君は本当にドSだな。恨みがましく睨みつけた塔野へと、鷹臣が左腕を伸ばした。昼間怪我をした腕には、今はちゃんと包帯が巻かれている。

「少し声がちいせえが、俺は寛大な男だからな。いいぜ。お前がそんなに頼むんなら、守ってやる」

愉快そうに笑った男の指が、くすぐるように塔野の顳顬を撫でた。傍目からすれば、自分たちは本当に仲のよい恋人同士に見えるかもしれない。

「守られるだけじゃなく、俺とセックスしたくなったらそう言え。お前がお願いするんだったら、いつでもしてやる」

ここで、今すぐにだって構わねえぜ。

にやつく男を、塔野は我慢しきれず平手ではたいた。

「莫迦言うな。イヴだイヴだって言うけど、見ての通り僕は立派な男だぞ。いくら女王効果があるからって、僕を相手にしなきゃならないほど君は飢えてないだろ？　男の僕とこれ以上なにかするより、同じ迷惑をかけるなら物理的に守ってもらう方が君にとっても僕にとっても被害は少ないはずだ」

実に腹立たしいことだが、女王効果の影響が続く以上、マーキングを受けずに生活することは難しい。だったら俺とセックスすりゃいいじゃねえか。こともなげに鷹臣はそう言ったが、塔野としては頷きがたいことだ。

絶対にそれを避けたいなら、どうするか。

そもそもマーキングは、アダムの不在時にその縄張りや所有権を主張するためのものだ。力を持つアダム自体がイヴを物理的に守れるのであれば、問題はない。その上長く行動を共にすれば、マーキングに類する効果も期待された。

「被害ってなんだ。恋人同士のコミュニケーションだろうが」

下唇を突き出した鷹臣が、ぶすりと唸る。だって君、とこぼそうとした塔野の後頭部を、あたたかな掌が包んだ。そのままぐっと引き寄せられ、下から掬い上げるように唇を塞がれる。

「んあ…っ」

ねろりと、味見でもするように舐められた。慌てて顔を上げようとしたが、後頭部を摑む手の力は強い。突き出した唇でわざとらしくちゅっと音を鳴らされ、肩胛骨の下に鳥肌が立った。

「っ軍、司…！」

ようやく離れた唇に、息が上がる。

逃れようともがいたせいばかりでなく、頭がくらくらした。

「恋人同士なら、このくらい当然だ」

塔野の腿に頭を乗せたまま、鷹臣がぺろりとぬれた唇を舐める。してやったりと、笑う顔だ。真っ赤になった頬を隠すこともできず、塔野は乱暴に唇をこすった。

「誰も見てないところじゃ必要ないだろ」

「露出趣味か。意外に大胆な奴だな」

驚きも含まず感嘆され、腿の上ですっかり寛いでいる額をはたく。

「だったら品行方正な交際を心がけよう。慎ましい僕らは人前じゃ並んで歩くが手も握らずキスもしない設定だ」

「そんな生ぬるい交際じゃ周りを騙せねえぞ。特に志狼と遊馬はな。それでもいいのか？」

人の悪い顔でにやりと笑われ、歯噛みする。

人選を、誤ったか。

いや鷹臣以外には、この役目は頼めなかったのだ。志狼でも、遊馬でもない。

声もなく唸った塔野の腿で身動ぎ、鷹臣が眼を閉じる。どうやら本格的に、ここで昼寝をする気らしい。許さないぞ。午後の授業はどうするんだ。艶やかな黒髪を引っ張ってやろうとした塔野に、鷹臣が眼を閉じたまま唇を開いた。

「胸が痛むのか？」

出し抜けな問いの意味を、それでもすぐに理解する。

それは先程から、塔野がずっと考えていたことだからだ。

図書室で見た遊馬の眼が、蘇る。あんな眼をした幼馴染みを見たのは久し振りだ。小学生の頃、塔野が遊馬を残して卒業する時だって悲しみはしたがあれほど切迫した眼はしなかった。

大丈夫だよ、と。お前がそんな顔をする必要はないんだと、いつものように言ってやりたくなる。

だがそれは無理だ。

なんで鷹臣さんなんですかと、そう尋ねた遊馬は正しい。だから、お前を選べなかったんだ。

どんな知恵の実を以てしても交渉などできないだろう志狼にも、知恵の実ではなく塔野自身に噛りつくだろう遊馬にも、協力を求めることはできなかった。

「俺は正直、気分がいいぜ」

応えられずうつむいた塔野を、暗緑色の眼がちらりと見る。言葉通り充足の息を吐いた鷹臣が、塔野の内腿へと唇を押しつけた。

「そうだろう？　俺のイヴ」

「意地悪にもほどがあるだろ…！」

なんて奴だ。肩を狙った掌を避けもせず、鷹臣が笑った。


「お疲れ様。次は週明けに身体検査ね」

明るい声で告げた女医が、押印を終えた書類を塔野へと差し出す。今日の面談が無事終了したことを示す証明書と、週明けの検査の注意事項が書かれた予定表だ。

保健室の椅子にかけたまま、塔野はそれらに視線を落とした。放課後の喧噪が、重厚な薬棚が並ぶこの部屋にもぼんやりと届いている。

「次の検査はエコーと心電図、他にもいくつか機材を入れて調べる予定です。検査用の車両は午前中には到着するはずですから、鷹臣君にもそう伝えておいて」

「彼も検査を受けるんですか？」

書類をファイルに収めようとして、塔野が顔を上げる。週明けに検査があることは以前から聞いていたが、鷹臣までそれを受けることは知らなかった。

「いいえ。勿論鷹臣君が希望するなら、一緒に受けてもらって構わないけど。そうじゃなくて、彼きっとあなたにつき添いたいって言うだろうから」

花が咲くような女医の笑顔には、なんの含みもない。思わず眉根を寄せてしまいそうな自分を、塔野は視線を伏せて誤魔化した。

「でもまさか、あなたが鷹臣君を選ぶだなんてねえ」

しみじみと、女医が呟く。

塔野が自らのアダムとして、鷹臣を選んだ。

その報告は、プログラムに関わる女医の耳にも当然届いていた。それどころか、今や校内で知らない者はいないだろう。図書室での一件を待たず、噂は瞬く間に学園中へと広がっていた。

「彼しかいませんから。色んな意味で」

「やだ熱烈ね！　でも確かに素敵なアダムを選びましたね、塔野君。彼、あなたに夢中だもの」

うふふ、と笑われれば、どんな顔をしていいか分からない。

「鷹臣君だけじゃなく、他の二人だってあなたに夢中なのは一緒ですけど。でもきっと塔野君と鷹臣君は本当にお互いの心臓の半分を見つけたのよ。あなたの候補者は怖いくらい男前で頭脳明晰な軍司先生に、格好いい上に可愛い遊馬君だったわけですから。男だろうが女だろうがばんばんホルモン出ちゃいそうなあの面子（めんつ）から、一人を選べた。それが証拠よ」

しかもたった一週間で。

少女のように目を輝かせた女医が、にっこりと笑った。

「ところで、その遊馬君たちとはその後どうです？」

首を傾ける女医の目にあるのは、好奇心だけではない。カウンセラーの顔で水を向けられ、塔野は瞬きの合間に、視線を逃がした。

「…どう、でしょうか。二人と会うことは、あまりないので…」

「鷹臣君が牽制してる？　彼らしいわね。遊馬君たちは随分気落ちしてるだろうけど、仕方のないことです。アダムって、そういう生き物だから」

そういうって、どういう生き物ですか。

思わず唸りたくなるが、藪蛇（やぶへび）だろう。

全く、女医の言う通りなのだ。

鷹臣を選ぶと決めさえすれば、それで終わりではなかった。殊に、遊馬の落胆ぶりは無視できない。図書室に駆け込んで来ただけでなく、遊馬はその後正式に異議を申し立てたらしい。負けず嫌いではあるが、要領のよい遊馬にはあり得ないことだ。本来なら取りなしてくれる立場であるはずの志狼自身、塔野の決定を支持しているとは言いがたかった。

「その人を失ったら生きていけないから、アダムにとって唯一のイヴを心臓の半分って呼ぶのよ。それと同じように、本来的な意味での心臓の半分じゃなかったとしても、これと決めた大切な人を逃せばアダムは平気じゃいられません。候補者として深く関わった相手なら、尚更ね。だから少し時間をかけて次のステップに移れるよう、しばらくは次席の候補者として、遊馬君たちもプログラムに残ることになります」

それは鷹臣を選ぶと決めた後、志狼からも聞かされたことだ。

新しいプログラムへと移行した塔野と鷹臣は、引き続き同じ寮で生活をすることが決まっていた。同様に、遊馬たちもそこに残っている。顔を会わせる機会こそ少なかったが、彼らもいまだプログラムの参加者なのだ。

「滅多(めった)にないことだけど、万が一あなたがどうしても鷹臣君とこれ以上進んでいけないなんてことになったら、次席の候補者が必要になります。なにより今の段階で強引に遊馬君をプログラム…というか、あなたから引き離すのは賛成できません」

つくづく、なんてプログラムなのか。

イヴの意志を無視して進められるだけでなく、それに関わったアダムにさえ深い傷を残す。唇からこぼれた吐息の意味を、どう捉えたのか。女医が、笑みを深くした。

「大丈夫よ。引き続き遊馬君たちのメンタルケアも私が引き受けさせてもらうことになってます。少し時間はかかるかもしれないけど、きっと遊馬君も落ち着くから」

「…ありがとうございます」

あんな眼をした幼馴染みが、心配でないわけがない。

一刻も早く、こんなプログラムから離れ元の元気な遊馬に戻ってほしい。そう願う資格さえ、今の自分にはないのだろう。焼けつくような鳩尾の上で、塔野は無意識に指先を握り締めた。

「心配しないで。あなたは鷹臣君との関係に集中してればそれでいいんです。プログラムが始まって日が浅いのに、塔野君はとてもよく対処してくれてるもの。頑張りすぎてるくらい」

対応なんて、何一つできてはいない。健闘しているとも言いがたい。首を横に振ろうとした塔野の肩を、あたたかな掌がそっと包んだ。

「鷹臣君の愛とサポートがあるから安心してるけど、あなたの体調や、女王効果は未知数なわけだから。本当に、どこか痛い所とかないですか？　少しでも不安なことがあったら、なんでも相談して頂戴。無理は禁物です」

「はい。…ありがとうございました」

もう一度礼を言って、立ち上がる。

丁寧に頭を下げた塔野を眩しげに見上げ、鷹臣君によろしくね、と女医が手を振った。

「…心臓の半分、か」

逃れるように保健室の扉を閉ざし、苦く唸る。

女医が自分を気遣ってくれる、その気持ちに偽りはないだろう。真心を注いでくれる彼女に、しかし明言できることは一つしかないのだ。自分と鷹臣は、絶対に心臓の半分たり得ない。

自分たちの密約を知れば、彼女はどんな顔をするだろう。

自分の想像に、鳩尾を軋ませる痛みがひどくなる。全ては、自分で決めたことだ。無意識に腹部へと手を当てた塔野を、いくつかの視線が振り返った。

足を止める者までいる露骨さに、憂うように睫が揺れる。

プログラムが一つの山場を越えた今も、塔野を見る周囲の反応に変化はない。むしろ以前にも増して、食い入るような視線が増えた気がする。

あの肌は、どんな味がするのか。

鷹臣や遊馬たちの性欲に晒され続けてきた塔野の目元には、いまだうっすらと疲労の陰りが落ちている。それが生む艶にすら、高校生らしく妄想を掻き立てられるのか。女王効果の影響にも後押しされ、欲望と好奇心とを露にした視線がどこにいても肌を刺した。

深く息を吸って、真っ直ぐに背筋を伸ばす。恥辱的な視線に負けて顔を伏せてしまえば、二度と足を踏み出す勇気を失う。自分を奮い立たせ廊下を踏んだ塔野に、ひゅうっと高い口笛が飛んだ。

「あれぇ？　イヴちゃん一人なの？」

下卑た嘲笑が、投げられる。廊下で談笑していた上級生たちが、こちらを見ながらにやにやと笑っていた。

「オーナー様は？　もしかして指輪でも買いに行ってるとか」

左手を示した男たちが、面白くもない冗談に体を揺らす。

「なんなら俺が買ってやろうか。だから一発ヤ…」

やらせてくれとでも、言うつもりだったのか。囃し立てた男たちが、ぴたりと口を噤んだ。

「…っ…」

理由は、問うまでもない。

黒々とした影が、背後から塔野を呑み込んだ。足音が聞こえた気はしなかった。だがこんな気配、他にはない。空が落ちてきて、ぐっと世界が狭くなる、そんな威圧感だ。睨めつけられる男たちにとっては、それ以上だろう。暗緑色の双眸に睥睨された上級生たちが、瞬時にして顔色を失った。

「あ、あの…、これ、は…」

舌を縺れさせる男たちを、鷹臣が一瞥する。

腕を伸ばし、殴り伏せるのか。

止めようと身構えた塔野に反し、持ち上げられた鷹臣の手は拳を握りはしなかった。代わりに背後から伸びた指が、塔野の左手に絡まる。恭しく引き寄せたその薬指に、ちゅっと鷹臣が音を立てて唇を押し当てた。

「こいつには、俺が最も相応しい指輪を贈る予定なんでな」

声の振動が、指を舐める。応えられる者など、当然いない。行くぞ、と促した男が、塔野の腰を抱き寄せた。唖然とする男たちを振り返ることもなく、鷹臣が塔野と同じ歩幅で廊下を進む。

上擦った声がもれるが、腰に絡む腕は離れない。有無を言わさず、上級生たちを殴りつけなかった点は大きな進歩だろう。でも、あれはなんなのか。まだ唇の感触が残る指を、塔野はぎゅっと握り締めた。

「き、君…っ、な…」

「あ？　なにってなんだ」

不思議そうに凄んだ男が、体を折り曲げて塔野を覗き込んでくる。そこで初めて気づいたように、鷹臣が眼を瞬かせた。

「おい、顔すげえぜ。お前」

真っ赤じゃねえか。

そりゃあそうだろう。顔どころか、耳まで赤くなっている自覚がある。恥ずかしさに顔を覆おうとすると、益々首筋までが熱くなった。

「当たり前だろ！　いくら演技だからってあんなこと…！」

呆気に取られていた、上級生たちの顔が蘇る。必要なこととはいえ、こうして腰を抱かれるのも人前でキスされるのも耐えがたい。だが意地悪く欲望そのままに振る舞われるだけでなく、大切なもののように扱われる羞恥はまた違った。殊に、鷹臣のような甘ったるさとは無縁の男となれば尚更だ。

あの、鷹臣が。君、演技とはいえあんなことができるのか。

これはこれで、心臓に悪い。僕の心臓を抉る嫌がらせとしては、なかなかに有効だということだ。

赤味の引かない顔を手で扇ごうとして、塔野は男が手にした書籍に目を留めた。

「…君、もしかして待っててくれたのか？」

思わず、足が止まりそうになる。驚きもなく、鷹臣が右の眉を引き上げた。

「そうしろって言ったのはお前じゃねえか」

「あ、あれは君が言わせたんだろ。君、忙しいのに…」

保健室へ向かう際、一人でも大丈夫だと告げた塔野に鷹臣は頑として首を縦に振らなかった。待ってて下さいお願いしますって、言いな。

威圧的に顎をしゃくられ、そんな必要はないと訴えた。多忙な鷹臣にとっては、貴重な放課後だ。いつ終わるか定かではない自分の用件のために、待たせておくわけにはいかない。だが結局、男は自分を待ってくれていたのだ。

「申し訳ねえと思うなら、今すぐ鷹臣大好きお願いだからここでセックスして下さいって言いな」

「ッ、君って奴は…！」

一瞬、君のことすごくいい奴じゃないかって思ったのに。抗議の声を上げようとした塔野が、ちいさく足を縺れさせる。それは本当に、ささやかな変化だったはずだ。だが当然のように、鷹臣が足を止めた。

「どうした」

「別に。なんでもない」

「なんでもないって面かよ」

即座に否定した塔野を、男の腕が引き寄せる。そのままぐるりと視界が回って、声が出た。

「ちょ、軍司…！」

「黙ってろ」

膝裏に腕をくぐらせた鷹臣が、軽々と塔野を抱え上げる。ここが階段であることなど、鷹臣にはなんの問題にもならないらしい。長身の塔野を抱えてさえ、鷹臣の足元には不安がなかった。真っ直ぐに階段を上がった男が、ぐるりと周囲に眼を向ける。

保健室に戻るより、こちらの方が近いと判断したのだろう。中央廊下を進んだ男が、蛇を模した把手を押した。

図書室の扉をくぐった鷹臣を、いくつもの視線が振り返る。ざわ、と揺れた空気をまるで苦にすることなく、男が選んだのは窓辺の一つだ。出窓を利用したそこは、ゆったりとした長椅子になっている。日差しを浴びる窓際は、一般の生徒にはおいそれとは近寄りがたい特等席だ。そんな不文律などないもののように、男が塔野の痩軀を長椅子へと横たえた。

「…あの、待…、君」

同時に自らも腰を下ろした鷹臣が、塔野の後頭部を腿の上へと導く。

「どこが痛ぇ？　女医を呼ぶか？」

あおむけに転がされた視界の真上に、自分を見下ろしてくる男の容貌があった。その威圧感だけで上級生たちをふるえ上がらせた男が、今は食い入るように自分を見ている。怖いくらいの真剣さで尋ねられ、塔野は辛うじて首を横に振った。

「視線が、痛いけど…、その、こんなの…」

図書室中の目と耳とがこちらを窺っているが、そんなもの鷹臣にはものの数ではないのだろう。どっかりと椅子に腰かけた男が、塔野の腹部へと腕を伸ばした。

「っ…、あ」

触れられたことにより、痛みが走ったわけではない。火箸で腹を掻き混ぜられるような苦痛は、いつだって塔野を苛み続けているのだ。

「ごめん。大丈夫、だ。心配してもらうほどのことは、なにも…」

いつもと同じ笑みを作って、どうにか体を起こそうとする。その肩を、ごつごつとした掌が押し返した。

「いい加減覚えろ。お前が言うべきことはありがとう鷹臣。膝枕してくれるなんて超嬉しい、だろうが」

棒読みにした男が、襟元へと手を伸ばしてくる。あ、と思った時にはネクタイがゆるめられ、第二釦までもが外されていた。

「っん、う…」

たったそれだけのことなのに、ほっと呼吸が楽になる。後頭部と首筋を包む、鷹臣の体温のせいもあるのだろうか。みっしりと筋肉に覆われた男の大腿は、塔野のそれとは比べものにならないほど逞しい。枕にするには些か嵩が高すぎるかもしれないが、制服越しに伝わる体温は心地好かった。

「あの女医、よくこんなお前を帰しやがったな」

舌打ちをされても、身動ぎ一つできない。

一度体を横たえてしまえば、張り詰めていたものが途切れてしまいそうになる。誤魔化していたはずの痛みが増して、ぎりぎりと内臓を軋ませるのが分かった。

「先生の、せいじゃない。急に…」

急に、痛み出しただけで。

実際、痛みは先程までより強くなっている。だがそれ以上に、女医が気づかなかったのは自分が悟らせまいと努めたからに他ならない。勘の鋭い鷹臣に看破されてしまったことこそが、失敗だった。

「喋るな」

額に滲んだ汗を、大きな掌が拭う。あたたかい。そう感じた途端、とろりと瞼が落ちた。

特別プログラムが始まってから今日まで、十分な睡眠が取れた日は少ない。疲れきって意識を失うか、張り詰めた精神が朝まで眠りを遠ざけるかのどちらかだ。食事だって喉を通らないのだから、体調を崩すのも当然だろう。苦く歪んだ眉間を指で辿られると、背骨が蕩けそうな眠気が込み上げてくる。

内臓を蝕む苦痛が遠のいて、ふ、と呼吸が解けた。久し振りに感じる心地好さに、薄い胸がゆっくりと上下する。

どれくらい、そうしていたのか。ほんの、数秒の出来事だったのかもしれない。間近で響いた振動に、びく、と痩せた肩が跳ねた。

「ぁ…」

舌打ちをした鷹臣が、胸の隠しから携帯端末を取り出すのが見える。着信があったらしいそれを、男が躊躇のない動きで黙らせた。

「分かってる。図書室は通話禁止だってんだろ。こんな時まで真面目くさってんな、お前」

眉間を歪めた男を、まだぼんやりとする瞳に映す。それでも少し休んだせいか、いくらか鮮明になった意識で塔野は首を横に振ろうとした。

「あ…、仕事の、連絡だろ…？　行ってくれ。僕は大丈夫だから」

体を起こそうとした塔野に、男が眉間の皺を深くする。

「自分のイヴを置いて行く莫迦がどこにいる」

憮然と言い放った鷹臣が、膝枕へと再び塔野を引き戻した。その右手の人差し指に、光るものがある。

銀色の、指輪だ。白銀だろうか。曇り一つない輝きが、鷹臣そのもののように目を焼いた。

「なんだ」

指を追ってしまった塔野に気づき、鷹臣が首を傾げる。

「…君と一緒になれるイヴは、確かに幸せだろうなと思って」

唇を越えた声に、ぴたりと鷹臣の動きが止まった。なんだ君、その顔は。

短い沈黙の後これ以上なく胡乱そうに顔を歪められ、塔野こそが驚く。僕は君を褒めたつもりだぞ。それを何故、そんな今にも嚙みつきたそうな顔をするのか。だが鼻面に深すぎる皺を刻んでいてさえ、鷹臣は腹が立つほど美丈夫だった。

「…君は本物のパートナーを扱うように、僕に接しようとしてくれてるんだろう…？　でも、僕は君のイヴじゃない。だから僕のためにまで、こんな特別なアダムでいてくれる必要はないんだ」

白い指が、鷹臣の指を飾る銀の指輪に触れる。

それは皮肉などではない。

鷹臣は、特別なアダムだ。生活を共にすれば、否応なく実感させられた。それは正に、世間というものが期待するアダムそのものだ。

特別プログラムに参加する今でも、鷹臣の成績は少しも下がってはいない。この学園内で上位の成績を維持し続けるのは、並大抵のことではなかった。加えて男は、実家の事業にまで精通している。

むしろ生活の比重は、そちらにこそあるのではないか。携帯端末は休みなくなにかを受信し、欧州時間に合わせて電話が入ることもしばしばだ。耳慣れない外国語での遣り取りを拾うたび、眠る時間はあるのかと不安になる。

その上で、鷹臣は塔野のために理想のパートナーまで演じてくれているのだ。

お前が懇願したからだと男は言うが、だからってこれは過密すぎるのではないのか。

無論、塔野が予想した以上に、鷹臣がこの状況を楽しんでいるらしいのも事実だ。塔野に選ばれた鷹臣は、対外的には他の候補者たちを出し抜いた。その優越感だけでなく、塔野という玩具を得られたことが、なにより鷹臣を満足させているらしい。口うるさい優等生を隷属させ、人前で反抗を許さないどころか自主的に愛を囁かせることまでできるのだ。

君、ちょっと楽しみすぎなんじゃないか。そう思わされることだって多々ある。

だがそんな楽しみと引き替えにするには、鷹臣が支払うものは少なくない。マーキングを受けずにすごすということは、思い描いていた以上に制約が多いのだ。

マーキングを受けていない塔野を、男は基本的に一人で出歩かせることをしなかった。それは塔野の希望に叶うものではあるが、鷹臣にとっては言うまでもなく負担が大きい。検診どころかこんな場所にまでつき合い、その膝を貸し与える義理など鷹臣にはないはずだ。

そう口にしようとした塔野の鼻先に、無骨な指が伸びる。むぎゅ、と鼻をつままれ、驚きに声が出た。

「君っ、な…」

「生憎、特別なアダムでいる必要もなにも、俺は生まれた時から特別なアダムなんでな」

ふん、と鼻を鳴らされ、なにをするんだと叫びそうになる。同時に、理解もした。

鷹臣にとって、特別なことなど一つもないのだ。

アダムとして、必要なことをしているにすぎない。自分のイヴを守るのは、即ち自分自身の名誉を守ることだ。所有物であるイヴになにかあれば、アダムにとってこの上ない不名誉となる。相手が塔野であるとか、それが偽りの恋人であるかなど関係がなかった。

「…ごめん、莫迦なことを言った」

恥ずかしさに、喉の奥が苦くなる。

僕のために、無理なんかしないでくれ。結局、自分が口にしようとしていたのはそんなことだ。どんな、思い上がりなのか。

鷹臣が言う通り、彼がここにいるのは塔野が懇願した結果に他ならない。マーキングしてくれと一言言えば、鷹臣の負担の一端は軽減されるのだ。分かっていながらそうできず、こうして膝まで借りている自分が言えることではないだろう。ふらつきながらも起き上がろうとして、塔野は再び鼻へと伸びた指に目を見開いた。むぎゅっと、先程よりも強く引っ張られ、図書室であることを忘れて声を上げそうになる。

「ちょ、軍…君、どこ、引っ張って…」

「俺がアダムだって分かった時、こいつを贈られた」

憮然と口角を下げた鷹臣が、右手にはめた指輪を示す。

それが、どうかしたのか。意図を摑みきれず、鼻をさすりながら見上げた視線の先で銀の指輪が光を弾いた。

「お前も知ってるだろうが、生まれたアダムに貴金属を贈る地域は今でも多い。こいつも当時、うちの親が赴任してた先の人間から贈られたもんだ。親父が関わってた、寒村からな」

「…きれいな、指輪だね」

それは、社交辞令などではない。初めて目にした時から、ずっと感じていたことだ。簡素だが見事な宝石のはまったそれは、男っぽい鷹臣の指によく似合っている。素直な塔野の呟きに、鷹臣が視線だけで頷いた。

「実際、結構な値段がするんだろうぜ。アダムは富と繁栄をもたらす。そのアダムに可能な限り立派な指輪を贈るのがそこの慣わしなんだとよ」

アダムの誕生は、どんな土地であろうと祝福をもって迎えられる。それに捧げられる指輪は、神に対する供物と同じだ。

「母親が妊娠した時、俺がアダムであることを期待した奴は少なかったはずだ。だが実際はアダムが産まれ、それを喜んだ人間は多かったってことだな」

鷹臣の声には、批判もなければ苦痛もない。ましてや、高価な祝いの品を贈られた誇らしさなど探しようがなかった。

「俺がこの指輪を贈られた理由は、俺がアダムだって一点だけだ」

「…君はその指輪が、嫌いなのか？」

鷹臣は冷静ではあるが、万事に対して無頓着な人間ではない。これも恋人ごっこを始めて気づいたことだが、男は興味の対象に斑があり、ものの好みがはっきりしている。人間関係にしろ装飾品にしろ、気に入らなければどれほど高価であれ、それを理由に身近に置くとは思えなかった。

「いや。贈られたもののなかでも、こいつは特に大切だな」

指輪に視線を落とした鷹臣が、唇の端を笑わせる。

大切なんて言葉を、この男が使ったことにどきりとした。偽りの恋人である塔野にさえ、鷹臣はこうして膝を貸してくれるのだ。真実大切だと思うものならば、その掌をしっかりと組み合わせ世界の全てから守るのだろうか。

「こいつを贈ったのは金が唸ってる金満家でも、俺が要職に就けば便宜を期待できる立場の奴らでもねえ。こいつのために多くもねえ蓄えを削って、それでも一生俺と顔を合わせる機会があるかどうかも分からねえ連中だ」

指輪がはまった右手を、鷹臣がゆるく閉じ、そして開く。

「別にそいつらが、アダムを尊ばなきゃならねえ理由はねえ。セトだろうとイヴだろうと、富や繁栄をもたらせる奴なんていくらでもいるだろう。だがこの指輪は、アダムである俺に贈られた」

暗緑色の双眸が、眩い白銀の輝きを映した。同じようにこれまで何度だって、その眼は指に輝く祝福の環を見下ろしてきたはずだ。

「だから俺は、彼らに報いる責務がある」

もしその声が重々しく強張ったものであったなら、分かったような顔をして頷くこともできたはずだ。だが責務だと、そう告げた鷹臣の口吻にはなんの気負いもなかった。当然、だと。それが自分という人間を形づくるものの一部であると、迷いなく告げる声だ。

指輪が欲しいって、そんなの君が望んだわけじゃないだろう。

つまらない反論の言葉が、込み上げそうになる。指輪を贈られた君には非がないと、それがたとえ生死に関わるものだったとしても、どこかの誰かが蓄えを削った責任を君が負う必要はないのだと、そう口にしてしまいたかった。だが鷹臣が言いたかったのは、そんなことではないはずだ。

望むと望まざるとに拘わらず、鷹臣はアダムだった。富める者も貧しき者も、皆アダムを熱望する。多くを持つことに胡座を掻いて、その特権だけをつまみ食える者にとってアダムであることは福音だろう。だが自分が何者であるかを知る前に、アダムだからこそ尊ばれ、差し出されたものの重さを教えられた者にとって白銀の環は呪いだ。イヴの指を飾るそれと、変わりがない。

「…君はそれを、外そうとは思わないんだな」

応えは、分かっている。ぽつりとこぼれた言葉に、鷹臣が心底不思議そうに眼を瞬かせた。

「外す理由がねえだろう」

君はどうして、そうなんだ。

君が、君だからか。

アダムそのものが特権的な立場であることは否定できないが、ならば尚更、鷹臣には重責のみを脱ぎ捨てる選択肢だってあったはずだ。だが、男はそうしなかった。応えるのでも与えるのでもなく、報いると、その言葉を今日も右の指で輝かせている。

「……ごめん」

低くもれた謝罪に、膝を貸す男が訝しそうに眉を引き上げた。

「なんでここでお前が謝る」

「…君が僕につき合ってくれる理由がなんであれ、君は十分すぎるほど僕に協力してくれてる。君はアダムとして必要だと思うことをしてくれてるんだろうけど、僕はたくさん受け取りすぎてると思うんだ。だからこれ以上負担をかけるのは申し訳ないって、そう、言いたかったんだ。…でも、それは君の能力や責任感を侮ったからじゃない」

どう言い繕ったところで、言い訳だ。

そもそもアダムであるという責任自体、鷹臣が抱え込んで当然のものではないだろう。アダムであることは一つの要素ではあるが、鷹臣の全てではない。そんなことは承知した上で、鷹臣は銀の環を指にはめるのだ。その男に、そこまでしてくれなくてもいいと、もっと手を抜いてくれてもいいと告げるのは、浅はかとしか言いようがなかった。

ぎゅっと噛み締めた唇ごと、頭を預けた腿が揺れる。鼻をつまれるどころか、今度こそ殴られても文句は言えない。身構えた視線の先で、鷹臣が広い肩を揺らした。

「融通が利かねえにもほどがあるだろ、優等生」

それはよく知った、憎まれ口だ。だが細められた暗緑色の双眸には、思いがけない輝きがある。笑って、いるのだ。

驚きに瞬いた塔野の鼻先へと、歪みのない鼻梁が落ちる。遠巻きにこちらを盗み見る生徒たちには、鷹臣が恋人にキスを強請っているように見えたかもしれない。深く体を折った男が、塔野の鼻先で屈託のない笑い声を上げた。

「俺が言いたかったのは、この指輪があろうがなかろうが、俺は特別なアダムとやらだし、それをやめてえとか休みてえと思ったことは一度もねえって話だ」

だがよ、と言葉を継いだ鷹臣が、笑みの形のまま塔野の鼻筋へと唇を擦りつける。かぷ、と悪戯に口に含まれ、投げ出した爪先が大袈裟なくらい跳ねた。

「軍…っ」

「だがお前に気遣われるのは、気分がいいな」

気分がいいって、君。無用なものかもしれないけれど、僕は本気で心配してるんだぞ。そう声を上げようにも、上手くできない。

君、そんな顔で笑うんだな。

いや、意外にもよく笑う男なのだ。それにだって、びっくりとする。

噛みつく唇も、気分がいいだなんて言葉も、相変わらず居丈高で傲慢なものだ。反発し、腹を立てたっていいのかもしれない。だがこんなにも満ち足りた眼で笑われると、驚きこそが先に立った。

「ま、真面目な話なんだ。僕が言える立場じゃないってよく分かってるけど、君がいくら体力や能力に恵まれてても…」

「無理はするなってことだろ」

呆気なく頷いた男が、塔野の体温を確かめるよう親指で眼窩を撫でてくる。

「ありがとうな」

額へと落ちた声の響きに、息が詰まった。今、なんて言ったんだ。ぱちぱちと瞬いた塔野の瞼を、笑いを帯びた息がくすぐる。

「だったら、僕のことはもういいから、電話…」

「嫌だね」

電話に、出てくれ。いや、電話以外でもいいが、君自身のために時間を使ってくれ。

そう伝えようとした言葉の終わりを待たず、鷹臣がきっぱりと首を横に振る。君、僕の話を聞いていたのか。呆気に取られた唇を、太い親指が左右に撫でた。

「お前に気遣われるのは気分がいいが、俺はお前の前でこそ最高に特別なアダムって奴でいるつもりなんでな」

なんだ、それは。

ぽかんと開いてしまった唇がおかしかったのか、今度は指ではなく唇が落ちてくる。図書館に居合わせた生徒の目には、二人はさぞ仲睦まじい恋人同士に映っただろう。まさか塔野がこんなにも目を丸くし、口づけを受けているとは思うまい。

「そ、それって、心配してるって僕の話は聞いたけど意見は聞き入れないとか、お前に弱味を見せるつもりはないとかって意…」

「最高のアダムである上に恐ろしく慈悲深い俺が、お前を娶ってやってもいいって言ってるって話だろ。俺のイヴになる奴が羨ましいって泣いてる暇があれば、妻にして下さいってちゃんと頼みな」

「言うわけないだろ、そんなこと！」

どうして、そうなる。

思わず大きくなってしまった声が、図書室に響いた。塔野の剣幕に、びく、と生徒たちの間をどよめきが走る。咎める声が上がる代わりに、大きな掌が塔野の瞼を覆った。

「おいおい、そんな態度だと本物の恋人同士には見えねぇぜ。いいのか、バレても」

これ以上の抗議は必要ないとばかりに、唇へと唇を落とされる。ぐずる子供を眠りへと導くキスみたいじゃないか。それこそ抗議の言葉が込み上げたが、そのまま眉を撫でられると蜂蜜みたいな眠気が込み上げた。

「軍司…」

駄目だと思っても、抗えない。

結局膝を借りるなんて、駄目じゃないか。そう思うのに、頭を撫でられれば唇からこぼれるのはもうほとんど寝息でしかない。投げ出された左手に、ごつごつとした指が絡む。あたたかな唇へと引き寄せられ、塔野は泥のような眠りへと沈み込んだ。

「忘れ物はないか？　筆記用具とハンカチはある？」

「さっきお前が詰めてくれてたじゃねえか」

「…っ。ごめん、つい癖で聞いてしまって…。遊馬や雨宮に、毎日言ってたからかな」

そんな必要はないと知りながら、どうしても声にせずにはいられない。謝罪した塔野を、寮の戸口に立つ鷹臣が振り返った。

「ガキ扱いかよ」

遊馬と同様に扱われたことが、気に食わなかったのか。ぶすりと下唇を突き出しながら、鷹臣が通話を終えた携帯端末を隠しに収めた。

「そんなつもりじゃないよ。ただ忘れ物があっても、僕は届けに行かせてもらうことも難しいし…。本当に持ち物、大丈夫？　急な呼び出しで大変だろうけど、必要な書類とか欠けてない？」

舌の根も乾かないうちに問いを重ね、塔野がぐるりと室内に視線を巡らせる。

寮と呼ぶには、あまりに豪華な部屋だ。絹糸が貼られた壁は重厚で、清潔に整えられている。手入れが行き届いた家具も、どれも簡素ではあるがうつくしかった。そしてなにより、これまで暮らしてきた部屋以上にゆったりとした広さがある。

鷹臣をパートナーに選んだ後、塔野は二度目の引っ越しを余儀なくされた。鷹臣とすごすため、二人部屋を与えられたのだ。言いたいことは多々あるが、結局二人はそれまで使っていた一人部屋を出て、同じ建物内にある新しい部屋へと移動した。

「でも今日は校内に人も少ないから、僕一人で外出しても心配ないかもな。もし万が一忘れ物があるようだったら、遠慮せず言ってくれ」

連休初日の今日は、心なしか鳥の声が大きく聞こえる。住人が少なく、他の建物からも離れているこの寮は、平素からとても静かだ。それに加え、今日は広い校内の敷地全体が、休日の静けさに包まれているのが感じられた。

「莫迦言うな。生徒の数が少なかろうが関係あるか。絶対に出るなよ」

眉根を寄せた鷹臣が、間髪入れず命じてくる。

「お前の…なんて言った、あのピアノを弾く元同室が来たって、扉を開けるんじゃねえぞ」

雨宮のことか。確か雨宮も、この連休は寮に残っていると言っていた。幸運にも、風に乗って雨宮が弾くピアノの音が聞こえはしないだろうか。

「分かってる。食事も部屋ですませるつもりだから。…でも今日の集まりは、本当に僕は顔出さなくて大丈夫なのか？」

「アダムだけでいいってよ」

頷いた鷹臣が、腕の時計に眼を落とす。

休日とはいえ、鷹臣は朝寝もできないらしい。以前は授業中にふらりと姿を消す素行の悪さに呆れていたが、あれはあれで事情があったのだろうか。相変わらず昼夜を問わず携帯端末は着信を知らせ、分厚い資料が収まった封筒が届くこともある。志狼も似たようなものらしく、プログラム外の用件で志狼から鷹臣へと連絡が入ることもままあった。

今日はその志狼も交え、プログラムに参加するアダムへの聞き取りが行われるらしい。普段提出しているレポートに加え、経過の詳細を確認するのだと聞かされていた。

「夕方までかかるって話だが、できる限り早く戻る」

「無理はしないでくれ。君、今日は家の用事も重なってるだろ？　あっちも夕方には迎えが来る予定だから、直接移動した方がいいんじゃないのか」

マーキングを施されれば、多少とはいえ塔野の行動の自由が広がり、鷹臣の負担も軽減される。そうだと分かってはいても、ホルモンの均衡に影響があるとされる以上、性交に踏み切る勇気は持てなかった。できる限り単独行動を避け寮に籠もるよう心がけてはいるが、無論それで全てが解決するわけではない。制約の多さに飽き、早々に偽装恋愛の解消を突きつけられるのではないか。そんな予想に反し、鷹臣はいまだ塔野の完璧な恋人でいてくれた。

そんな鷹臣のために、なにかできることはないか。

迷った末、塔野がそう切り出したのは一昨日のことだ。鷹臣が抱える仕事に関しては、門外漢である塔野には手が出せない。だが資料の整理や片づけ、スケジュールの確認くらいならどうだろう。図書室から戻る道すがらそう尋ねた塔野のため、鷹臣はすぐに予定の複写を用意してくれた。

「どっちにしたって、できる限り早く戻る」

面倒そうに革靴へと足を突っ込んだ男の右手で、銀色の環が光を弾く。

銀の指輪は、これまでも鷹臣によって十分手入れされてきたものだ。だが同じく一昨日の夜以来、塔野はそれを磨く許しもまた鷹臣から得ていた。

「端末はちゃんと夜のうちに充電されてたみたいだけど。あ、そうだ飴、いる？」

振り返った鷹臣のため、塔野がポケットを探る。食事を忘れがちな雨宮のためにも、なんとなく飴を持ち歩くのは習慣になっているのだ。

「口寂しい時に、いいって聞くから。煙草、減らしてるんだろ？　頑張ってるんだな。すごく、体にいいことだと思う」

飴を差し出した塔野に、暗緑色の双眸が何度か瞬く。光の加減によってはうつくしい緑色に見える男の眼も、少し暗い通路に立つと黒色が勝った。

「軍司？」

応えない男を不思議がった塔野に、鷹臣が指輪の光る手を差し出してくる。くいくいと招かれ、取り出した飴を三つ掌に落としてやった。早速包みを開いた男が、赤い飴を口へと放り込む。

煙草より、よっぽどいいだろ。そう言って送り出してやろうとした塔野に、鷹臣が大きく身を乗り出した。

「わ…っ」

避ける間もなく、唇に口が重なる。あたたかな舌が、飴でも転がすみたいに唇を舐めた。

「悪くねえな」

呆気に取られる塔野を見下ろし、男が自らの上唇を舌で辿る。にっと笑った口元は、悪戯の成功を喜ぶ悪童のそれだ。

「君、折角、飴…っ」

「明日も、用意してくれよ」

舌の上で飴を転がした男が、強請る。

「いや、それより来週一緒に買いに行かねえか。購買にも色々あるだろうが、たまには外に出るのも悪くないだろうぜ」

ちゃんと俺が同行するし、外出許可も手配する。そう請け合われ、塔野は咄嗟に返答に窮した。

「嫌か？　正規の許可を取ってやるぜ？　少しばかり担任に無理は言うかもしれねえが」

「む、無理は言っちゃ駄目だろ。…でも、勿論嫌じゃないよ。外出なんて、驚いただけで…」

大きく首を横に振った塔野に、満足したのか。革靴に足を突っ込んだ男が、機嫌よく笑った。

「約束な」

甘い香りのする息ごと、深く屈んだ男の唇がもう一度唇に当たる。ちゅ、と派手な音を立てたキスに、塔野は両手で厚い胸板を押し返した。

「遅刻するぞ、君！」

だからって急ぎすぎて転んだりするなよ。そう叫びながら、大きな背中を扉の向こうへと送り出す。

「行ってくるぜ」

音を立てて扉が閉ざされれば、笑い声諸共全てが遠ざかった。

「本当に、君って奴は…」

繰り返した唸りが、一人きりになった部屋に落ちる。扉の外の気配を確かめ、塔野は寮の扉に鍵を下ろした。

驚くべきことに、塔野たちに与えられたのは二間続きの部屋だ。出入り口へと至る通路の向こうはちいさな台所を持つ居間になっており、その奥には寝室兼書斎があった。学習机は二つあるが、寝台は一つだけだ。初めて見た時は天を仰ぎそうになったが、鷹臣は平然としたものだった。

途端に静かになった部屋に、飴の香りがする息が落ちる。すでにベッドメイクを終えた寝室へと戻り、塔野の机から一冊の本を手に取った。

寝台に転がって、読書することだってできる。

誘惑が、なかったわけではない。だが塔野は本の縁を指で辿ると、もう一つの机へと歩み寄った。

書類や封筒、本などが積まれた机には、校内には持ち込みが禁じられているパソコンまでが据えられている。携帯端末と同様に、鷹臣が許可を得て所有を許されているものだ。

この部屋はあらゆる意味で、他の寮とはかけ離れている。

溜め息を呑み、塔野は鷹臣の机の傍らに立った。

同じ部屋で生活を始めてから今日まで、自分の持ち物に触るなと鷹臣から釘(くぎ)を刺されたことはない。そうされるまでもなく、塔野も可能な限り男の生活に干渉しないよう努めてきた。だが、同じ部屋で暮らしているのだ。目に入るものはいくらでもある。

「来週、か…」

こぼれた約束が、ひやりとした重苦しさを伴って耳に届いた。

それを振り払うよう、机の隣に置かれた鷹臣の書棚へと手を伸ばす。艶やかなマホガニー製の棚の、一番下段。金色の把手を持つ扉を開くと、黒い金属の箱が見えた。

書棚に造りつけられた、小型金庫だ。

同じ作りの書棚が塔野にも与えられていたが、そちらにこうした金庫はついていない。強固な扉と暗証番号とで守るべきプライバシーなど、イヴにはないという意味だ。無論、今更そんなことに傷つくつもりはない。問題は、塔野がここになにが入っているかを知っているという点だ。

どくどくと暴れる心臓の音を、意識する。

知恵の実に手を伸ばしたその時、イヴはどんな気分だったのだろうか。聖書に描かれた最初の女性は、どこまでも無垢だ。薄汚い悪意を抱くのは蛇一人で、好奇心に負けたイヴはただ愚かなだけにすぎない。

でも、自分はどうか。

鷹臣の書棚の前に立ち、鍵がかかった金庫を凝視する自分は愚かかもしれないが無垢ではない。書棚を離れ、宿題に向かうことだってできた。この金庫を開けたとして、その事実を知った鷹臣がどう思うかを想像する力だってある。

怒る、だろうか。

塔野の裏切りを知った鷹臣は、恩知らずだと憤るだろうか。

快活に響いた笑い声の思いがけなさが、耳に蘇る。あんな声で笑った男は、僕に失望するだろうか。

これほど手をつくしてやったのに、その結果がこれか。鷹臣の思惑はどうであれ、この部屋は鷹臣が全ての災厄から塔野を守るため手に入れてくれた安息地だ。それをたった一つの果実欲しさに、ぶち壊そうとしている。莫迦な奴だと腹を立てられるだけならば、いい。鷹臣の助力に報いないどころか、それを踏みつけて行こうとする自分に、あの男は傷つくかもしれない。

自分の想像に、薄い唇を噛み締める。

勿論そんな想像、塔野の思い上がりだ。塔野のために、あの男は傷ついたりしない。

冷えきった指を持ち上げ、塔野は扉に並んだ文字盤に触れた。金属のボタンを押せば、ぴ、と高い電子音が上がる。

「…っ…」

最後の一桁(ひとけた)を押した塔野の耳に、かちゃん、とちいさな音が届いた。

開いた、のだ。

六桁に及ぶ暗証番号を、当然塔野は鷹臣から教えられてなどいない。今日までの短い生活のなかで気づき、確信を持ったにすぎなかった。

「…本当に、この番号だったんだな」

この番号を塔野に与えてくれたのは、雨宮だ。彼の耳が、六桁の数字を教えてくれた。

鷹臣が金庫を開閉するたび、打ち込まれる暗証番号がちいさな音を立てた。日に幾度か耳にするその音が、塔野は携帯端末と同様に簡単な音階を持っていることに気がついた。番号を盗み見ることができなくても、音によりそれを知ることができるのかもしれない。

そう悟った時、道が開けた。

ぐずぐずはしていられない。マーキングを避けたまま、卒業までの期間を鷹臣の助力だけを頼りに乗りきるなど無理な話だ。鷹臣を侮っているわけでも、信じていないわけでもない。塔野の予想をはるかに超えて、鷹臣は本当によくつき合ってくれていた。だからこそ、鷹臣の負担は大きい。この先の一年と半分を鷹臣に迷惑をかけたまま、その協力を前提に楽観することはとてもできなかった。

いや、結局はそれも言い訳か。自分は一秒でも早く、この学校から出なければいけない。そう、出なければいけないのだ。

改めて深く息を吸い、塔野は金庫へと腕を伸ばした。

覗き込めば、そこに収められているものは少ない。予備と思われる、携帯端末。厚みのある封筒は、現金か。革張りの小箱と書類の間に、艶やかなカードキーが投げ出されていた。

学外へ出るための、鍵だ。

休日であろうと、生徒が自由に校外へ出ることは禁じられている。敷地には背の高い柵が巡らされ、容易には越えられない。学校生活に音を上げた者が年に何名もこの柵に挑んだが、大抵は森に逃げ込む間もなく保護された。

不可能ではないかもしれないが、強引に越えれば発見される危険性は高い。

一番確実なのは外出許可を得ることだが、一人での行動が許されるはずもなかった。レッスンのため外出する雨宮を頼ることも考えたが、彼にはもう十二分に力を借りているのだ。これ以上は迷惑をかけられない。

鍵があれば。

その心当たりは、限られていた。だが携帯端末やパソコンのように、校内には極めて稀だが自由に外出するための鍵を持つ者がいるのだ。

推測した通り、鷹臣はその鍵を所有していた。

自分がしようとしていることが、窃盗であるのは明白だ。鷹臣の喫煙を咎めておいて、これか。うるさく響く心臓の音に耐えながら、塔野は携えていた本を引き寄せた。

函に収められたそれは、先日雨宮の手から戻った英和辞典だ。函を外せば、ばさりと厚みのある封筒が落ちた。

新学期に入ってすぐ、雨宮と笑い合った言葉が蘇る。

「スパイ映画みたいだよな」

金庫のない生徒会の寮内で、貴重品をどう管理するか。塔野は寮の管理人に預けていたが、雨宮はさすが変わり者だ。学校関係者になど預けず、ありきたりな書籍に忍ばせ書棚に置く。

不心得者が入り込んだとしても本など持ち出さないだろうし、僕の私物が捜索された際はこの本は塔野の持ち物だと主張してくれ。

そう真顔で頼んでくる友人に、当然面食らった。君の持ち物が捜索されるって、どんな状況だ。そうなったら、僕が当然捜索する立場になるんじゃないのか。尤もな疑問ではあったが、結局塔野も雨宮に強く勧められ自分の貴重品を英和辞典に詰めた。薄くはないこの封筒に収まっているのは、塔野の全財産だ。

「急がないと…」

自分自身を鼓舞するように、声にする。

鷹臣が戻ってくる前に、学校からできる限り離れなくてはいけない。実家に戻る気はなかった。塔野が消えたことはすぐに分かるだろうから、家に帰ってもきっと連れ戻される。親にはどうしたって迷惑と心配をかけてしまうが、一人になれる場所が必要だった。

幸い、金はある。

女王効果がどの程度続き、どれほどの影響があるのかは分からないが、二ヶ月ほど一人で籠もってやりすごせれば落ち着くのではないか。そうなれば外に出て、アルバイトでもなんでも始められるはずだ。

プログラムが始まってから今日まで、それを考えなかった日はない。志狼に忠告されても、諦められなかった。

ここを、出なければ。意を決して伸ばしたはずの指が、ふるえる。カードキーを手にしても、そこには禁断の果実が放つ甘さはない。苦々しい罪の味に、鷹臣の双眸ばかりが胸に蘇る。

明日も、飴を用意してくれ。来週は、一緒に買いに出かけよう。そう笑った男に、自分はなんと応えたのか。果たせないと知っていて、首を横には振れなかった。

やっぱり、間違っているのではないか。こんなこと。その思いに睫をふるわせた時、塔野の肩がぎくりと跳ねた。

「……ぁ…」

何故、それに気づいたのか。

冷たい汗が背中に噴き出し、塔野は寝室の戸口を振り返っていた。

「軍司、先生…」

耳に届いた自分の声に、ぐにゃりと足元が撓む心地がする。

戸口を塞ぐように、大柄な体が立っていた。

なんの物音も、しなかったはずだ。それでも見慣れたスーツ姿の志狼が、静まり返った眼で塔野を見ていた。

「どうして、ここに…」

今日はプログラムに関わったアダムたち全員が、呼び出されていたのではないか。声にした途端、はっとした。

薄い胸のなかで、心臓の音が倍の大きさに膨らむ。動悸が喉の真下に迫って、口から心臓が飛び出してしまいそうだ。だが倒れるわけにはいかなかった。

瞬くこともできない塔野の視界で、黒い影が動く。志狼の巨軀を押し退けるように、もう一人の男が寝室の入り口に立ったのだ。

「遊馬…、どうして…」

呻いた声とは裏腹に、悟る。

連休。人気のない校内。塔野以外に対する呼び出し。鷹臣の長い不在。

どうして、気づかなかったのか。塔野にとって、それは逃しがたい好機だった。好機、すぎた。

書棚に造りつけられた金庫。六桁の暗証番号。音階を持つ電子音。音感に秀でた親友。

欲しいものが収められた場所は、最初から分かっていた。開けることは困難だが、不可能ではない鍵。塔野と同室だった雨宮がどんな男かは、誰だって知っている。

全て、仕組まれていたのか。今日この瞬間、塔野が光り輝く果実に手を伸ばすことを、彼らは確信していたのだ。

「まさか…」

いつからだ。

いつから僕は、この罠にはまっていたのか。

金庫のありかを、知った時からか。いや、この部屋に移った時からか。あるいは僕がこの部屋に移るきっかけを作った時か。

「まさか？」

きん、と、高い耳鳴りが聞こえた気がした。

与えられた声の響きに、耳鳴りと共に全ての音が失せる。遊馬の視線が動いて、道を譲るようその体をずらした。戸口に落ちたもう一つの影に、広いはずの部屋がちいさな密室へと押し潰される。

「軍司…」

暗緑色の眼が、塔野を見ていた。

「まさか、なんだって言うんだ。塔野」

楽園という箱庭に禁断の果実を植え、神はなにを試したかったのか。

ふるえた指先から、音もなく鍵が落ちた。

「放せ…！」

叫んだ声が、金属的な響きを帯びる。

できることは、それだけだ。逞しい胸板が、すぐ背後にある。暴れる体を、寝台に胡座を掻いた男ががっちりとその胸元に抱え込んでいた。

「やめ…っ」

半狂乱になって叫んでも、誰も耳を貸してはくれない。

伸ばされた六本の腕の動きは、迅速だった。男たちは、塔野を殴ることも部屋から放り出すこともしなかった。ただ寝台へと突き飛ばし、釦を毟っただけだ。

シャツを剝ぎベルトを外し、下着ごと着衣を引き下ろされれば塔野の身を守るものはなにもなくなる。死にもの狂いで暴れたが、無駄だった。

「怪我をするぞ塔野君。また縛られたいのか？」

耳の真後ろで、響きのよい声が脅しつけてくる。体の芯が冷えて、どんな抵抗も無駄だと教え込まされる、そんな声だ。それでも、諦めることはできなかった。ばたつかせた足を、寝台に乗り上げた遊馬が摑んでくる。顔に当たろうが、構うものか。必死になって踵を振り上げると、もう一つの手が右の膝に伸びた。

「っあ…」

少し荒れた鷹臣の手が、ぐ、と白い膝を割り開く。

やめてくれ。張り上げようとした声が、喉の奥で潰れた。

「やァ…っ」

絶望に、目の前が暗くなる。

全身が冷たく凍って、心臓ごと押し潰されるかと思った。

「…ほう。これは」

視線が、突き刺さる。

肩口に顎を引っかけた志狼が、低い感嘆をこぼした。志狼のものだけではない。三対の視線が、大きく拡げられた場所を覗き込んでいた。

「…ぁ、あ…、や、見る、な…ッ」

手で視線を遮ろうにも、両手もまた志狼と鷹臣に絡め取られている。後ろから伸びた志狼の右手が、さりりと塔野の陰毛を掻き分けた。器用な手が萎えた男性器をくすぐり、陰嚢ごとそれを持ち上げる。

「きれいなもんだな」

折り曲げた膝を胸へと引き寄せられれば、より大きく尻を突き出す格好になった。まるで大人に手助けされ、用を足す子供みたいだ。あるいは襁褓(むつき)を替えられる赤ん坊か。割り開かれたその場所を、隠す術(すべ)はなにもなかった。

「あ…ぁ…」

つやつやと赤い色を晒す尻の穴へと、視線が届く。果たしてそれを、肛門と呼んでいいのか。そこはもう、塔野がよく知った自分の体とは違っていた。

「未尋ちゃんのここ、こんなふうになったんだ」

熱っぽい嘆息が、正面に落ちる。すぐに伸びた遊馬の指が、陰嚢のつけ根から会陰をこねこねと揉んだ。

「ひ…」

「ここはあんま、変わんなかったんすね」

声に出して確かめられた通り、すりすりとさすられる会陰にはほとんど変化はない。張り詰めた筋はこれまで以上に過敏に思えるが、少なくとも外見的には大差ないはずだ。

だが、尻の穴は違う。いや、一見すればそこはやはり行儀よく皺を寄せる、ちいさな穴のはずだ。

それでも、塔野には分かった。日に日にひどくなる体の軋みと、脂汗が滲むほどの内臓の痛み。筋肉を引き剝がし、焼けた鏝（こて）で掻き混ぜ捏ね回すに等しいあの苦痛の結果が、そこにある。

「これまで以上に敏感になっているようだが、膣口や膣自体は形成されなかったようだな。代わりに肛門が総排泄孔の役割を果たすことになったということか」

こちらを膣と呼んでも、語弊はなさそうでもあるが。

興味深そうに笑った志狼が、赤味を増した尻穴をやさしく撫でた。

「ひァ…」

それだけで、びりびりと焦れったい痺れが走る。視線を突き立てられていたにすぎないのに、そこは十分に張り詰め感度を上げているのだ。無遠慮に伸びた遊馬の指が、皺の形を確かめるよう尻穴に触れてくる。

「襞々はねえけど、マジでちんこ入れるための形になってんだ…」

言葉で教えられ、かぁっと首筋が羞恥に焼けた。恥ずかしくて、逃げ出したくて、ぐらぐらと脳味噌が煮える。喘いだ塔野の膝を、逞しい腕が更に大きく割り拡げた。

「…ぁっ」

「縦に筋が入っちまって、女の割れ目みてえだな」

膝を押し上げた鷹臣が、まじまじと覗き込んでくる。注がれる視線の強さに、目眩がした。

寝室の扉をくぐってからずっと、鷹臣はほとんど口を開こうとはしなかった。口吻険しく塔野に詰め寄ったのは、むしろ遊馬だ。眼の奥に怒りを滾らせる幼馴染みは、苛烈ではあるが分かりやすかった。だが、鷹臣は違う。

怒って、いるのか。

当然だろう。それでも怒鳴るどころか嘲笑一つこぼさない暗緑色の双眸は、刃物も同然だ。言い訳を許すことも、弁明に耳を貸すこともしない。ただ冷淡に対象物を検分し、なんの躊躇もなくそれを切り開くだけだ。

「君が隠したかったのは、これだろ?」

やさしい志狼の声が、耳を囓る。尻の穴の左右に指を置かれ、開かれる感触にぶるっと足がふるえた。

志狼の、言う通りだ。

絶対に、見られてはいけない。

最初に変化を感じた日から、塔野は本能的にそう悟った。志狼は勿論、女医や鷹臣、遊馬にも知られてはいけない。両親にだって、それ以外の誰だろうと絶対に絶対に駄目だった。

もし一人でも誰かに知られれば、これは揺るぎない現実として確定されてしまう。塔野の体に起きた塔野個人の問題が掌からこぼれ、この世界の決定事項となってしまうのだ。それは、愚かな強迫観念だったのかもしれない。変化が起きてしまった次点で、全ては不可逆的な現実なのだ。誰の知るところであろうとなかろうと、事実は事実でしかない。

平素の自分であれば、そう判断できただろうか。だがそんな冷静さなど、糞食らえだ。逃げたい。この現実から、この肉体から、一秒でも早く、少しでも遠く逃げ出したかった。

「残念だったな。いくら君が体調に変化はないと白を切ろうと、我々やカウンセラーを騙しきるのはさすがに無理だ」

志狼の嘆息に、女医の顔が思い浮かぶ。胸の内も体調に関しても、一言だって正直に告げなかった自分から、彼女は正確に異変を読み取っていたということか。

「未尋さん、週明けの身体検査を受けないですむよう、今日を選んだんだ？」

「っや…！　遊…」

膝で進んだ遊馬に犬のように身を低くされ、悲鳴がもれた。幼馴染みの息が、志狼の手を離れた陰嚢を舐める。内腿の間に他人の顔があるというだけで、心臓が痛いくらい胸を叩いた。それはよく知った、幼馴染みの顔だ。自分を見上げ、遊馬が見せつける動きで長く舌を伸ばす。

「ひァ、あっ」

れろりと、尻の穴を下から上へと舐め上げられた。

ぬれてやわらかな舌は、筋肉の塊だ。尖らせた舌先で皺の数を数えるよう、顔を傾けた遊馬が舌を使う。

「…っあ、や、や、舐めちゃ、あ」

そんな場所、見られるのも触られるのも耐えられない。そう思うのに、やわらかな舌で形を確かめられると、ぎゅうっと爪先が丸まってしまう。志狼の指が穴を横に引くのに合わせ、舌先が中心にもぐり込もうと前後に揺れた。

「や、入…、あっ」

「なんで、俺に話してくれなかったの？　話してくれてたら、守ってやれたのに」

ぐちぐちと括約筋を掻き分け、遊馬が低く唸る。そんな場所で、喋らないでくれ。悶えたペニスの先端から、熱い腺液がしたたる。だがそれ以上に、腹の奥がじんじんと疼いた。苦しくて唇を開けば、鷹臣の指が尻の穴へと押し当てられる。

「んあっ、あ、そん、なっ…」

なんの、躊躇もない。ずぶりと、太い指が舌を追い越し奥へと進んだ。

「熱いし、ぬれてるな」

冷静な声で教えられ、頭が煮える。右へ、そして左へと回された指が内壁の感触を確かめるよう鉤字に曲がった。

「アひあ、あっ、や」

前立腺を転がされるほどには、強烈な刺激ではない。だが指を曲げたり伸ばしたりされると陰茎がひくついて、腸壁そのものがじゅわりと溶けてしまいそうだ。そんな場所に、神経が密集しているはずはない。そう思うのに、鷹臣の指を追い遊馬に舌を使われると、性感の強さに尻が持ち上がった。

器用にくねる遊馬の舌の動きと、ごつごつとした鷹臣の指の感触はまるで違う。その二つが好き勝手に掻き回す場所へ、会陰をさすっていた志狼の指までもが気紛れにもぐった。

「あッ、駄…、ひ…」

志狼と鷹臣、それぞれの人差し指が、ぬれきった穴でごりごりとぶつかり合う。横に引っ張られると穴の形が歪んで、荒い息を吐いた遊馬が更に深く舌を伸ばした。

「ちゃんと気持ちいいんだ、未尋ちゃん…。見て、奥からすげえヨダレが垂れてくる」

「やァっ、遊…、あっ」

ぢゅううっ、と音を立てて穴を吸い上げられ、目の前で光が散る。達してしまう。自由にならない体をふるわせた塔野をはぐらかすよう、背中に密着する志狼の重みが増した。

「ひ…、ぁ」

「かわいそうにな」

塔野の立場にこそ理解を示した志狼が、その眼前に指を翳す。尻の穴から引き抜かれたそれは、遊馬の唾液とは違う体液でとろりとぬれていた。塔野自身があふれさせた、体液だ。

「あ…」

「避けがたいこととはいえ、体の変化は当然大きなストレス要因となる。変化がこれほどまでに早く、カウンセリングに頼る気もなかったことを考えれば、変わっていく体を前に、君がどれほど戸惑い苦しい思いをしたかは想像に難くない」

破裂しそうに、胸が喘ぐ。同時につきんと、鼻腔の奥を冷たい痛みが刺した。

誰かに理解してほしいと、願ってなどいない。それでも自分の体の変化に気づいた日から、塔野の苦しみはいや増した。

最初に感じた変化は、性交後も続く疼痛だった。傷口が痛む類のものとは違う。こすられ過敏になった場所が乾いて痺れるような、同時にそこが潤うような感覚だった。

潤う、という体感は、塔野に恐ろしい警鐘をもたらした。鷹臣を偽りの恋人に選び、性交を避けてもその変化は止まらなかった。臓器を作り替える苛烈な苦痛は日々増してゆき、排泄以外の機能を持たないはずの場所が生む疼痛は去ってくれない。

恐る恐る、風呂場でそこに指を伸ばし、崩れ落ちそうになった。

自分はもう、自分じゃない。取り返しのつかないことが起きてしまったのだという直感と、自分の無力さに茫然とした。誰にも、知られてはいけない。その気持ちに変わりはないが、十六歳の塔野が一人で抱えるには全てがあまりにも残酷すぎた。

かわいそうにな。

そんな言葉で、切り崩されるものなんかなにもない。むしろ怒りを覚えて当然だと思うのに、弱りきった咽頭がふるえてしまう。悶える頬に頬擦りをし、だが、と志狼が低く続けた。

「だが、忠告したはずだ。どれだけ理不尽に思おうが、君の安全を害しない範囲でしか自由は与えてやれないとな。聡明な君がいくらストレスに押し潰され、取り乱した結果だとしても、ここを飛び出して我々の前から消えようとした事実は許しがたい」

静まり返った声が、頬を撫でる。まるで、神の掌からこぼされた雷撃だ。奥歯を凍らせ、体の芯を冷え冷えと脅かす。もがこうとした塔野の顎を、大人の男の手ががっしりと鷲掴んだ。

「たとえそいつが手前ェ自身だとしても、塔野、お前を傷つけようとした責任は取ってもらうぜ」

落ち着いた、大人らしい物言いなど跡形もない。

振り返り、真正面から志狼の双眸を捉えていたら、そこに走る怒りの炎を目の当たりにしていたはずだ。手荒く引き寄せられた首筋に、固い痛みが食い込む。噛みつかれたのだと、そう分かる前に膝裏を抱えられ、持ち上げられた。

「…っあ、嘘…」

幼馴染みの舌と鷹臣の指とに掻き回されていた穴に、ぬれたものが当たる。むっちりとしたそれがなにか、プログラムを経た経験が塔野に教えていた。

「君のなかがどうなっているか、たっぷり教えてもらおうか、塔野君」

にゅむりと、熱いものがキスするみたいに尻穴へと密着する。脈動する、志狼の陰茎だ。

これまで何度だって、志狼の前で裸に剝かれたことはある。乳首を引っ張られ、性器を咥えた尻の穴の具合を確かめられたことも、そこからこぼれる精液を拭われたことだってあった。それでも、志狼が自らの陰茎を塔野に挿入しようとしたことはない。

自分を選べと口にはするが、それはあくまでも子供をからかう冗談だと思っていた。それなのに今塔野の尻穴を小突く肉は、びきびきと血管を浮き立たせ逞しく反り返っている。

「や…、ぁ先…」

「志狼センセ、乱暴にすんなって散々俺らに言ってきたんだ。丁寧に扱って下さいよ」

やめろと、遊馬は割って入らなかった。代わりに大きく開脚させられた塔野の正面に膝をつき、苦しむ穴に指をかけてくる。なにをするんだ。怯えた塔野に視線を合わせ、遊馬が穴の潤いを確かめるよう、むに、とやわらかな肉を横に引いた。

「あっ…」

「当たり前だ。自分がどれほど自分自身を危険に晒したのか、それを思い知らせるためだとしても、塔野君を乱暴に扱うわけがない」

平然と応えた志狼の陰茎は、怖いくらい大きい。尻を高く持ち上げられているのに、それでも先端が尻穴に届いてしまうのだ。こんなものに串刺しにされたら、どうなってしまうのか。怯えて爪先をばたつかせる塔野に、ぬぶぶ、と音を立てて亀頭が食い込んだ。

「ぃ…、あッ」

「これ以上ないほど、丁寧に扱ってやる。ただし泣かせないとは約束しがたいが」

その声は、笑っていただろうか。や、と叫ぶ間もなく、硬い肉が深く沈んだ。

「ああっ、ひ…」

張り詰めた亀頭を押し込まれてしまえば、拒みようがない。反り返った肉の上へとずるずると体を引かれ、圧迫感に悲鳴がもれた。

「ぅあ…、あ、は…」

「この人をマジギレさせちまうからすよ、未尋さん」

陰茎の形に歪む穴を指で確かめ、遊馬が唸る。いやだ。そんな場所、見ないでくれ。赤黒い陰茎が進み、ゆるく腰を引かれると、充血した内壁が肉に絡んで為す術もなく捲れてしまう。日に焼けていない周囲の皮膚に対し、ぷるんとぬれたそれは目眩がするほどいやらしい。つやつやとした色を晒す全てを、鼻先が触れそうな距離から幼馴染みが凝視していた。

「や、ぁ手、あ…、そん、な…」

「俺を選んでくれてたら、こんな目に遭わずにすんだのに。あ、でも本気で鷹臣さんを選んだわけじゃねーって点には、安心しました」

心底嬉しそうに、遊馬がふ、と陰茎を呑む穴に息を吹きかける。竦もうにも、皺がなくなるほど拡げられたそこに鷹臣が重いローションを注ぎ足した。

「ひっあァ…」

「すげ。今、締まった。前から敏感だったけど、女の子になった未尋さんの穴、本当に感じやすいんすね」

遊馬の言葉を確かめるよう、志狼が二度三度と腰を揺すり上げてくる。引きつれる痛みは、確かにある。だがそれ以上に、陰茎を呑んだ腹の深い場所が蕩けそうに熱い。

「あっ、だめ…、先生、っ動…」

「膣でない場所を、膣に作り替えるわけだからな。セックスの負担を減らすため、体が感度そのものを上げ、ドーパミンの分泌量を増やしているんだろう」

こんなふうに、と息を吐いた志狼が、ずん、と腰を突き上げる。同時に抱えられた体を引き寄せられ、腹の奥を硬いものが叩いた。

「ひァっ、あっ、ぐ…」

頭の芯が、くらくらする。衝撃と快感とが、何度も脳味噌を揺さぶった。苦しい。それは間違いないことなのに、爪先から指の先までがじんじんする。気持ちがいい。その熱を行き渡らせるよう、志狼がゆっくりと腰を回した。

「っあぁ、ひ」

志狼の言う通りなのだろう。

拡げられ、揺すられる痛みは確かにある。これまでだって、最初の挿入には呼吸を忘れるほどの異物感があった。それを緩和してきたのが、苦痛を上回る気持ちのよさだ。

どろどろに脳味噌が煮えて、なにも考えられなくなる。

痛みは、一つの警告だ。本能から危機を知らせ、塔野を現実に引き戻してくれる。だがその全てを塗り潰し、溶け落ちそうな気持ちのよさが頭蓋を満たした。

「ここも、そうだろう?」

ぐぷ、と陰茎を引き出した志狼が、張り出した段差を腹側に擦りつける。ゆさゆさと体を上下に揺すられ、爪先がきつく丸まった。

「あっあ、な…っ、ぅあ」

射精してしまわなかったのが、不思議なくらいだ。腸壁越しに、雁首の段差で前立腺を捏ねられる。

ぬくぬくと動く陰茎に、指のような器用さはない。だがみっしりと太く、体温の高い肉で圧迫される充実感は圧倒的だ。気紛れに精嚢までを小突き上げられ、閉じていられない唇からなまあたたかい涎が垂れた。

「塔野君の穴はちゃんとぬれて、締めつけも申し分ない。膣として機能しているだけじゃなく、男としての器官も残されているようだな。お蔭で色んな場所で気持ちよくなることができる」

褒めるようキスを贈った志狼に、遊馬が下唇を突き出して立ち上がる。毟るようにシャツを脱いだ幼馴染みが、なんの衒いもなく下着から陰茎を摑み出した。

「こんな体で逃げ出すなんて絶対なしだろ、未尋さん」

舌打ちをした遊馬が、取り出したペニスを塔野の唇へと寄せてくる。舐めろと、そう言うのだ。

「や…、遊…」

顔を背けたくても、深々と自分を抉る志狼の陰茎に呼吸だってまともにできない。前立腺どころか精嚢を越えて動くペニスに悶えると、後頭部を摑んで引き寄せられた。

「ぅんん、ぁぐ…」

閉じていられない唇に、張り詰めた遊馬の陰茎が入り込んでくる。てらてらとぬれたペニスは、十分に勃起して重たげだ。癖の強い陰毛ごとずるっと顔に擦り寄せられ、久し振りに嗅ぐ遊馬の匂いにくらくらした。

「う、くぁ…」

「舌、もっと出して未尋さん。あんたに選んでもらえなかった日から今日まで、一回も抜いてねえからさ。ちょっと濃いかもしんねーけど」

ぐっぐっ、と強靭な腰を押しつけられ、口腔を満たした遊馬の匂いが鼻に抜ける。微かに混ざる石鹸の香りより、遊馬を雄だと知らしめる汗の匂いに喉が鳴った。

「んぐ…、ぅあ…」

「三人がかりでマーキングしなくても、一人で間に合うくらい出そうって言うのか」

低く笑った志狼が、密着させた腰を円を描くように揺する。すでに膝裏に食い込む指はゆるんでいたが、体の自由を取り戻せるはずもない。為す術もなく志狼に抱えられる塔野を、大きな掌が撫でた。鷹臣の手だ。んあ、と視線を振り向けようとしたが、口腔に深くもぐる遊馬の陰茎がそれを許さない。

「う、あぁ、ぐ、…んんあ」

がぽ、と音を立て、遊馬がゆっくりと腰を使う。なめらかな舌触りの先端を深く入れられると、嘔吐反射に喉が締まった。その圧迫感が気持ちいいのか、ん、と額の上で幼馴染みが呻く。

「腹んなかから、未尋ちゃんを俺のものにしてやりてえ」

ぎら、と双眸を光らせた遊馬が腰を揺らせば、志狼が痩軀を小突き上げた。みっちりと亀頭が入り込んだそこは、行き止まりと思える場所だ。これ以上は、進んじゃいけない。その恐怖に腹筋に力を入れようにも、酸素の足らない体は唾液でさえ飲み下せない。酸素を求めて喘いだ塔野の腹部を、鷹臣の指がさすった。

「んん、ぅう…」

ごつごつとした手が臍の上を試すように圧迫し、会陰をくすぐる。痛いほどの、力じゃない。むしろ撫でるに等しい動きだが、皮膚といくらかの脂肪、そして内臓を隔てたその向こうには、志狼の陰茎があるのだ。外側からの刺激に膝をもぞつかせた塔野の耳元で、志狼が喉を鳴らした。

「力を抜いて、集中していなさい。塔野」

大人の男の声で命じられ、ぶる、とふるえが湧く。耳裏へと吹きかけられる志狼の息遣いは、ぬれて熱い。興奮を隠すどころか、そこに混ざる官能が塔野にどう作用するのか。全てを知りつくした上で、はぁ、と気持ちよさそうに長い息を吐くのだ。

「あァ…、んぁ、あ…」

酸欠に頭が痛んで、だらだらと涎があふれる。

集中していろと言われても、もうどの刺激も強すぎて上手く脳が処理しきれない。突き上げる動きは止めているものの、志狼の陰茎はずっぷりと腹を圧迫したままだ。気紛れにぐりぐりと先端を押しつけられるたび、胃までが圧迫されて苦しい。それなのに鷹臣の手で会陰を捏ねられると、電流のような痺れが爪先を包んだ。

「…ぅあ、あァぐ…、んぁ…」

悶えても、鷹臣の指は同じ場所をさすり、刺激してくる。

志狼の亀頭で捏ねられ、陰茎で圧迫され続けてきた前立腺だ。太い陰茎で、内側から押し潰されているだけで十分辛い。それを外側からもこねこねと虐められれば逃げようがなかった。遊馬の陰茎に吸いついたまま身をくねらせても、許されない。刺激に慣れてしまわないよう、時々とんとんと会陰を叩いて感度を上げられると体の奥でなにかが弾けた。

「は…っぁ、あー…、ひ…」

「上手にイケたな、塔野」

鷹臣の声で褒められて、とろりと新しい唾液が胸に伝う。

体中が熱くて、息ができなくて、自分がどうなっているのか分からない。

ちゅ、と棘突起（きょくとっき）に贈られたキスにも、怖いくらい体が跳ねた。口腔を塞がれていなかったら、子供みたいに泣きじゃくっていたんじゃないのか。実際はそんな力もなく、窒息の苦しみに視界が白む。

ぐら、と崩れようとした塔野の咽頭で、丸い肉が跳ねた。

「あぅ、ぐ、んう…」

熱いものが、どぷりと口腔にあふれる。

射精されたのだ。

衝撃を覚えるよりも、頭を摑む遊馬の手の熱さに悶えた。

「ん…あ、ちゃんと、飲んで未尋ちゃん。志狼さんので、腹一杯かもしんねえけど」

無理だと、首を横に振る力もない。強請るように腰を突き出されると、咽頭が反射で動く。んぐ、と鳴った喉の奥に、どろつく精液が流れた。

「…あっ、がっ、はぁ…っ、は…」

塔野の喉が動く様子を陰茎と視覚とで堪能し、遊馬が名残惜しそうに腰を引く。ようやく肺へと流れ込んできた空気に、薄い胸が壊れそうに喘いだ。

「はっ、あ、あぁ…は…」

「偉いな、塔野君」

十分な、酸素が欲しい。その一心で噎せる塔野を、志狼の掌がさすった。

気持ちがいい。

酸素が足りなくて、苦しい。それなのに、もうどこを触られても気持ちがよかった。

擦り寄せられた志狼の前髪が首筋を掠めるのも、唇から垂れる精液を遊馬に拭われるのも、乳輪に添って鷹臣に歯形を残されるのだって気持ちがいい。普段ならくすぐったいだとか、一瞬とはいえ痛みを感じる刺激にさえ、瞼の裏で絶え間なく光が弾けた。

苦しくて、気持ちがよくて、もう自分を保てない。

「…うぅ、あ…、ぁ」

粘つく涙と重い瞼とが、眼球の半ばを隠す。このまま、眠ってしまいたい。誘惑に逆らわず下ろした瞼を、あたたかな唇が覆う。肉厚の舌が、睫に絡む涙をぬるりと拭った。

性感を煽る動きとは、違う。

言葉を持たない動物がそうするように、擦り寄せられた鼻筋が塔野の眼窩の形を確かめた。高い鼻梁が、そこから続く凜々しい眉の流れが、形のよい頬骨が、すり、と塔野の肌理を味わう。愛着の籠もる仕種に、図書室で与えられたぬくもりが蘇った。

鷹臣。力なく瞬いた視界を、深く体を折り曲げた男の影が覆う。鼻先がぶつかるその距離で、暗緑色の眼が瞬いた。

どうしようもなく疲弊したようにも、なにかを削ぎ落としたようにも見える眼だ。なにが、君にそんな眼をさせるのか。

問うまでもない。それは僕だ。

僕が、君を傷つけた。

お互い様だなんて言えるものは、なにもない。ごめん、と声にしようとしたのか。あるいは、名を呼ぼうとしたのか。ふるえ、開こうとした唇にあたたかな親指が触れた。涙と唾液、そして精液とに汚れた顔を、左右の掌でくるまれる。こぼれようとする声を塞ぐよう、少し荒れた親指が薄い唇を縦に塞いだ。

「軍…」

もう一度深く屈んだ男が、ぬれて色を濃くした塔野の睫に唇を落とす。身動ぎ、唇を開こうとした塔野の腿を、大きな手が摑んだ。

「…え…」

鷹臣の体が作る影が、目の前に迫る。ぐったりと崩れ落ちた塔野を支えるのは、背後にある志狼の胸板だ。その正面に膝を着いた鷹臣が、大きく開かれた塔野の股座へと覆い被さった。

「…っ、あァ、や、嘘…」

艶やかな肉の色を晒した尻穴には、いまだみっちりと志狼の陰茎が埋まっている。その穴に、ローションを掬った鷹臣の指が割り込んだ。それだけでは、ない。自らの股座を手探りした男が、陰茎を摑む。視線を下げて確かめるまでもなく、尻穴へと擦りつけられた鷹臣の陰茎は血を行き渡らせ硬く反り返っていた。

「な、あ…、や、あァっ」

まさか、と考えると同時に、全身の産毛が逆立つ。無理だ、そんなこと。叫んだが、がっちりと塔野を抱える志狼の腕に動揺はない。憐憫の欠片すら滲ませることなく、志狼の唇が塔野の耳殻に労りのキスを贈った。

「君は本当に贅沢なイヴだな、塔野」

ふふ、と笑った息遣いに、血の気が下がる。怒っている。本気でこの人を怒らせたからだと、遊馬が舌打ちをしたその意味に、心臓が痛いくらい強く脈打った。

「…や、あァ、ひ…、あー…」

塔野の肩越しに志狼を一瞥し、鷹臣の体が深く沈む。絶対に、入るはずがない。そう思うのに、拡げられた尻穴にぬぶりと太い陰茎が食い込んだ。

「ひっ、っあぁ、駄目、だめ、だから…ァ」

「壊したら、承知しねえすからね」

泣きじゃくる塔野の頬を撫で、遊馬が鷹臣を睨む。だが塔野にとって、それはなんの助けにもならなかった。

みちみちと開かれる圧迫感に、息もできない。

志狼にしろ鷹臣にしろ、どちらか一方と繋がるのだって苦しいのだ。それが、二人も。

機能を、そして形を作り替えられただけでなく、この体はどうなってしまうのか。どっと首筋に汗が噴き出し、涙があふれる。それなのに、揺すぶられる腹の底には、ぞくぞくと炙られるような熱があった。

「…あ、あァ、や…、怖…」

「怯えなくていい、塔野君。前立腺の感度も十分上がって、なかはちゃんと気持ちよくなってるはずだ」

拡げられる穴の具合を試すよう、志狼が繋がった体をゆすゆすと揺すり上げる。

入り込んだ二本の陰茎が、狭い場所でこすれ、ぶつかり合うのがありありと分かった。ひどく重いもの同士が当たる衝撃に、嘔吐感に近い衝撃が腹を撲つ。開きっぱなしの唇から、悲鳴になりきらなかった息と涎とがこぼれた。唇からはみ出した舌を、遊馬の親指がつまみたそうに追いかける。

「あァ、っあ、無…」

「無理じゃない。外からいじられるだけで、あんなにいやらしくイケたんだ。それだけ敏感になったケツを、二本のこいつで思いっきり掻き混ぜられたら、君はどうなると思う？」

こいつ、と腰を突き出され、瞼が引きつった。

品性の欠片もない動きだ。だが、ただの脅しとは違う。

痺れた体で、それでも志狼を振り返ろうとした痩軀を、先に突き上げたのは鷹臣だった。ぬぐ、と腹側へと動いた陰茎に、圧されるように志狼のペニスが奥を叩く。

「ひあっ、ぃ、あ…っ、軍…」

志狼が笑う通り、陰茎を詰め込まれた場所にはいまだしたたるほどの気持ちよさがある。前立腺も精嚢も関係なく掻き混ぜられると、どっと全身の毛穴が開くような快感が脳天を叩いた。

怖いと、子供みたいな声がこぼれる。普段は取り澄ました生徒会役員が、しゃくり上げて窮状を訴えるのだ。それさえも、男たちを興奮させるのか。ぎちぎちと締め上げてくるぬれた穴の圧迫は、そうでなくとも二人に常にない刺激を与えるのだろう。噛み締められた鷹臣の顳顬から、汗が筋を作って流れた。

ふっ、ふぅ、とすぐ鼻先から吐き出される息は、まるで炎だ。焼かれるような息遣いを唇に吐きかけられて、じん、と舌のつけ根が疼く。だがその苛烈さ以上に、瞬きもせず自分を睨めつける眼光はどうだ。

ぎらつき、塔野を射すくめる眼にはどんな迷いも、斟酌もない。

逃すまいと腰を突き出されると、どん、と塔野の痩躯が志狼の胸板にぶつかった。あぁ、と呻いた塔野の下腹で、熱い飛沫（しぶき）が散る。

「嘘。未尋さん、潮まで噴けちゃうの？」

下腹に手を伸ばした遊馬が眉を吊り上げたが、言葉の意味は遠い。ただ気持ちがよくて、ぐり、と叩きつけられる志狼の腰の動きに背骨が甘く蕩けた。

「これ、か？」

「ひ…」

追い打ちをかけるよう、鷹臣に体重をかけて腰を回される。腹のなかの陰茎が互いを押し潰しながら、雁首の段差でごりごりと腸壁を掻き上げた。

「ああァ、あー…、駄目、そこ、そ…っ…」

どっとあふれた気持ちのよさに、爪先がのたうつ。

前立腺を圧迫される、重苦しい甘さに似ているだろうか。だが圧されれば声がもれてしまう、不安と紙一重にある気持ちよさとは少し違う。とん、とぶつかった次の瞬間に腹の奥へと響く、余韻の長い甘ったるさだ。

「っは、あっ、あ…」

「予想より少し奥だったが、そうだろうな。ここが塔野君の子宮口だ」

応えた志狼が、同じ場所を狙って陰茎を揺する。子宮口。言葉にされたその意味が、やはり脳味噌を上滑った。

「本当にイヴになったんすね、未尋ちゃん」

嚙み痕の残る乳首を指でつまみ、遊馬が大きな息を吐く。

やめてくれ。そんな言葉、聞きたくない。悶えた体を、ずん、と深く志狼が掻き回した。その動きに逆らうよう、伸しかかる鷹臣の陰茎が塔野を引っかけ、揺さぶる。

「俺たちのイヴにな」

その声は、誰の口からもれたものか。絡められた左の薬指に、あたたかな唇が落ちた。

雨が、降っているんだろうか。

微かな雨音を聞いた気がして、塔野はちいさく身動いだ。

体中が、痛い。鬱血が残る皮膚はひりひりとして、その下では筋肉と関節とが軋みを上げていた。

あんな大柄な男たちに、寄って集って押し潰されたのだ。他人事みたいに思い描いてはみるが、現実は紛れもなく塔野自身に伸しかかっていた。重い体を動かす気力もなく、寝台に身を投げ出したまま時計へと視線を巡らせる。

部屋のなかは、もうすっかり夜の色だ。明かりが灯されないままカーテンが引かれ、空気そのものがひっそりと静まり返っている。雨の音だと思ったのは、時折隣室から聞こえる人の声だったらしい。

時刻を確認し、塔野はもう一度目を閉じた。

眠ってしまおう。

そうする以外、この体と頭を休める手段が思いつかなかった。だけど眠気は、訪れそうにない。

安堵は、まるでなかった。

秘密を暴かれ、ほっとするなんて心境には程遠い。だが絶望と呼ぶには、塔野の足場はとっくの昔に崩れすぎていた。懸命に振り払おうとしていた虚無が、遂に塔野に追いついた。体の半分をごっそり毟り取られた自分には、もう流す血すらない。

イヴだと告げられた日から、そうだった。

それまでの塔野未尋は踏み潰され、全く別の人間にされたみたいだ。自分が何者なのか、ほんの半月前の塔野はちゃんと知っていたはずだった。セトの男であることを、自分は殊更誇って生きてきたつもりはない。だがそれは、確かに塔野の一部だった。自分という人間を構成する要素を切り離され、よく知っているはずの肉体までが形を変えたのだ。確かにメンタルケアだって、必要になるはずだ。

残念なことに、それは全く塔野の助けにはならなかったのだが。

僕は、どうなるのか。

結末は、単純だ。僕は、イヴになる。イヴになって、アダムを生むための人生を送るのだ。

氷塊を呑んだみたいに、体の芯が冷たくなる。指一本動かす気力のない塔野の頭に、しかし思い浮かぶのは全く別のことだった。

自分を見た、暗緑色の双眸。

結局志狼たちがいつ寝台を後にしたのか、塔野ははっきりと覚えていなかった。風呂を使いに行く者や食事を取りに行く者など、入れ替わり立ち替わり寝台には人の気配があったが、一番最後まで塔野を覗き込んでいたのは暗緑色の双眸だった。それが何時頃の出来事だったのかは、判然としない。

今日は夕方から予定が入っていたはずだが、無事出かけられたのだろうか。そんなことを考えている自分に、肩が揺れそうになる。予定が事実だったかどうかも、今となっては怪しい。分かっているのに、頭に浮かぶのはそんなことばかりだ。

「未尋さん」

薄く開かれた扉の向こうから、低い声が塔野を呼ぶ。戸口に立った遊馬が、控え目にこちらを覗き込むのが分かった。

「今、志狼さんから連絡が入って…。俺、少しだけ出てきます。すぐ戻りますが、起きられるようなら用意しといたんで飯、食って下さい」

こんな時間に出かけて、大丈夫なのか。

いつもの塔野なら必ず口を突いて出ていただろう言葉さえ、声にできない。

ぼそぼそと寝室に落ちた遊馬の声にも、いつもの明瞭さはなかった。まだ、怒っているのだ。先程までの燃えるような怒りとは違うが、気持ちが晴れているとは思えない。同時にぐったりと横たわる塔野を、心配してくれていることもよく分かった。

やさしいのだ。いくら腹を立てていようと、遊馬は塔野に対して非情にはなりきれない。遊馬が傷つくと分かった上で彼を選ばず、相談もなく逃げ出そうとした塔野とは違うのだ。

「分かってると思うんすけど、校外に出ようなんて思わないで下さいよ。俺らでマーキングしたんでよっぽど大丈夫なはずすけど、未尋さんの女王効果は強ぇし、変化のピークだと正直色々読み切れないって先生も」

校外に出ようとは、勿論思わなかった。今はこの寝台から出られるかも怪しいのだ。身動ぎもしなかった塔野に、遊馬が唇を噛む気配が伝わる。

「一階の出入り口も閉じて出ます。だからこっから出るのも無理なんで、お願いすから大人しく飯食って寝てて下さい」

念を押した遊馬が、迷いを断ち切るように寝室の扉を閉じた。

まさかこの寮は、外部に出られないよう施錠することも可能なのか。事実だとすれば、最初から塔野をここに軟禁しておくこともできたということだ。そうはせず校内での自由を許したのは、警戒心をゆるめるためか。塔野が愚かだが従順な鷹臣の恋人を演じている限りは、学校生活という箱庭を与えてくれる気だったということだ。

鎖で繋がれていなくても、逃げ出さないように。正に志狼が言っていた通りだ。悲しんでいいのか、憤っていいのか分からない。どの感情もぼんやりと遠くて、塔野は力なく瞼を落とした。

「……っ」

眠るべきだ。

繰り返し自分に言い聞かせた塔野は、再び耳へと届いた気配に睫を揺らした。先程遊馬が出て行ったはずの戸口で、なにか音がする。遊馬が、戻ってきたのだろうか。そう考えた途端、塔野は意識せず体を持ち上げていた。

もしかしたら、鷹臣かもしれない。

何故そんなことを考えたかは、分からなかった。だが可能性が胸を叩いた途端、心臓が倍ほどにも膨らんだように思えた。

息を殺した塔野の耳に、今度は明確に呼び鈴を鳴らす音が届く。遊馬であれ鷹臣であれ、鍵を持っているのだから呼び鈴を使う必要はない。では、誰が。

不審に思いはしたが、気がつけば塔野は重い体を引き起こしていた。椅子に引っかけられていた制服に着替え、居間を抜ける。インターフォンの画面を覗いた塔野の唇から、驚きの声がもれた。

「大橋先輩、ですか…?」

四角い画面に、不安そうに立つ生徒が映る。同じ生徒会に所属する、大橋だ。

「…塔野君…?　え…。ここって、軍司先生の部屋じゃ…」

驚いているのは、大橋も同じらしい。

声を上擦らせた大橋が、動揺を露にインターフォンのカメラを覗き込んだ。

「いえ…、先生は外出していらっしゃると思いますが、どうしたんですか、先輩。どうやってここに」

この寮に出入りできる人間は、極めて限られている。古風な外観とは裏腹に、正面玄関にはオートロック式の鍵が設けられていた。加えて遊馬の言葉が正しいなら、今夜は他にも鍵が追加されていたはずだ。驚く塔野に、大橋が手にした鍵の束を示す。

「ここ、生徒会の備品庫が入ってるだろ。僕、庶務だからここの入り口の鍵も預かってるんだ」

確かにこの建物には、生徒会の備品庫があったはずだ。生徒会の役員として信望の厚い大橋は、ここに限らずいくつもの鍵の管理を任されているらしかった。

「生徒会の用件で、ここに？」

「いや、そうじゃないけど、今は規則違反だってことには目を瞑ってくれ。緊急事態なんだ。塔野君、もしかして雨宮君ってそこにいる？」

「雨宮、ですか？」

「そうだ。それに軍司君は？」

立て続けに上げられた名前に、瞬く。

「鷹臣も遊馬も、それに雨宮だってここにはいません。軍司たちはもしかしたら校外に出てるのかもしれませんが…」

「本当に？　本当に皆いないの？　…塔野君、悪いけど、ここ開けてもらえるかな」

塔野の応えに、大橋が困惑したように体を揺すった。

大人しく部屋で寝ていてくれと、そう言った遊馬の言葉が蘇る。いくら生徒会の役員とはいえ、消灯を待つこんな時間に来訪者を招き入れてもいいものか。躊躇はしたが、今の自分は入念にマーキングを施されてしまっている。昨日までならともかく、友人と会うこと自体に問題はないだろう。なにより雨宮の名前に不安を掻き立てられ、塔野は迷いながらも扉を開いた。

「なにがあったんですか、先輩」

チェーン越しに顔を覗かせた塔野に、大橋がうっと声にならない声をもらす。マーキングの成果なのか。大柄な雄に威嚇でもされたように、大橋が半歩後退った。

「雨宮君が、軍司君…鷹臣君に連れて行かれたんだ」

怯(ひる)みながらも、それでも先輩が早口に絞り出す。予想だにしていなかった言葉に、塔野は掠れた声をもらした。

「雨宮が、軍司に？」

「僕は、現場を見てたわけじゃないんだけど…。でも軍司君が雨宮君の所に来て、口論になったって。そのまま二人ともいなくなって、雨宮はまだ寮に戻ってないんだ」

おどおどと体を揺らす大橋が、弱りきった息をもらす。

休日とはいえ、すでに寮では夜の点呼も終わっている時刻だ。いくら気紛れな雨宮だろうと、鷹臣と口論をしそのまま姿を消したとなれば穏便な話ではない。

「寮長にはこのこと」

「話せるわけないよ。事情が事情だから、点呼はどうにか誤魔化した。今日は寮生がほとんどいないから、管理の先生方も少なくてどうにかなったけど…」

「どうにかって、先輩」

困惑する塔野に、大橋が唇を噛む。

「だって大事にはできないだろ。…本当に軍司君、ここに雨宮を連れ込んでたりしない？　先生だったら軍司君に連絡がついて、なんて言うか、穏便に解決できないかと思ったんだけど…」

雨宮のことは心配でも、鷹臣が絡んでいるとなれば誰だって腰が引ける。下手に大事にすれば、鷹臣に逆恨みされるかもしれないのだ。それならば勇気を振り絞り、志狼に助力を請うのが最善だと大橋は考えたのだろう。

「僕は夕方から軍司を見かけませんし、雨宮にも会ってません。でもどうして軍司が雨宮に会いになんか…」

「分からない。でも軍司君すごく怒ってたって話だから心配で…」

鷹臣が雨宮に、どんな用件があったのか。

心当たりがあるとすれば、一つだけだ。

誰が来ても部屋の扉を開けるなと、鷹臣が塔野に命じたのは今朝のことだった。

お前の同室だった、ピアノを弾く奴であったとしても。

そう名指しした鷹臣は、塔野と雨宮が親しい間柄であることを承知していた。金庫を開くため、塔野が彼の助力を仰ぐことも予想していたはずだ。事実、塔野は雨宮から演奏録音用の小型レコーダーを借り、金庫の暗証番号を手に入れた。

逃げ出そうとした自分は当然として、力を貸してくれた雨宮にまで腹を立てているのか。そうだとしたら、とんだとばっちりだ。

「寮の部屋は、勿論探したんですよね？　他にはどこを」

「音楽室とかは、まだ。校舎は施錠されてるはずだし、早く軍司先生に相談した方がいいかと思って…」

「分かりました。もし鍵があるなら、校舎に行ってみましょう。僕も一緒に捜しますから」

塔野の提案に、大橋が大きく目を見開く。

「本当に？　よかった…！　君がいてくれると心強い」

鍵を持っているとはいえ、大橋がこの寮に忍び込むには相当な覚悟が必要だったはずだ。無事雨宮を探し当てたとしても、同時に鷹臣と鉢合わせる可能性だってある。一人より、公的にはいまだ鷹臣のパートナーである塔野が同行するとなれば、大橋も心丈夫なのだろう。ほっとした顔で促され、塔野は心を決めると廊下へと出た。

できれば遊馬が戻るのを待ち、鷹臣か志狼に連絡を入れてもらうのが一番だろう。分かってはいたが、不安が勝った。いつ戻るか分からない彼らを待つ間、もし雨宮になにかあったらと思うとじっとしていられない。鷹臣が理不尽な暴力を振るう男だとは、思いたくなかった。だがその男の信頼を裏切ったのは、塔野だ。

とにかく、雨宮を見つけなければいけない。

大橋に急かされ、なにも持たずに寮を出た。寮の正面玄関には、よく知ったオートロック式の鍵の他にシリンダー式の錠までもが取りつけられていたらしい。大橋によって解錠された扉をくぐり、塔野は木々が茂る小道を急いだ。

「軍司と雨宮は何時頃出て行ったんですか」

「僕も詳しいことは知らないんだ。雨宮がいないって話になって、それで…」

昼間目にする校内の緑は、瑞々しい生命力にあふれて心地いい。だが月の光の下で見るそれらは、どこか鬱蒼(うっそう)として恐ろしげだ。空を覆うよう枝を伸ばす木々の向こうに、堂々と聳える石造りの校舎が見えた。

「まず音楽室を探して、次に講堂を覗いてみましょう」

雨宮の居場所として一番に思い浮かぶのは、どうしたってピアノの側だ。校外に連れ出されている可能性もあるが、そもそも本当に雨宮が鷹臣と行動を共にしている確証があるわけでもない。まずは心当たりの場所を確かめ、見つからなければ他を当たるべきだろう。

「大橋先輩？」

通用口の扉を開き、静まり返った廊下を進む。昼間の喧噪を離れた校内は、まるで別の世界みたいだ。漆喰(しっくい)や大理石の白さ、そして非常灯の明かりが堅牢な建物を鯨(くじら)の腹のなかのように浮かび上がらせていた。

「塔野君、急ごう！」

小走りに階段を上った大橋が、焦る声で塔野を呼ぶ。暗がりに立つ甲冑にさえ怯えた様子で、大橋が先を急いだ。

「先…」

階段を上りきり通路を進んだその先で、なにかが動く。

「軍司…」

鷹臣、なのか。

足を止め、眼を凝らそうとしてぎくりとした。

「遅かったじゃないか、大橋君」

通り過ぎようとした扉の一つに、人影がある。背は高いが、鷹臣ほどではない。窓から入る外灯の明かりに浮かぶその顔に、見覚えがあった。プログラムが始まった直後、裏庭で塔野を取り囲んだ三ツ池という男だ。

「待ちくたびれちまったぜ。折角苦労してあの生意気な軍司たちを追い出して、テンション上がりまくってたってのに」

「面倒な教師もな。あいつら、ガード固すぎだぜ」

三ツ池の後ろから、別の男の声が響く。明かりが消えた教室に、いくつかの人影が蠢いて見えた。

「…どういうことですか、これは」

尋ねるまでもない。騙されたのだ。

まさか、大橋が。

大橋とは、塔野が生徒会に入って以来のつき合いだ。自分に対する雨宮の態度があまりにも変わらなかったことで、過信しすぎたのかもしれない。級友たちの様子を考えれば、もう少し覚悟しておくべきことだった。

「どういうことって、ようやく邪魔者を追い払ったから最高の夜にしてやるってことだ。俺らにも勉強させてよ。性教育の実技ってやつ」

下卑た生徒の言葉に、同じくらい品のない笑い声が重なる。

三ツ池に続き、教室からぞろぞろと男たちが姿を現した。五人はいるだろうか。非常灯の明かりを弾く眼球が、ぎらぎらと鈍く光って見えた。

「なに言ってるんですか。雨宮は…」

「雨宮君？　あーいるよ？　今頃生物室で泣いてんじゃね」

友人の名を口にした塔野に、男の一人が愉快そうに吐き捨てる。

振り返れば、青褪めた大橋が必死になって塔野から顔を背けた。

雨宮が鷹臣に連れ出されたというのは、嘘だったのだろう。だがその嘘が露見しないよう、彼らは本当に雨宮をこの校舎に連れ込んだのだ。

「そんな目で見ちゃかわいそうでしょ。折角大橋君、イヴちゃんを味見したくて頑張ったんだからさあ」

「そうだよ塔野君。僕が興味があるのは君だけだから、君がみんなにやさしくしてくれれば、雨宮君はすぐ寮に帰れるよ」

にこにこと笑う三ツ池は、自分が作り出したこの状況に満足しているらしい。

連休で校内から人が減った今日、彼らは場当たり的に塔野を連れ出したわけではないのだろう。鷹臣たちの外出理由自体、三ツ池に仕組まれたものだったのか。アダムである三ツ池の生家は、鷹臣たちに勝るかはともかく名門であることに間違いはない。

その実家の助力まで、仰いだのか。この瞬間、三ツ池は志狼たちの不在と自らの優位とを確信していた。

「君のアダムは三人とも、どうせすぐには戻って来られない。頼りにならない連中より、君には最高のオーナーを選ばせてあげるよ」

オーナーってなんだ。僕は犬じゃない。

唇を引き結ぶ塔野に、男たちの口元がより一層下卑た形に歪んだ。

「軍司じゃなく僕を選ぶって君が言うなら、この場で君を僕のイヴにしてやる。でもそうじゃないなら、分かるだろ？」

鷹臣にぶちのめされたことが、三ツ池は余程悔しかったのだろう。

どんな手段を使っても、イヴを獲得し鷹臣より優秀なアダムであることを示したい。それが無理なら、せめて鷹臣の庇護下にある塔野を叩き潰してやると、そういうことだ。

「もういいじゃないですか三ツ池さん。ヤっちゃいましょうよ！」

三ツ池の脅しを肯定するように、私服姿の生徒が叫んだ。

「そうすよ、マーキングはすげえけど、俺すぐおっ勃(た)てる自信あるし」

股間を摑んだ生徒が喚けば、どっと笑い声が湧く。塔野を凝視してくる彼らの目は、尋常とは言いがたかった。

「こいつのマーキング、一人分じゃねーよな」

「だよな。オーナーを一人選んだとか言いながら、イヴちゃん他の野郎ともヤってんだ？」

口笛を吹いた男たちが、三ツ池の顔色を窺いながら塔野との距離を詰める。

すぐに飛びかかってこないのは、彼らが揶揄するマーキングの効果なのか。三人がかりであれほど入念に擦り込まれたのだ。感じ方にも個人差があるとはいえ、大抵の者は尻込みするほどの気配なのだろう。

「やっぱ色んな男とヤりてえってことだろ。だったら俺らが相手してやるよ！」

叫んだ一人が、意を決したように塔野へと腕を伸ばした。同時に、床を蹴る。一目散に廊下を駆けた塔野へと、男たちが殺到した。

「捕まえろ！」

「孕ませたらレアなイヴは俺のもんだ！」

声を上げる男たちの足音が、真後ろに迫る。呼吸も忘れ、塔野は迷うことなく階段を目指した。咄嗟に伸ばした左腕で、廊下に飾られていた甲冑を薙ぎ倒す。

「っわッ」

がしゃんと響いた大きな音に、悲鳴が重なった。幸いにも誰かが足を取られ、転んだらしい。すぐに甲冑を蹴り飛ばす音と、笑いながら追い立てる足音とが背中に届く。

「捕まえてもすぐにブチ込むなよ。僕のイヴだ。だけど捕まえた奴は、僕が種づけした後一番に遊ばせてやる。イヴの穴を使って実技実習だ」

ぞっとする三ツ池の声に、男たちの歓声が応えた。

振り切るよう、一段飛ばしに階段を下りようとして息を詰める。興奮した足音のいくつかが、階段を上がる音が響いた。

「っ…」

「おい！　こっちに来たぜ！」

迷う余裕もなく、二階の廊下へと逃れる。三階で遭遇した三ツ池たち以外にも、校舎には人がいるのか。血の気が下がり、全力で駆ける心臓が破裂しそうに軋んだ。

「イヴちゃーん！」

「安心してよ塔野君。防犯カメラは切ってあるから、俺たちとどんだけセックスしても誰にも見つかんないし！」

身を隠してやりすごそうにも、声はすぐ背後で聞こえる。とにかく雨宮を探し、寮を目指すしかない。

寮、という言葉に、すぐに戻ると言い置いて出かけた遊馬の声が蘇った。

志狼に呼び出されたと言っていたが、遊馬が部屋を出たのも三ツ池の姦計だったのか。そうだとしても、いずれ帰寮すれば塔野の不在に気づくはずだ。

早く気づいて、助けに来てほしい。

瞬間、塔野の胸を過ったのはそうした希望とは程遠かった。

もし自分のいない部屋を目の当たりにしたら、遊馬たちはどう思うのか。

部屋を出ないで下さいと、幼馴染みは塔野に念を押した。真実、鷹臣を選んだわけでないことには安堵した。だけど俺を、そして俺たちをそこまでして騙したかったのか、と。頼りにしてくれるどころか、俺ごと全てを捨てて逃げたかったのかと、そう寝台で叫んだ幼馴染みの声が蘇る。

誰もいない部屋を見たら、遊馬はもう一度同じ悲しみを味わうだろう。塔野が寮の部屋を出たのは、逃げるためではない。だがそんなこと、言い訳だ。

志狼に対しても、同じだった。逃げ出すことは許さないと、そう繰り返した男の危惧は正にこれだ。鍵で守られた楽園の外に、どんな世界が広がっているか。無論、覚悟がなかったわけではない。この体の秘密を暴かれるくらいなら、危険を冒した方がいいと思ったのは事実だ。だが現実を目の当たりにすれば、自分の無力さを思い知らされずにはいられない。変わりゆく体を繋ぎ止めることができなかったように、自分はあまりにも愚かで力なかった。

「なー、大人しくヤられちまえよ、イヴちゃん」

廊下に響く声に追い立てられ、回廊方面に繋がる角を右手に折れる。外に出るための経路と同時に、生物室の場所を思い描いた。やはり一階に下りるしかないと心を決め、階段の手摺を摑む。飛び込むように駆け下りようとしたその時、強い力が横腹を撲った。

「捕まえた！」

雄叫びが、真横で響く。暗がりから飛び出した生徒が二人、塔野へと飛びかかったのだ。

「放…！」

辛うじて手摺を摑んで堪えたが、縺れた体が階段へ落ちそうになる。私服姿の生徒が、興奮のままに塔野のシャツを摑んだ。

「俺が一番だ！」

「違ぇだろ、俺だ！」

叫んだ男たちの手が肩を摑み、塔野の脇腹を探ってくる。シャツを毟ろうと暴れる手が素肌に触れて、気色の悪さに足が竦んだ。

「や」

掠れた悲鳴が、ごっ、と鈍い音に呑まれる。手摺に取り縋ろうとする塔野の目の前で、覆い被さる男の顔が歪んだ。

「なんだ、テ…」

テメェと、それすら声にならない。

振るわれた拳が、シャツを摑む男の腹にめり込んだ。げぇっと、潰れた悲鳴が廊下に響く。

「大丈夫すか、未尋さん」

見上げた影の大きさに、ぎくりとした。

遊馬だ。

よく知った琥珀色の眼が、非常灯の明かりを映して鈍く光った。

「どう、して…、遊馬…」

そんなはずがない。

すぐには状況を呑み込めずにいた塔野を庇い、遊馬が廊下へ向き直る。同時に走り出てきた男の腹を、後ろざまに振るわれた幼馴染みの踵がぶち抜いた。追いついたもう一人までも、遊馬の肘がごきりと撲つ。

「立てる？」

顳顬を一閃にした肘鉄に、容赦はない。だが振り返った遊馬は、いつもと変わらない声で塔野へと手を伸ばした。

「…っ、遊馬、後ろ…ッ」

塔野を助け起こそうとした幼馴染みの足に、腹を殴られて呻いていた男がしがみつく。叫ぶと同時に塔野も踵を振るったが、嚙りつく生徒の力に遊馬の体が傾いだ。その隙を突いて、躍り出た男が摑みかかる。

「遊馬！」

割って入ろうとした塔野の目の前で、吹っ飛んだのは拳を振り上げた生徒の方だ。襟首を摑まれ、有無を言わさず薙ぎ払われる。なにが起きたかは、当人にだって分からなかっただろう。ぐあ、と声を上げた生徒が、音を立てて階段下まで転がり落ちた。

「ぼんやりしてるんじゃない。行け」

暗がりだろうと、一目で分かる。階段を駆け上がった志狼が、息一つ乱すことなく塔野に命じた。

「先生、これ…」

「話は後だ」

たった今駆け上がって来た階段を、志狼が振り返る。足音と怒声とが、すぐ間近から上がった。

「待、先…」

力強い遊馬の手が、塔野を摑む。階下を見下ろす志狼を残し、遊馬が廊下を蹴った。

「遊馬！　軍司先生が！」

「大丈夫。あの人はあの人でどうにかするす」

どうにかって、そんなの無茶だ。教員が現れたからといって、三ツ池たちが大人しくなるだろうか。むしろ候補者の一人であった志狼を、目障りに思っていたはずだ。多勢に無勢となれば、普段なら逃げ出す連中も志狼に牙を剝くかもしれない。

「それより未尋さん、怪我ないすか」

ようやく教室の一つにもぐり込み、遊馬が息を乱す塔野を気遣う。壁に背を預けて呼吸を整え、塔野は志狼の影を探そうと廊下を覗き込んだ。

「なんで、遊馬、軍司先生まで…」

三ツ池によって、遊馬たちは校外に呼び出されていたのではないのか。驚く塔野に、同じように廊下を睨んだ遊馬が舌打ちをした。

「どっかの偉い人が俺たちと会食したいだとかで呼び出しがかかってて。でも全員まとめては抜けられないって、最初から揉めてたんすよね。結局、今日になっても色々あって、志狼さんが担当者絞り上げてやっぱ変だって戻って来たんす」

「だからって、どうしてここに」

異変を察知した志狼の判断により、予定より早く戻って来たということか。だが何故、この校舎に現れたのか。驚く塔野に、遊馬が歯切れ悪く眼を逸らした。

「…これ言うと怒られそうだけど、ＧＰＳが仕込んであるんすよ」

「Ｇ…。それって、僕にか？」

僕は希少動物かなにかなのか。いつから。そしてどこに。思うことは山ほどあるが、今はそれさえも問題にしていられない。こぼれそうに目を見開いた塔野に、遊馬が唇を尖らせた。

「今、希少動物かよって思ったでしょ。未尋ちゃんは稀少動物どころじゃねーし。それはともかく、寮の正面玄関の扉が開いたって通知も来てたんで、こいつはヤバイって。俺ら以外寮の鍵持ってる奴がいないよう教務に洗い浚い確認させたはずなのに、あいつらどんだけザルなんだ」

誰か、買収されてたのかもしれねえ。

舌打ちをした遊馬の眼に、ひやりとした怒りが滲む。そんな眼をした幼馴染みに、塔野は衝動のまま腕を伸ばしていた。

「そういう話じゃなくて、僕はお前に…」

お前に、あんなひどいことをしたのに。

お前にだけじゃない。軍司先生にだって、そして鷹臣にだってひどいことをした。

そう声にしようとして、喉の奥がふるえる。

本当に、そうだ。

あんな手酷い裏切りをして許されるはずはないのだし、許す理由だってない。自己嫌悪に冷たくなった塔野の手を、遊馬の手がぎゅっと握った。

「その話は後にしましょう。志狼さんの言う通りす。まずは外に出ねーと」

歯を見せて笑うその顔は、よく知った幼馴染みのものだ。屈託のない笑みに促され、塔野は奥歯を噛んで首を横に振った。

「来てくれて、本当にありがとう。でも、僕は…まだ戻れない。雨宮が捕まってるんだ」

「雨宮って、元同部屋だったあの人？」

「僕を呼び出すために、連れて来られたらしい。生物室にいるって言ってたけど、本当かどうかは分からない」

大橋の反応からしても、雨宮がこの校舎にいるのは間違いないのだろう。もし虚言だったとしても、無事を確かめないまま校舎を出るわけにはいかなかった。

「…頼めることじゃないのは、分かってる。でもこのままにはできないんだ。僕は、生物室に…」

「勿論放っとけるわけねーでしょ。まずはあんたを逃がして、雨宮サンも助けに行かないと」

きっぱりと断言した遊馬が、塔野の手を引いて立ち上がる。その眼が、生物室までの経路を組み立てているのがよく分かった。

「僕のことはいい。これ以上迷惑はかけられない。それより、雨宮と先生を…」

なにが起きても、塔野の場合は自業自得だ。言い募った声に、遠くを走る人の気配が重なる。しっと人差し指を唇に当てた遊馬が、教室を出て渡り廊下へ進むよう視線で示した。

「悪ぃのはあんたをここに呼び出した連中で、未尋さんじゃねーしょ。あいつら、女王効果が効きすぎてんのか相当ヤバイ方向に興奮してるみてーだから急ぎましょう」

舌打ちした遊馬が、暗い廊下に目を凝らす。

真っ直ぐ生物室に向かっても、そこが見張られているのは間違いない。一度校舎を出て、外から様子を確かめる以外ないだろう。尤も一階の出入り口は人で固められているだろうから、塔野を寮に戻すにしろ雨宮を助けるにしろ、まずは外に出ることが先決だ。

遊馬の提案で、渡り廊下を使い向かいの校舎へと移動することを決めた。回廊の二階部分に当たる渡り廊下は、うつくしい円柱によって支えられている。廊下を飾る瀟洒な手摺に身を隠し、塔野は前を行く幼馴染みに続いた。

「いたぞ！」

渡り廊下の半ばをすぎた所で、背後から男たちの声が上がる。飛び込むように目の前の校舎へと駆け込もうとして、遊馬が舌打ちをした。

「クッソ」

正面にある階段を、数人の男たちが駆け下りてくる。挟まれた。だが一瞬たりとも迷うことなく、遊馬が男の一人に肩からぶち当たる。出会い頭の衝撃に驚く相手を、容赦のない拳が撲った。うげっと上がった声に、一緒に走り下りてきた男たちが怯む。

だがそれも、わずかな間のことだ。すぐに興奮した様子で飛びかかってくる生徒を、振り向きざまに遊馬の踵が薙ぎ倒した。

「危ない、遊馬！」

組みついてきたもう一人を、遊馬が摑む。その背中に、一度階段の上に逃れた男がなにかを振り下ろした。

甲冑と共に飾られていた、斧(おの)だ。

当然刃は潰されているが、金属の塊であることに変わりはない。力任せに振るわれたそれに、塔野は考えるより先に床を蹴っていた。

男の腕にしがみついた体を、突き飛ばされる。ごつ、と鈍い音が幾度か響いたが、それは塔野を見舞ったものではなかった。

「遊馬！」

叫んだ塔野の視界を、黒々とした影が遮る。

巨大な、獣のようだ。周囲は正に、怒声と悲鳴に満ちている。茫然と床に叩きつけられた塔野を、強い力が摑んだ。

「立てるか」

耳に届いた声に、ぎくりとする。なにより自分を覗き込んだ暗緑色の眼に、息が詰まった。

どうして、君が。

声にしようとして、瞬き一つできない自分に気づく。いや、実際瞬きにも満たない時間だったのかもしれない。塔野を壁際へと庇った巨軀が、背後から飛びかかった生徒を視線もくれず肘で撲った。

「ぎゃァ」

悲鳴が、立て続けに上がる。強靭な踵に打ち抜かれ、銀色の剣を振り上げた男が階段へと吹き飛んだ。

「生きてるすか、鷹臣さん！」

さすがに息を乱した遊馬が、目の前の生徒を蹴り退けながら大声を張り上げる。飛びかかってくる生徒を厳つい拳で殴り伏せ、影そのもののような男が遊馬を見た。

「おう。こっちの校舎の裏口にいた連中と、携帯の妨害機はいくつか潰した」

「あんだけマーキングしたのに、こいつら超興奮してやがる」

普通であれば、これほど圧倒的な暴力を見せつけられればそれだけで戦意など削がれるのではないか。だが遊馬が叫ぶ通り、生徒たちは殴られても尚ぎらぎらと獣のように眼を光らせている。

荒い息を吐いた遊馬が、何事かに気づいた様子で渡り廊下を振り返った。懐中電灯の明かりが揺れて、いくつかの罵声(ばせい)が近づくのが分かる。

「雨宮は俺がどうにかすっから」

なにを、と声を上げる間もない。渡り廊下へと身を翻した遊馬が、廊下と校舎とを繋ぐ扉を閉ざした。雨の吹き込みを防ぐため硝子がはめられたそれは、蔦を模した鉄の格子で飾られている。格子の向こう側で、幼馴染みがいつもと同じ笑顔で手を振った。

「な…！　おい軍司！　やめてくれッ！」

手を伸ばそうとした塔野を遮り、鷹臣が迷うことなく校舎側から鍵を下ろす。なんてことをするんだ。抗議しようとした塔野を、逞しい腕が担ぎ上げた。

「下ろしてくれッ！　軍司！」

「あいつなら大丈夫だ。一番の狙いはお前だろうからな」

大丈夫なわけがあるか。背中を撲とうとした塔野に構わず、鷹臣が広い歩幅で廊下を走る。階下からは、塔野を呼ぶ男たちの声が遠く聞こえた。鷹臣がのしてきたという生徒たち以外にも、人がいるということか。一体、何人いるんだ。遊馬の名を叫びそうになる塔野を担ぎ、長い廊下を駆けた男が扉の一つを開いた。

塔野がイヴだと初めて告げられた、あの博物学準備室だ。

「軍司、頼むから遊馬を…」

ようやく塔野を降ろした鷹臣が、扉に内側から鍵をかける。

こんな状況で、遊馬を一人になどしておけない。男の腕を摑んで訴えようとして、塔野は手をぬらした感触に声を上げた。

「…っ、おい、君…！」

大きな窓から入る月明かりが、塔野たちを照らす。持ち上げた掌に、黒い染みが滲んでいた。

血だ。

ぎょっとして、目の前の男を引き寄せる。制服のパンツこそ身に着けているが、鷹臣は上着を羽織ってはいない。ネクタイを結んでもいないシャツの裾が、黒くぬれて月明かりを弾いていた。

「軍司、怪我…！」

返り血ではない。さっき塔野を庇った時に、やられたのか。シャツを裂く無残な傷が、鷹臣の脇腹を斜めに走っていた。

「大した怪我じゃねえ。それより、来い」

短く応えた男が、眉一筋動かすことなく顎をしゃくる。

「大した怪我だろう！　こんな…」

こんな怪我で、塔野を担いでここまで走ったのか。青褪める塔野の腕を摑んだ鷹臣が、窓辺を覗き込んだ。一度机に置かれた受話器に手を伸ばし、男が舌打ちをしてそれを戻す。

「こっから降りるぞ」

階段や一階の出入り口を見張られている以上、窓から抜け出すのは悪くない考えだ。だがそうだとしても、こんな傷を負っていては容易だとは思えない。

「待て。座れって言ってるんだ」

とにかく、止血をしないと。とてもではないが、ハンカチで間に合うものではない。周りを見回し、衝立の向こうに置かれた寝台からシーツを剥ぐ。

「そいつを窓枠に縛って降りろ」

「君の止血が先だろう！　それに無茶だ。二階とはいえ、その怪我で下まで降りるなんて」

抑えた声で叱責し、塔野は上等なエジプト綿を迷うことなく裂いた。

「ここじゃ傷口を洗えないから、これ以上出血しないようこのまま縛るぞ」

暗くて分かり辛いが、血はシャツの裾を重くぬらして床にまで伝っている。縫合を必要とするほどの傷ではないのか。そうは思うが、できることは傷口を圧迫することだけだ。塔野の剣幕に負けたのか、鷹臣が大人しく腹に布を巻くことを許した。

「軍司、携帯電話は？　さっき、妨害機って言ってたけど、警察に連絡しないと…」

「あいつら、電波妨害機を動かしてやがるから、校舎の近くじゃ端末は使えねえ。電話も無理だ」

先程確認した電話機を、鷹臣が示す。校内に電波の妨害機が置かれているという噂は、以前から聞いていた。試験期間などには稼働させていると言われていたが、本当だったのか。驚く塔野に、鷹臣が傷口を締められる苦痛に低く呻いた。

「外とは連絡がつかないってことか」

「校内に入る前に、研究所には連絡を入れてある。警察に通報してはいねえだろうが、誰か人は来るはずだ」

「だったら、君はどうにかそれまでここにいてくれ」

人が来る当てがあることに、ほっとする。この山奥に到着するまでにはそれなりの時間がかかるだろうが、それでも守衛や寮の管理人が異変に気づく偶然に期待せずにすんだ。息をもらした塔野に、鷹臣がにべもなく窓を示す。

「俺のことはどうでもいい。お前は今すぐに寮に戻れ」

「どうでもいいわけあるか！　どうして…」

声を荒げようとして、はっとする。

どうして、君は。

それは先程、遊馬に向けようとしていた言葉とまるで同じだ。

どうして君は、こんな。

どろりと胸の内側を舐める身勝手さに、喉の奥が塞がる。傷口を圧迫する際にはきちんと力が入っていたはずの指先が、途端にふるえた。

「僕は、君にあんなことを、したのに…」

卒業まで手助けしてくれと、助力を願った。そして明日の、来るはずのない来週の約束をした。それが果たせないことを、塔野だけが知っていた。

今この校舎で野を追い回し痛めつける資格がある者がいるとすれば、それは鷹臣であり遊馬や志狼だ。そうしたところで、鷹臣たちの溜飲(りゅういん)が下がるとは思えない。禁断の実を囓った者には、贖(あがな)いなど用意されてはいないのだ。ただ楽園を追われる、それだけだった。

「あんなってのは、なんだ」

高い位置で瞬いた双眸が、塔野を見下ろす。月明かりを弾くそれは、告解ではなく告白こそを迫るものだ。

「僕、は…」

「結局、俺にセックスして下さいって言わなかったことか？」

そいつは確かにひでえ話だよな。真顔で頷いた男が、自らの顎を親指で辿る。

それはきっと、寮での性交を当てこすったものではないのだろう。偽りの恋人を演じてほしいと、塔野がせがんだ時のことだ。

「なっ…、君っ、こんな時に…！　僕が言ってるのは…！」

高くなった塔野の声に、鷹臣の肩が揺れる。

傷口が、痛むのか。はっとしたが、状況を悟るのに時間は必要なかった。笑って、いるのだ。理解した塔野の前で、鷹臣が声を殺して体を揺すった。

「き、君って奴は…！　笑ってる場合じゃないだろう！」

こんな怪我を、しているのに。握り締めた拳をどうすることもできない塔野が、余計におかしかったのだろう。巨軀を折った男が、大きく口を開けて笑った。

「……僕を、助けに来てくれたんだろう？」

殴るぞ、君。そう唸る代わりに、唇からこぼれたのは掠れた声だ。腹を抱えて笑った男が、涙さえ滲みそうな眼を向けてくる。

「僕を助けるために、ここまで来てくれたんだろ？」

それは疑問ではなく、単純な事実だ。

「軍司先生だって、遊馬だって…。僕は、君たちを騙して傷つけた。勿論プログラムそのものを肯定することは、できない。でも今夜だって、出るなって言われてた部屋を、僕は勝手に出た。その上での、結果だ。それなのに……」

それなのに。

続けようとした塔野の頭へと、がっしりとした手が伸びる。あ、と思った時には、暗緑色の双眸が目の前にあった。ごつごつと骨を浮かせた手が左右から頭を掴んで、引き寄せられる。

「軍…」

唇に当たったのは、深く傾けられた鷹臣の唇だ。まるでそうするのが当然だとでも言うように、口を塞がれた。

「んぁ…」

驚く塔野の唇を、肉厚の舌がねろりと舐める。あたたかな舌の動きに、こんな時なのにぞわぞわとした痺れが背中を包んだ。驚き逃げようとする舌先を吸われ、ちゅっとちいさな音が鳴る。

「っ…、な…」

は、と息を吐いた塔野の視界に映るのは、やはり屈託なく笑う男の顔だ。月明かりを弾く暗緑色の双眸が、塔野を映して光った。

「忘れたのかよ。お前、言っただろ」

息が触れる距離で、鷹臣が顎を引き上げる。見慣れた角度で、不遜極まりない唇がにやりと歪んだ。

「頼むから守って下さいって、俺に」

「あ、あんなものは…！」

確かに、そう言った。言わされたからだ。そんなこと、鷹臣自身が一番よく分かっているだろう。

あれは嫌がらせにすぎず、間違ってもこんな場面で怪我を負ってまで履行をせがむものではないのだ。

「教えてやったはずだぜ。俺を夫にできる奴は幸運だってな」

笑みを深くした男が、塔野の左の指に指を絡める。そのまま口元へと引き寄せられ、大きく口を開かれた。

なにを、するんだ。並びのよい歯が、目に映る。動けずにいる塔野の指を深く含み、きりきりとそのつけ根に歯を立てられた。

「…っ、あ…」

左の、薬指だ。

そのつけ根に、赤い歯形がくっきりと浮き上がった。

「お前も認めただろ。いや、妻にしてくれって泣いて俺に頼んだのか」

「…だから、そんなこと言ってない…！　そりゃあ君みたいなアダムは、たとえ名目上だけの存在だろうと自分のイヴを守れって教育されてるんだろうけど、でも僕は君を裏切ったんだぞ…！　君のイヴどころか、イヴにだって…」

「お前はイヴだ」

迷いのない声が、断じる。

「俺がアダムだってのと、同じことだ。少なくとも、肉体的にはな」

何度も突きつけられてきた現実なのに、真正面から言葉にされると指先がふるえた。揺れてしまいそうな瞼を、暗緑色の双眸がじっと捉える。

「そいつをお前がどう思おうが、正直俺には関係がねえ」

残酷な己の言葉を、いや、と鷹臣が低く否定した。

「いや、関係はあるな。お前が苦しくて仕方がねえって言うなら、どうにかしてやりてえとも思うし、クソみてえな現実に真っ向から腹立てたり奮起してたりするのを見ると、堪らねえ気持ちになる」

それって、僕が莫迦みたいだって言いたいのか。眉根を寄せそうになった塔野に、鷹臣がもう一度肩を揺らした。

「お前はイヴだ。だが体の形が変わろうが、お前はお前だ」

絡められたままの左手が、とん、と胸を打ってくる。心臓の、真上だ。痛みなど、微塵もない。だが初めて刻まれた鼓動が血潮を巡らせるように、どくんと大きく、左の胸が脈打った。

「忘れっぽいお前に、もう一度だけ言うぜ。俺は絶対ぇ、このプログラムに参加したかった」

なんでだ、軍司。なんでなんだ。

その問いに応じてくれるほど、目の前の男はやさしくはない。いや、やさしいのだ。

始まりからずっと、この男はやさしかった。

塔野をからかうのもイヴだと断じるのも、意地悪に響く声のどれ一つにも、塔野を傷つけるための嘘はなかった。絶対に候補者になりたかったと笑う、言葉と同じだ。

笑みの形のままの唇が、塔野の唇へと降りてくる。音も立てずに重なったそれの代わりに、触れた互いの睫こそが密(ひそ)やかな囁きをもらした。

「分かったら、降りろ」

唇を離した鷹臣が、真っ白なエジプト綿を窓の手摺へと結びつける。力強く盛り上がった筋肉の隆起に合わせ、きつく圧迫したはずの傷口から血が滲んだ。

「やめてくれ！　無理しちゃ駄目だ」

手を摑もうとした塔野の背後で、なにかが響く。がらがらと金属を引き摺る足音が、扉の向こうを通り過ぎてゆく音だ。

ぎくりとして、息を殺す。

甲冑から、剣でも奪ったのか。不穏な金属音を伴った足音が、塔野の名前を呼びながらどこかの扉を開く気配があった。

「ぐだぐだ言ってねえで急げ。寮の入り口を張られててまずいようなら、少し遠いが正門の守衛室まで行け。ただし守衛は追い出して鍵かけとけよ」

近づいたり、遠ざかったりする足音に耳を澄ませ、鷹臣が促す。月明かりに照らされるその額に、じっとりと重い汗が浮かぶのが分かった。全力で階段を駆け上がり、男たちをぶちのめしてさえ息一つ乱さなかった男だ。その鷹臣が奥歯を噛んで、その隙間から深い息を吐いた。

あれほど出血しているのだ。痛まないはずがない。アダムがいかに屈強であっても、こうして立っているのも辛いはずだ。

「っ…、おい、塔…」

早く降りろと促す男の手を、摑む。そのまま衝立を押し退け、奥に置かれた寝台へと鷹臣を押し込んだ。

「君が言った通り、あいつらにとって用があるのは僕だけだ」

果して何人の生徒たちが、この夜の校舎を徘徊（はいかい）しているかは分からない。だが彼らの目的は、他の誰でもない塔野だ。鷹臣たちに対する嫉妬（しっと）心や恨みもあるだろうが、この瞬間それが塔野に対する肉欲に勝るとは思えなかった。

「女王効果のせいで、あいつらがあんなに興奮してるなら、きっと僕がどこにいるかも突き止められてしまう」

押し退けた衝立を、もう一度戸口からの視界を遮るように整える。

この窓から出たとしても、塔野一人で無事寮に辿り着けるとは限らない。ここで研究所からの救援を待つにしても、到着がいつになるかは分からなかった。いずれは三ツ池たちも数に任せ、教室の一つ一つを虱潰（しらみつぶ）しに捜索し始めるだろう。そうなれば、怪我を負った鷹臣が逃げ果せるとは思えなかった。

塔野の意図を察したのか、鷹臣が呻きながら体を起こそうとする。だが立っていた時は辛うじて耐えていられても、一度寝台に落ちればわずかな動きにも激痛が走るのだろう。低く唸った鷹臣が、それでも立ち上がろうと寝台を軋ませた。

「待て…！　お前、なにを…」

「ありがとう軍司。こうするのが、一番なんだ」

踵を返したその先にあるものは、窓辺ではない。扉へと踏み出した塔野を、鷹臣が摑む。力任せに引き寄せようとする男を、痩せた体が振り返った。

「塔…」

いつもは見上げる高さにある双眸が、今は射貫く強さで自分を仰ぎ見ている。どれほどの苦痛に切り刻まれようと、その眼が濁ることはない。神の怒りさえも具現化する、荒々しくもうつくしい海の色だ。その水底へもぐるように、男の襟首を摑んで屈み込む。

「っ…」

歯がぶつからなかったことは、奇跡に近い。技巧もなく押しつけた唇が、男らしい唇に真上から重なった。

息を吞む気配が、密着した唇から伝わる。やわらかな感触はよく知ったものだが、こんな反応は初めてだ。鷹臣の驚きを引き出せたことに満足し、場違いにも笑うような息がもれた。

「助けが来るまで、絶対に大人しくしててくれ」

離した唇で念を押して、今度こそ踵を返す。

「塔野！」

振り返ることなく戸口へ急ぎ、扉を閉ざした。今の自分にできるのは、この博物学準備室と遊馬が向かってくれているだろう生物室から、できる限り遠く離れることだけだ。肌に貼りつく暗がりを振り払い、塔野は長く続く廊下へと走り出した。

「いたぞ！」

一つ目の階段を横切った途端、怒号が響く。

頭上から降った声に、どくりと鼓動が胸を打った。浅くなる呼吸に耐え、全力で廊下を走る。少しでも、遠くへ。

中央階段へと続くホールを、覚悟を決めて左手に折れた。蛇に巻かれる罪人の像が目に飛び込んだが、足を止めるなど当然できない。手摺に飛びつき階下へと降りようとした時、強い力が痩躯にぶつかった。

「捕まえたぞ！」

像の影から走り出してきた生徒が、塔野へと飛びかかる。男を蹴り退けようとしたが、新たに組みついてきた男がそれを阻んだ。

「イヴだ！」

「イヴを捕まえたッ」

いくつかの声と手が、床に崩れた体を押さえつける。暴れた踵が誰かに当たったのか、呻く声が聞こえた。自分が上げた、声だったのかもしれない。

「この野郎！」

怒鳴った一人が、塔野に足を振り上げる。加減なく脇腹を蹴られ、火花が散るような痛みに息が詰まった。

「っあッ」

「おいおい、大切なイヴなんだ。傷物にされるのは困る」

呻いた頭上に、楽しげな声が降る。痛みに歪む視界を巡らせると、取り囲む男たちの手がわずかにゆるんだ。

幅の広い中央階段を、五、六人の生徒が下りてくる。その先頭に立つのは、男たちを従えた三ツ池だ。

「お疲れ様、塔野君。残念だよ。もう少し狩りを楽しませてくれるかと思ってたのに」

にこにこと笑う三ツ池が、芝居がかった仕種で腕を広げてみせる。騒ぎを聞きつけ、廊下や階下からも人が集まってくるのが分かった。帰宅せず残っていた生徒のうち何人が、この騒ぎに荷担していたのか。爛々と目を輝かせた男たちが、暗い校舎のそこここから姿を現した。

「恥ずかしくないんですか…、僕一人のためにこんな大勢で寄ってたかって」

うつぶせに押さえつけられたまま吐き捨てれば、誰かの爪先が脇腹を小突く。

「君も口が減らないな。でも安心するといい。僕がちゃんと立派なイヴに躾けてあげるからさ」

顎をしゃくった三ツ池に応え、塔野を捕らえていた腕がその体を引き起こした。罪人のように引き据えられた塔野の顎を、三ツ池が摑む。

「っ…」

嫌というほど、鷹臣たちに自由にされてきた体だ。それでも密着する三ツ池の体温の気色悪さに、背筋がふるえる。青褪めた肌を探るよう、三ツ池の指がシャツの釦にかかった。堪りかねたように、塔野を取り押さえる男たちが体を揺する。

塔野に対するマーキングやアダムである三ツ池への畏怖よりも、欲望が勝るのだろう。許可を待ちきれなかった腕たちが、競うように塔野の胸元へと伸びた。

「っあ」

嫌悪感に、声がもれる。一つの手が胸をまさぐられれば、後はなし崩しだ。大理石の床に飛び散った釦を見下ろし、三ツ池が喉を鳴らした。

「全く君の女王効果はすごいな。これだけマーキングされてるのに、みんな君とヤりたくって血眼だ」

愉快そうに笑う三ツ池自身、酔ったような目をしている。全ての元凶は、この僕だと言いたいのか。興奮に乾いた唇を舐め、三ツ池が塔野のベルトへと手を伸ばした。

「やめ…ろっ！」

暴れようとする塔野に、男たちが一層息を荒げる。次々に伸びてくる手がベルトを毟り、下着までを引き下ろした。

「あっ、放…」

「へえ、これがイヴなのか」

屈辱に、目の前が赤く濁る。

膝を摑んだ手が、痛むほどの力でそれを左右に割り開いた。隠すことのできない場所を、真正面から三ツ池に覗き込まれる。

「すごいな。噛み痕だらけじゃないか。それに、体はほとんど男のままなんだな」

まじまじと視線を注いだ三ツ池が、股間へと手を伸ばしてくる。取り囲み、覗き込んでくる男たちがごく、と大きく喉を鳴らした。

「これが君の穴なのか。こいつさえあればイヴとして僕を満足させて、子供が産める」

男性器の下にある尻の穴を、興奮した指がぐるりと撫でる。やわらかな粘膜をぬ辿られ、声がもれた。嫌がって膝を揺らそうにも、腿に食い込む指たちがそれを許さない。にゅる、と浅く指を含まされ、冷たい汗が背中に滲んだ。

「誰が、お前なんか、と…！」

叫んだ顔に、熱い痛みが当たる。夢中になって穴をいじった三ツ池が、もがく塔野を拳で撲った。

「暴れるんじゃない！　イヴはイヴらしく、大人しくしてればいいんだ」

吐き捨てた三ツ池が、二本に増やした指で尻穴を探る。横から伸びた男の手が、力を失っている陰茎を握り込んだ。皮を剝き上げるようにくにくにと扱かれ、背中が軋む。その痺れを、快感と呼ぶのは難しい。

氷塊を呑み込んだように、体の芯が冷えてゆく。

イヴ、と三ツ池はそう塔野を呼んだ。

確かに、僕はイヴだ。認めたくはないが、鷹臣が断じた通りこの体はイヴだった。

だけど。

だけど鷹臣は、僕を塔野と呼んでくれた。

俺のイヴ、と軽口を叩く時ですらそれは変わりがない。イヴであるという事実は塔野の一部であっても、全てではない。アダムであり、男であることが鷹臣の全てではないのと同じだ。それなのに、イヴである塔野を前にすれば、大抵の人間は我を失う。

その女王効果の渦中にあってさえ、鷹臣は自分を塔野と呼んでくれた。お前は、お前だ。イヴであることが動かしがたい事実であるように、お前がお前であるのに代わりはない。そう言葉にして教える以前から、鷹臣はずっと僕の名前を呼んでくれていた。

「…っ」

冴えた痛みが、鼻腔の奥を刺す。

殴られた頬よりも鮮明に、ずきずきと左の薬指が疼いた。鷹臣の歯が食い込み、赤い痕を残した指だ。

「っ、あ…」

こんな場所を噛むなんて、全く君はどうかしている。

暗緑色の眼をした男を思い浮かべると、不意に呼吸が楽になる錯覚があった。無論、錯覚だ。蹴られ、拳で殴りつけられた体は恐怖に押し潰され、抵抗する気力すら削ぎ落とされてしまいそうだ。全身を這い、舐め回される嫌悪感も同じだった。それでもじくじくと染みる薬指の疼きだけが、僕を僕たらしめようとしてくれる。

左の薬指は、最も深く心臓に結びついた指だ。

そんなもの、愚かなお伽噺だと知っている。だがこの瞬間、左の薬指を巡る血のぬくもりが、確かに塔野の心臓をあたためてくれていた。

「軍司…」

声に出さず呼んだ名前ごと、嚙み痕に唇で触れる。

やさしい君のことだから、出血の苦痛以上の苦さを嚙み締めてくれているかもしれない。だがどうかそんなものを捨てて、自分自身を守ってくれ。一秒でも早く、深手を負った君の元に助けが来るように。

願うのは、それだけだ。

「…っ、あァ」

にゅぷ、と乱暴に引き抜かれた指に、背筋がふるえる。押さえつけられた視界の端に、自らの股座を探る三ツ池が見えた。

取り出された肉の塊に、踵が大理石の床を搔く。きつく左手を握り締めたその時、重い音が鼓膜を撲った。

「ぎゃッ」

ごき、と骨が上げる音に続いて、叫びが上がる。悲鳴だ。塔野の口からもれたものではない。

「な…」

何事だ、と叫ぼうとした一人が、横薙ぎに吹っ飛ぶ。同じように廊下を振り返った男たちは、ただぽかんと口を開けて仰ぎ見る以外できない。後頭部を摑まれた生徒が床に叩きつけられてさえ、そうだ。ごつ、と響いた重い音に、ようやく現状を吞み込んだ生徒たちが声を上げた。

「ッ、こいつ…！」

どっと空気が揺れて、男たちが左右に逃げる。開けた視界の向こうに、襟首を摑まれ引き摺られる生徒が映った。

「軍司…」

嘘だろう、君。どうして、ここに。

大理石の床を踏み締める巨軀を、見間違えるはずがない。力強い腕が、荷物のように引き摺った生徒を床へと叩きつけた。振り回されたその体に巻き込まれ、塔野を取り囲む男たちの何人かが悲鳴を上げた。

「君…、そんな…」

混乱する生徒たちを蹴散らすよう、鷹臣が大きく踏み出す。あれだけきつく布を巻きつけたのに、やはり止血しきれなかったのか。筋肉の陰影を浮き立たせるその腹部は、滲み続ける血に黒く汚れている。だがそんな苦痛よりも、鷹臣の形相を荒々しく歪ませるものは怒りだ。

「この…っ」

我に返った生徒たちが、鷹臣へと飛びかかる。

相手は一人の上に、手負いだ。鷹臣の傷を見て取った何人かが、獲物を手に走り出た。振り下ろされた斧が鷹臣の額を掠めるより先に、男の足が生徒の腹を蹴り抜く。形のよい額に血管を浮き立たせ、鷹臣がごき、と不穏な音を立てて続け様に生徒たちを殴り伏せた。

「駄目だ！　軍司ッ、逃げてくれ…！」

「うるせえ！　来てくれて嬉しいって言いやがれ！」

理不尽な一喝と共に、逞しい腕が塔野へと伸びる。

いくら強いからって、こんなのは多勢に無勢すぎだ。頼むから、逃げてくれ。そう叫びたいのに、逸らされることのない眼光に声が潰れる。

代わりにあたたかな血が、どくりと左の胸をふるわせた。

あの博物学準備室にいてくれさえすれば、これ以上の苦痛は免れたかもしれない。それなのにそのささやかな安寧の地を捨てて、彼は来てくれた。罪人である自分を追って、この場所に。

「軍司…」

噛み痕の残る指を伸ばし、身を乗り出す。

差し伸べられた腕を取ろうとして、長い睫が揺れた。

「莫迦にしやがって…！」

叫んだ三ツ池が、隣に立つ生徒からなにかを奪う。踊り場の壁に飾られていた、ボウガンだ。そんなものまで、持ち出していたのか。矢がつがえられたそれを、三ツ池が構えた。

「…ッ！」

ぎらりと光った鏃(やじり)が捉えたのは、鷹臣ではない。塔野へと向けられたそれが空を裂いた瞬間、全身が硬直した。避けきれないと思うと同時に、安堵もする。

流れる血が君のものでないのなら、それでいい。瞬きにも満たないその刹那(せつな)、考えられたのはそれだけだ。どす、と鈍い衝撃と重さが体にぶち当たり、足元が揺らぐ。

「っ…あ…」

だが予想した苦痛は、訪れない。

代わりに逞しい腕が、痩躯を突き飛ばした。

「…そん、な…」

目の前に、厚い胸板がある。強靭な心臓を収めたそれは、頑健な肋骨と鍛えられた筋肉によって覆われていた。

その胸を、太い鉄(くろがね)が貫いている。

塔野を庇って立ちはだかった鷹臣の胸を、彼自身の血にぬれた矢が真っ直ぐに射貫いていた。

「嘘だ…、軍司…」

きん、と耳鳴りが世界の音を掻き消す。周囲は実際、水を打ったような静けさだ。呼吸さえ許されない世界で、鷹臣のシャツを汚す血の色だけが鮮明だった。

「軍司…！」

こんなの、間違いだ。

叫んだ塔野の無事を確かめた鷹臣の眼が、自らの胸を見下ろす。夢中になって伸ばした塔野の指先で、ぐら、と巨軀が揺れた。踏み止まる力もない。大きな体が、どっと音を立てて両膝から床へと落ちる。

「軍司…ッ！」

助け起こそうとした塔野を、乱暴な腕が摑んだ。啞然としている生徒たちが、夢の半ばにいるような目で塔野を押さえつけた。

「やった…、のか？」

「マジか…？　あの軍司を…？」

半信半疑で覗き込む男たちの目の前で、夜と同じ色をした血が大理石へとしたたる。どくどくとあふれてくるその色を、鷹臣もまた両手に受けて見下ろした。

動かないでくれ。

叫ぼうにも、本能はこの事態を正しく読み取っていた。取り返しなんか、つかない。止まらない血と、月明かりを弾く鏃の鋭さ。心臓を串刺しにし流れ出る全てが、この現実の異様さを物語っていた。

「はは、様ァないな」

ボウガンを放り投げた三ツ池が、声を上げて笑う。それが伝播したように、立ちつくしていた男たちの口からもはは、と声がもれた。

「なにが特別なアダムだ！　偉そうに…！」

「ぶっ殺してやったぜ！　アダム様をよ！」

どっと、歓声が弾ける。

正気じゃない。

熱狂のまま拳を振り上げる男たちの目は、爛々と光っている。理性を脱ぎ捨てる、それこそが快感なのか。げらげらと声を上げた一人が、鷹臣の体を真横から蹴り倒した。

「やめろッ！」

「大丈夫だよ、塔野君」

身をもがかせ取り縋ろうとした塔野を、三ツ池が摑む。全身で暴れるその胸へと、湿った掌がぞろりと降りた。

「君ッ、なんてことを…！」

「安心してくれ。学生の僕が君みたいな特別なイヴを手に入れられるってことに、父もすごく興奮してくれていてね。今回の件でも随分手を回してもらったけど、大丈夫。これに関しても上手く処理してくれるさ」

なにを言ってるんだ。今すぐ必要なのは、鷹臣の手当てだ。誰か、助けを呼んでくれ。あの血を、止めなくては。

叫んだ体を、引き倒される。血の匂いがする床の上で、男たちの手が競うように塔野の股座に伸びた。

「っあァ…」

ずくりと、嚙み痕が残る左の薬指が痛む。同じ痛みが眼底を焼いたが、涙は流れない。

軍司。

大声で呼んだ名前が、男たちの笑い声に呑み込まれる。

軍司。

血溜まりに落ちる手に、懸命に伸ばした手を重ねる。まだ、あたたかい。だがそれは、塔野の指を握り返しはしなかった。

当然だ。だって、だってこの体は。

胃の腑に食い込む絶望というものの冷たさを、初めて知る。不可逆的な一点に向かって流れ込む時間を、塞ぎ止める術はなにもない。僕のせいだ。僕が毒と知りながら、罪の実を囓らせた。その上で楽園を離れた君に、こんな形で血を流させた。

お願いだ、軍司。目を、開けてくれ。

目を開けて、愚かな僕を責めてくれ。立ち上がって、今すぐ僕を怒鳴りつけてくれ。

強く願った塔野の股座を、三ツ池の指がぬるりと探った。

「嬉しいだろ？　僕のものになれるんだから」

「っあ…」

勃起した三ツ池の陰茎が、白い内腿を滑る。力の限りその腹を蹴りつけようとした時、黒い影が頭上へと落ちた。

ぬちゃ、と血を鳴らす音が、聞こえたかもしれない。だが明確に耳へと届いたのは、骨が上げる軋みだけだった。

「な、に…」

がつ、と恐ろしい音を立てて、三ツ池の体が持ち上がる。

三ツ池は、決して小柄ではない。だが見開いた視界のなかで、たった一本の腕が三ツ池の頭を摑み、無造作に引き上げるのが見えた。

床から浮き上がった爪先が、揺れる。その異様さ以上に、獣のような息を吐く影にこそ視線を奪われた。

視界を覆うように立つそれは、まるで血にまみれた夜そのものだ。夜よりも重く、動かしがたい実体を伴ってそこにあった。

「軍司…、君…」

血にぬれて立つ男の胸板を、鉄の矢が真っ直ぐに貫いている。てらてらと光るそれは、確かにそこにあった。

呑まれたように、その場にいる誰しもが一つの影を仰ぎ見る。音が消えた世界のなかで、太い腕が三ツ池の体を横凪ぎに放った。

「ぎゃッ」

投げ捨てられた体が、ごきん、と音を立てて床へと落ちる。奥歯が凍るような、音だ。ただ床へと崩れる、そんな響きではない。骨が砕け、押し潰される不穏さがありありと音に混じった。

「うぁ、ああ…」

恐怖が、男たちを一息に凍りつかせる。

誰の目にも、この瞬間が一秒前の世界とはまるで違うことが理解できた。

ほんの数秒前まで、彼らは捕食者だった。イヴを食らい、傷つける立場にあった。だが、今は違う。懇願の代わりに上がったのは、ぬれた雑巾(ぞうきん)を叩きつけるような音だ。べちゃりとしめった音を立てて、塔野の肩を押さえつけていた男が吹っ飛ぶ。

文字通りに、吹き飛んだのだ。先程生徒たちを殴りつけ、ぶちのめした鷹臣の掌も十分に剛力だった。だが、今目の前に立つ男はそれとは違う。

化け物。

誰かが、そう叫んだ。

怪物。

月明かりを浴びて、暗緑色の眼が光る。その輝きは、果たして人の身に許されたものだろうか。

悲鳴と、泣き声。どっと弾けた全てが、暴風みたいに世界を掻き混ぜた。

濃さを増す血の匂いのなかで、瞬く。

神は、自らの姿に似せて人を創った。

そんなものは、使い古された決まり文句だ。

アダム。

最初に生まれ出て、最も正しく神の姿を写し取った者。

言葉の意味を、初めて理解する。

左の薬指が、鈍く痛んだ。


光が、揺れる。

薄く開いたカーテンを引こうとして、塔野は息を詰めた。

がっしりとした手が、伸びる。腕を摑まれた事実より、塔野はその力にこそ驚いた。

「君…！　大丈夫か、急に起き上がったりして」

白い寝台に、男が横たわっている。正確にはそこで眠っていたはずの鷹臣が、身を乗り出して塔野を摑んでいた。

いくつもの機材が並んだ、病室だ。一見すれば清潔な病院の一室のように見えるが、厳密には違う。ここは志狼が関係する、研究施設の一つだ。少なくとも、塔野はそう聞かされていた。

「待って、今看護師さんを呼ぶから」

慌ててナースコールを押そうとした塔野を、強い力が引き止める。寝台で体を起こした鷹臣が、がっちりと塔野の腕に指を食い込ませていた。

「…ぁ」

急に、動かない方がいい。そう口にするのを待たず、鷹臣の手が頬へと伸びた。恐る恐ると、そう呼んでいいのか。塔野の腕を摑み引き寄せる力に反し、男の指先が見せたのは躊躇だ。

あの、鷹臣が。

実力に裏打ちされた傲慢さを隠すことなく、敵対する相手には拳を振るうことさえ厭わない男が、その指先を迷わせるのか。

「っ…」

痛みが、走ったわけではない。だが鷹臣の指が頬に触れた時、塔野は思わず肩を竦めていた。撲たれたように、鷹臣が指を引っ込める。

「…悪ぃ」

男が辿ろうとしたのは、頬骨だ。肉づきの薄いそこには、紫色に変色した鬱血が生々しく浮いている。言うまでもなく、殴られた痕跡だ。

頬骨だけではない。塔野の唇の端は切れ、いまだ痛々しい血の色を鮮やかにしている。癒えきっていないそれを凝視した鷹臣の双眸が、苦く歪んだ。

「…悪かった。守ってやれなくて」

何故君が、そんな声を出すんだ。

そもそも塔野の怪我など、ものの数には入らない。目の前で病衣に包まれ、点滴に繋がれる鷹臣こそが気遣われ、謝罪を受ける立場なのは明白だった。

「なに言ってるんだ、軍司。君のお蔭で、僕は…！」

振り返るなら、もうそれは三日も前のことだ。

山の奥に建つ名門校で、騒ぎが起きた。連休の初日に、夜の校舎で事故があったのだ。無論あれが事故などでないことを、塔野はよく知っている。だがあの夜の結末は、それ以外の言葉では説明することが難しかった。

「塔野」

低く絞り出された声に、肩がふるえる。

それは頬骨へと触れられ、息がもれてしまったのと同じだ。痛みがあったわけでも、警戒したわけでもない。だがちいさく跳ねた睫の動きを、鷹臣はどう読み取ったのか。暗緑色の双眸に、痛みにも似た影が走った。

「軍…」

「俺が、怖いか？」

点滴に繋がれた体で、鷹臣が塔野を見る。

怖いか、と。

確かに特別プログラムの最中、鷹臣を脅威に感じた瞬間は何度でもあった。体中の骨がばらばらになりそうな声で一喝されれば、誰であろうと身が竦む。だがそんなものは、今男が問う言葉の意味とは違うはずだ。

「僕は…」

「心臓の半分なんてのは、鎮痛剤と同じ。クソみてえな現実を誤魔化す、与太話だと思ってた」

皮肉のない唇が、告げる。頷くこともできず、塔野は左右がきれいに揃った鷹臣の唇を見た。

「だが塔野。お前は俺の心臓の半分だ」

続けられた声音には切迫した希求もなければ、甘い感傷もない。ただ動かしがたい現実を見据える双眸が、塔野を映すだけだ。

「お伽噺じゃねえって、言いてえんだろ？」

プログラム関連の授業でその言葉を耳にするたび、莫迦莫迦しいと思ってきた。心臓の半分なんて、イヴの犠牲を美化しアダムの独占欲を正当化する夢物語だ。鷹臣が言う通り、それは痛みを誤魔化す以外効果のない、お伽噺のはずだった。

「そうだとしても、お前も見たはずだ」

重ねられた言葉に、きしりと左の胸が痛む。

見た。

確かにあの夜、塔野は見た。

三日前の夜、我を忘れた生徒たちに塔野は襲われた。裸に剥かれ、殴られる以上の屈辱と暴力を受けそうになった。それを救おうとしてくれた鷹臣もまた、血を流した。

目の前の男の胸を貫いた、鉄の色。

網膜に焼きついた光景に、今だって指先が冷たくなる。噴き出した血の熱さも鉄の匂いも、全ては夢ではあり得なかった。

「俺も、見た」

興奮を差し挟まないそれは、やはり事実を口にしているにすぎない。

「他の奴にとっての心臓の半分なんてものがなんなのか、俺には分からん。だが俺自身についてなら、分かる」

お前が、それだ。

繰り返されて、指先がふるえた。

その可能性を初めて聞かされたのは、やはり三日前の夜のことだ。

鷹臣は、心臓の半分を得たんだろう。

混乱のまま運び込まれたこの研究施設で、志狼にそう告げられた。なんの話か、まるで理解なんてできない。

あんなに、血が流れたのだ。

塔野を守るため、鷹臣は左胸に傷を受けた。致命傷だ。どう取り繕っても、その事実に変わりはない。目の前が、赤く濁った。全身ががくがくとふるえて、血潮が顳顬を叩く。軍司。名前を呼んだ塔野の目の前で、あれは起きた。

血だ。

鷹臣が流し、失ったものと比べることはできない。だが噎せ返る鉄の匂いのなかで鷹臣は立ち上がり、そして新しい血を校舎にこぼした。鷹臣自身の血ではない。三ツ池のものであり、塔野を襲った生徒たちの血だ。

あれは、事故などではなかった。どんな崩落事故でもガス爆発でも、あんな傷など生じるはずがないのだ。だが志狼が駆けつけ、ヘリの飛来音が近づく頃にはすでにことの顛末は事実とは異なる着地点に向け作られ始めていた。

だって、どう説明する。

目の当たりにした塔野自身にだって、信じられない。だが叫び声と、骨を砕く音。ぬれたなにかを叩きつける音が止んだ後、そこに鷹臣が立っていた。それが全てだった。

「そいつがお前にとってどんな意味を持つかは別にして、俺にとっては動かしがてえ事実だ」

病衣を身に着けていてさえ、鷹臣の体軀は否応なく人目を惹きつける。

襟のない首元に、男らしい鎖骨の影がくっきりと浮いていた。病衣に収められた背中は力強く、がっしりとした首筋から僧帽筋へと続く筋肉の流れはただただ見事だ。その首元から左胸にかけて、今は真っ白な包帯が巻きつけられていた。

目に染みるほど白いその下が、どうなっているのか。

あの夜志狼が駆けつけた時、すでに鷹臣の胸から金属の矢は抜かれていた。鷹臣自身が、その手で引き抜いたのだ。止める間などなかった。三ツ池たちを泣き喚かせ、夥しい血を流させてさえ止める術などなかったのだ。

軍司。

腕を伸ばし、左胸からあふれ続ける血を塞ぎ止めようとした塔野の目の前で、鷹臣は崩れ落ちた。それを支え、この研究施設へと搬送したのは志狼だ。その後、警察が現れたか否かも、塔野は知らない。研究所の関係者だという人間たちが鷹臣を担架に乗せ、塔野もまた同じヘリでここへと運ばれた。

混乱は、この瞬間も胸にある。

夢物語ではない心臓の半分とは、なんなのか。

鷹臣が左の胸に受けたのは、間違いなく致命傷だった。だが鷹臣は立ち続け、人にあるまじき力で血の海を作った。比喩ではない。白い大理石が黒々と染まり、そこを靴底が踏むたび上がった水音がまだ耳にこびりついている。

「お前、学校に残るんだってな」

鷹臣の言葉に、塔野はちいさく頷いた。ここへ運び込まれた鷹臣が意識を取り戻したのは、昨日のことだ。その後も慌ただしく人が出入りし、塔野が鷹臣と言葉を交わせる機会はほとんどなかった。だが面会した志狼から、大方の事情は聞かされているのだろう。暗緑色の眼に、混乱の影はなかった。

「学校じゃなくて、ここの研究機関で単位を取ることも可能だと言われたけど…」

「相変わらず汚ぇ二択だな」

鷹臣の舌打ちを、否定はできない。

連休が明けた今も、校舎への立ち入りは制限されたままだ。それも明日には解除され、授業が再開されるらしい。

生徒の不注意に端を発した事故により、不幸にも怪我人が出た。そして何人かの生徒が学園を去ることになったが、全ては終わったことだ。明日登校する生徒たちには、ただそうとだけ知らされるのだろう。

学園を去る者のなかには、当然三ツ池の名前があった。大橋がどうするかは知らされていなかったが、どんな道を選ぶにせよ彼があの夜のことを口外する日は来ないだろう。あの場に居合わせた他の誰もがそうだった。

全てが迅速に、定められた通りに処理されてゆく。

そこに、どんな力が介在しているのか。詳しく知りようはないが、この研究機関とその持ち主である軍司家が深く関わっていることは想像に難くなかった。

最初から、そうだったのか。志狼が学園に赴任した時点で、今この場に塔野が立つことすら想定されていたのかもしれない。問い質したところで、真実を得られるとは思えなかった。いずれにせよ塔野は警察から事情を聞かれることもなく、三日間をここですごしていた。

「お前が学校に戻る以上、プログラムは継続される」

低く告げた鷹臣が、塔野の左手に触れる。今度は躊躇を見せることなく、大きな掌が指先をくるんだ。

「プログラムそのものは国の事業だ。今回のケースに限れば、うちの研究部門が直接的な管理に食い込みはしたがな。だがお前が学校に戻る場合、プログラムを中止させる利点はない。お前の伴侶候補は、当然この俺だ」

薬指の爪に触れた唇が、形を確かめるように桃色のそれを吸う。

「恋人になってくれって、俺に頼んだのはお前だ塔野。解消しろって言われたところで、する気はねえがな。だったら学校に戻りたくねえって、ごねたところでそいつも無駄だ。研究所に逃げ込もうが両親を頼ろうが、逃がすつもりはねえ」

「…僕が、君の心臓の半分だからか？」

唇からこぼれた声に、ぴく、と鷹臣の指が揺れる。爪の先に落とされていた男の双眸が、塔野を見上げた。あれだけ流れた血も、今は十分に補われたのだろうか。澄んで色を濃くした双眸が、逸らすことなく塔野を捉えた。

「そうだな。そいつは一番、有効な口実になるだろうな。勿論、俺を種馬扱いしやがる連中に、事実を全部公表してやる義理はねえ。お前が俺の心臓の半分かもしれねえって、その可能性をちらつかせてやるだけで十分だろう。アダムの出生率にこだわる連中はきっと、これ以上まどろっこしいプログラムなんか必要ねえ、今すぐ結婚しろって言うだろうぜ」

三日前の夜、学園で流れた血の真実と同様に、鷹臣の身になにが起きたのか、それもまた一切が秘匿されていた。当然だ。未成年のアダムから精子を採取するような連中に、全てを開示すればどうなるか。否応なく暴かれるしかない立場ならともかく、秘匿できるのなら誰だってそうするだろう。

鷹臣たちも、それを選んだ。それだけの力が、彼らにはあるのだ。

「俺にとっては、叶ったりだ。慈悲深い俺がお前に選ばせてやれるとすれば、選択肢は二つ。今すぐ俺の妻になるか、学校に戻って恋人としてすごすか。一つ忠告してやるとすれば、俺には今すぐ結婚する気なんかねえだろうとお前は言ったが、そいつに賭けるのは分が悪いぜ？」

偽りの恋人になってくれと、それは塔野が鷹臣に持ちかけた際に口にした言葉だ。妻にしてやると言いはするが、本当はそんな覚悟ないのだろう。自分はそう、鷹臣に交渉を試みた。

「学校に戻る場合、恋人の期限を卒業までに限るって話もなしだ。今回みてえな失態は二度と晒さねえ。誰であろうとお前に指一本触れさせねえし、お前が泣こうが喚こうが毎日マーキングしてやる」

お前が俺のもんだって、お前にも周りにもたっぷり分かるようにな。

低く唸った鷹臣が、絡めた塔野の指先を引き寄せる。口づけられたのは、左の薬指だ。あの夜鷹臣の歯が残した嚙み痕が、まだそこには薄赤く残っている。

君、どれだけ強く嚙んだんだ。指に食い込んだ痛みは、大したものではなかった。ただそこに残る痕を目に映すたび、左の胸が軋んだ。今だって、そうだ。どくどくと胸を叩くそれがうるさくて、塔野は右手を握り締めた。

「お前が俺を怖ぇと思おうが、気味の悪い化け物だと思おうが構わねえ。お前の選択肢は…」

なんと、続けようとしたのか。もう一度左の薬指へと歯を当てようとした鷹臣の声が、途切れる。振り下ろされた塔野の拳が、その顳顬を撲ったのだ。

「…ッ」

ごつりと音を立てた拳に、鷹臣が双眸を見開く。構わず、塔野はもう一度拳を振るった。

「塔…」

「マーキングさせて下さい、だろ…!?」

抗議を遮り、声を張り上げる。ここが研究施設とはいえ病室であるとか、目の前の男が包帯を巻かれた怪我人であるとか、分かっていても、止められなかった。

「そもそもまずはつき合って下さい、じゃないのか…!? いや、そんなことより君、今化け物って言ったな?」

吐き出す声に、塔野こそがふるえる。

「いい加減にしろよ、軍司…ッ! 好き勝手なこと言って…! 心臓の半分を得て、完璧なアダムになるだって? なんだその完璧なアダムって。あんな大怪我をしても、生きてられることか? それで完璧だなんて、ふざけるなよ。全然完璧なんかじゃないだろ、そんなの!」

心臓の半分を得て、アダムは完璧な存在となる。

お伽噺に等しい言葉の意味を、正しく理解できる者がこの世界にはどれほど存在するのか。

左胸に致命傷を受けてさえ、鷹臣は生きていた。出血を厭わず暴れ、鉄の矢を自らの手で引き抜きもした。

矢に射貫かれた痕跡は、確かにある。だがそれはすでに治癒が始まっていたと、そう教えてくれたのは志狼だ。

特別な、アダム。神に似せて創られたアダムのなかでも、特にその血を濃く受け継ぐ者。飛び抜けた身体能力も明晰な頭脳も、アダムはセトとは一線を画した。だが神に等しい心臓を持つ者など、この目で見てさえ信じられなかった。

「俺が怖いかって、君、聞いたな？　怖いよ。怖いに決まってるだろ！　あんな…」

声をふるわせた塔野に、暗緑色の双眸が歪む。それにさえ心臓が騒いで、塔野は大きく首を横に振った。

「君が、あんな怪我をするところを見たんだぞ⁉　僕なんかのために…！　怖くないわけがないだろう！　君が、怪我を…！」

鼻腔を刺す痛みを、殺しきれない。

左手に絡む指で引き寄せられ、抗おうにも足元がふらついた。大きく傾いた塔野へと、病衣から伸びる腕が絡む。引き寄せられるまま深く屈んだ塔野の頬を、男の両手がそっとくるんだ。

「あ…」

目の下を辿った鷹臣の指を、あたたかなしずくがぬらしている。涙だ。止めようもなくあふれたそれが、ぽた、としずくを結んで男の膝先に落ちた。

「塔野」

名を呼ばれ、鼻腔の痛みがひどくなる。

三日前、塔野は担架に乗せられた鷹臣を目の当たりにしてさえ涙をこぼさなかった。どんな理由から流れるものであれ、自分が泣いていい道理を見つけられなかったからだ。今なら、それが許されると思ったわけではない。だがこうして起き上がり、口を開く鷹臣ときちんと話すのはあの夜以来なのだ。安静にさせなくてはと分かっていても、一度口火を切ってしまえば抑えが効かない。崩れそうに足元がふるえて、堰を切ったように涙があふれた。

「化け物だなんて、誰が思う…！　そんなこと言うのは、君だって許さないぞ…！　君は、僕を助けてくれた。君を騙して、裏切った僕を…！」

それが、全てだ。

塔野は鷹臣を利用し、裏切った。それにも拘わらず、鷹臣は塔野のため傷を受けた。心臓の半分か否かなど、関係がない。生き残ったのは、ただの幸福な結果にすぎないのだ。あのまま鼓動が止まっていても不思議はなかったし、鷹臣自身にもその覚悟はあったのだ。

そんな覚悟、しないでくれ。

身勝手だと分かっていても、叫んでしまいたくなる。流れたのは、鷹臣の血だ。僕を助けた、彼の血だ。そしてそれ以外の血も、多く流れた。

俺が怖いかと、鷹臣は尋ねた。

怖いに決まってる。

大理石に広がった血溜まりを蹴散らし、生徒たちの骨を砕く男を自分はただ見上げるしかできなかった。怪物。誰かが上げた悲鳴が、鼓膜に焼きついている。

だが悪夢を煮詰めたようなあの夜で、一際恐ろしかったのは鷹臣が撒き散らした誰かの血ではなかった。それが過剰なものであったことは事実だが、それ以上に塔野を怯えさせたのは男の左胸を貫いた鉄の矢だ。結果として命を繋ぎはしたが、鷹臣が傷を負い痛みを得たその一点が塔野をふるえさせた。

「お前にこんな怪我をさせちまったんだ、助けたうちに入んねえだろうが」

苦すぎる舌打ちが、頬骨を撫でる。まだそんなふうに、自分を責めるのか。涙に喘ぎ、否定しようとした塔野の目元を、親指の腹がそっと拭った。

「それでもお前が、少なくともこれ以上怪我せずにすんだって言ってくれるなら、俺はアダムに生まれてよかったたって、初めてそう思うぜ」

報いる、責務がある。

右手に銀色の指輪を光らせる鷹臣にとって、アダムであることは単純な福音ではなかった。塔野が真実鷹臣の心臓の半分であるのなら、男は文字通り欠けることのない、無瑕疵な心臓を手に入れたのかもしれない。自分を化け物と、恐ろしいかと尋ねた鷹臣には、それさえもまた安易な福音とは言えないのだろう。

あの夜の光景を、自らの手が掬った血のあたたかさを、鷹臣はきっと忘れてはいない。むしろ制しがたい怒りの鮮明さや、それを振るうにはあまりにも箍の外れた己の肉体に、鷹臣自身が当惑しているのではないか。

自分の心臓が、意味を変えるのだ。

生まれた時からこうだと信じてきた形と、まるで別のものになる。自分の肉体が変質する現実が受け入れがたいものであることは、意味は違えど塔野自身にも覚えのあるものだ。

それでも、よかったと言ってくれるのか。

特別なアダムであることを、辞めたいと思ったことは一度もない。あの図書室で鷹臣はそう口にしたが、特別なアダムに生まれてよかったとは笑わなかった。その男が心臓の形をねじ曲げられて尚、これを呪いではなく祝福だと初めて思えたと、そう言ってくれるのか。

「軍司…」

ありがとう。

声にしようとした唇に、やわらかな息が触れる。

後頭部を引き寄せられ、抗うことなく沈み込んだ。

「ん…」

殴られ、切れた塔野の唇と同様に、鷹臣の唇にもちいさな傷跡がある。ちゅ、と微かな音を立てて擦り合わせると、笑うような息が唇を追いかけた。

三日振りに触れる、唇だ。引き寄せられるまま二度、三度と触れ合わせた唇に、後頭部を包む手が重さを増す。うなじをさすられ、その気持ちのよさに息をもらすとぬるりと浅く舌がもぐった。

「っぁ…」

腰に絡んだ腕の力に、膝が揺れる。あ、と思った時には踏み止まれず、鷹臣に乗り上げる形で寝台へと落ちていた。

「き、君、危な…」

いかに屈強とはいえ、相手は怪我人だ。慌てて起き上がろうとした塔野を両腕で捕え、鷹臣がごろりと体を捻る。おい君、それは無茶だ。咎めようにも視界が回り、暗緑色の双眸が自分を見下ろした。

「軍…」

唇に、もう一度唇が落ちてくる。

体を起こした鷹臣が、あおむけに転がる塔野の腰を跨いだ。腹部に尻を乗せ、馬乗りになったりはしない。片膝をついた鷹臣が、投げ出されていた塔野の左手を取る。

「俺と、つき合って下さい」

恭しく、左の薬指へと唇で触れられた。映画でなら、見たことがある。逆に、映画でしか見たことがない。跪(ひざまず)いて愛を請う、あの姿勢だ。

「つき…」

「言ったぜ、塔野。俺と、つき合って下さい」

それは確かに、先程塔野が指摘した言葉ではある。

でも軍司、君はつき合って下さいって言うけれど、全然お願いされている気がしないのはどうしてだ。ぱちぱちと目を瞬かせることしかできない塔野に、鷹臣が唇を擦り寄せた。

「返事は？」

それは、請う声ではない。応えを強請るどころか不遜にも毟り取ろうとする男の手が、胸元を撫でる。シャツを捲り、左の胸へと触れるその手を摑んだ時、白い扉が開かれた。

「…っ！」

ここは、鍵がかかる寮の部屋ではない。我に返って起き上がろうとした塔野の目に、琥珀色の双眸が飛び込んだ。

「なにやってんすかあんたッ！　怪我人のふりして未尋さん独占するとかせこすぎだろ！」

「遊馬…」

弾丸のように駆け込んできた幼馴染みに、鼻腔の奥がじんと痛んだ。無事だと聞いてはいたが、本当に怪我はなかったのか。遊馬の顔を見るのも、あの夜以来三日振りのことだ。ほっとして跳ね起きようとした塔野を、のっぷりと伸しかかる鷹臣の体が阻む。

「怪我する前から、こいつは俺のもんだぜ。それにたった今、改めて結婚の意思も確認し合ったしな」

「ま、君…ッ、確認って、ようやく交際のお願いをした段階だろ⁉」

そもそもあれは、お願いだったのか。声を上げた塔野に構わず、鷹臣が見せつけるよう捕えた左の薬指をべろりと舐めた。

「次席の候補は必要ねえ。女王効果の影響については今後も様子を見ていく必要はあるが、だからってもう三人がかりでマーキングする気はねえからな」

「知るかよ！　あんたがなんて言おうと、俺はまだ候補者なんだ。そもそも未尋さんがあんたを選んだこと自体嘘だったんだ。あんたの心臓抉り出してでも、俺は未尋さんを自分のものにする」

吐き捨てた遊馬が、鷹臣を引き剝がそうと腕を伸ばす。だがその拳が鷹臣を捉えるより、逞しい腕が遊馬を摑む方が先だった。

「遊馬、お前の熱意は認めるがここで騒ぐのは感心せんな。それに鷹臣を傷つければ、今度こそ名実共にお前は次席候補者の資格を失う」

仕方なさそうに肩を竦めたのは、志狼だ。白衣の裾を揺らした男が、尤も、と遊馬を見下ろした。

「尤もそうなっても、次席候補者がこれ以上補充されることはないだろうから、塔野君に私の子供を産んでもらえる確率が上がるわけだが」

「いい加減にしとけよクソ兄貴」

「ふざけんなよ志狼さん」

げんなりした鷹臣の罵声と、舌打ちを混ぜた遊馬の罵りとが見事に重なる。刺々しい声たちに臆しもせず、志狼が白い病室を横切った。そのままどっかりと、塔野が投げ出された寝台へと腰を下ろす。

「ふざけてなどいない。なんと言っても我々は一途な生き物だ。この胸の内がどんなものか、切り開いて見せる覚悟があるのは鷹臣一人じゃないということだ」

硝子越しに双眸を細めた志狼が、鷹臣の手から塔野の左手を奪う。指を絡められ、引き寄せられた先は左の胸だ。白衣越しにも分かる厚い胸板へと左手を導き、志狼がその指先に唇を押し当てた。

「さっさと俺を選べ、塔野」

にや、と笑った志狼に、叫びを上げた遊馬が床を蹴る。未尋ちゃんに触るな、と叫んだのか狸親父と罵ったのかはよく分からない。胸に押し当てられていた手ごと、鷹臣に抱き取られたからだ。

「軍…」

点滴に繋がれているはずの男の手が、シャツの裾を摑んでくる。重い体に乗り上げられ、シャツからいくつかの釦が飛んだ。

「ちょ、君、な…、点滴、点滴…っ」

「なにって、クソ野郎共がびびって勃たなくなるくれえ、マーキングしまくるに決まってんだろ」

断言した鷹臣の双眸が、剣呑に光る。

やめろ、と叫んだ塔野の顳顬に、あたたかな唇が落ちた。志狼からのキスに驚けば、無防備な脇腹を幼馴染みに撫でられる。牽制するよう、鷹臣の舌がべろりと左の薬指を舐めた。

「マーキングさせて下さい。お願いします」

だから君、それ全然お願いになってないぞ。

咎めた塔野の指のつけ根に、甘い痛みが食い込んだ。罪の果実みたいに、囓られる。

あとがき

この度は『アダムの献身 イヴの恍惚』をお手に取って下さいましてありがとうございました。

ある日突然、お婿さん候補（×３人）と繁殖実習をさせられることになった受君のお話です。お婿さん候補が三人もいたり、繁殖実習だったりと相変わらずけしからん点しかない本ではありますが、広いお心でお読み頂けますと嬉しいです。

今回も素敵な表紙に挿絵、そして四コマまで描いて下さった香坂さん、本当にありがとうございました！　美人な受さんから、美男なお婿さん候補（×３人）までたくさん描いて頂けて嬉しかったです。可愛くもかわいそうな四コマもありがとうございました！

無茶なお願いを、今回も全力で受け止めて下さったなお様にも心より感謝申しあげます。なお様に励まして頂き、なんとか最後まで到達することができました。

そして暗き海に一緒に船出下さったT様。海が暗いのではない、お前が暗くしておるのだ的私の駄目さ加減に戦かれること多数でいらしたと存じますが、最後まで濃やかに、そして力強く導いて下さいまして本当にありがとうございました。

あとがき

最後になりましたが、この本をお手に取って下さいました皆様に心からお礼申し上げます。振り返れば、複数モノのエロ（本命的、本番的な意味で）なるものは今回初めて書かせて頂くものであり、今までも日々受の人と攻の人のエロい事情について妄想したり文字にさせて頂いてきたつもりでしたが、まだまだ登ったことのない山の多さその高さを思い知り、ＢＬ奥深い、そして尊いとつくづく思いました。

一人でも手を焼く重い愛情の持ち主である攻たち（×３人）に、寄って集って愛される受君のお話の続きなど、また書かせて頂く機会を頂戴できましたらこれ以上嬉しいことはありません。是非応援してやって下さい。ご感想などお聞かせ頂けましたら、飛び上がって喜びます。

またどこかでお目にかかれる機会がありますように。最後までおつき合い下さいましてありがとうございました。

篠崎一夜

香坂さんと共同で、活動状況をお知らせするサイトを制作頂いています。よろしければお立ち寄り下さい。http://sadistic-mode.or.tv/（サディスティック・モード・ウェブ）

アダムの性欲 イヴの策略

Adam's devotion and Eve's ecstasy

Illustration by Tohru Kousaka

香坂 透

アダムの性欲 イヴの決心

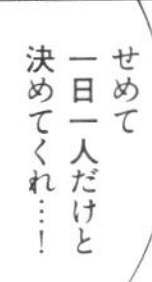

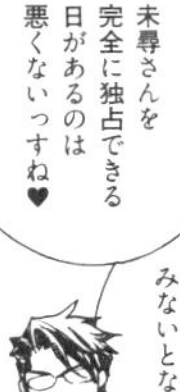

Adam's devotion and Eve's ecstasy

Illustration by Tohru Kousaka

香坂 透

悪い奴ほどよく眠る

わるいやつほどよくねむる

篠崎一夜

イラスト：香坂透

本体価格970円+税

繊細な美貌を持つ高遠奏音は、十六歳の冬に事故に遭い、意識を取り戻さないまま、九年間眠り続けていた。奇跡的に目覚めた時には、奏音の知る世界は姿を変えてしまっていた。家も身寄りもなくしたなか、唯一そばにいてくれたのは、高校時代の親友であり今は医者となった東堂神威。かつての面影以上に、逞しい肉体と端正な容貌の持ち主となっていた姿に戸惑いながらも、奏音は彼に請われ東堂の元で暮らすことになる。だがその夜、自由にならない肢体を隅々まで暴かれたことに驚愕した奏音は、東堂から「すべてを俺に世話されることに慣れろ」と肉欲を伴う愛を囁かれ——。

リンクスロマンス大好評発売中

悪い奴ほどよく喋る

わるいやつほどよくしゃべる

篠崎一夜

イラスト：香坂透

本体価格 930 円+税

俺の最優先事項は、お前と繋がることだ——。奇跡的に目を覚ました高遠の目下の悩みは晴れて恋人同士となった東堂神威の過剰なまでの愛情表現にあった。端整な容貌と医師としての名声を兼ね揃えた東堂は逞しく、高遠はいまだその全てを受け入れ、繋がることができずにいたのだ。時と場所を選ぶことなく愛を囁き、誂えたようにぴったりと、俺に馴染む体に作り替えてやる、と卑猥な玩具までを使って自分を拓こうとする東堂に羞恥と戸惑いを覚える高遠だが獰猛な魅力を持つ恋人に、身体は次第に慣らされていき…。

LYNX ROMANCE

小説原稿募集

リンクスロマンスではオリジナル作品の原稿を随時募集いたします。

募集作品

リンクスロマンスの読者を対象にした商業誌未発表のオリジナル作品。
（商業誌未発表のオリジナル作品であれば、同人誌・サイト発表作も受付可）

募集要項

<応募資格>

年齢・性別・プロ・アマ問いません。

<原稿枚数>

４５文字×１７行（１枚）の縦書き原稿、２００枚以上２４０枚以内。
※印刷形式は自由。ただしＡ４用紙を使用のこと。
※手書き、感熱紙不可。
※原稿には必ずノンブル（通し番号）を入れてください。

<応募上の注意>

◆原稿の１枚目には、作品のタイトル、ペンネーム、住所、氏名、年齢、電話番号、メールアドレス、投稿（掲載）歴を添付してください。
◆２枚目には、作品のあらすじ（４００字～８００字程度）を添付してください。
◆未完の作品（続きものなど）、他誌との二重投稿作品は受付不可です。
◆原稿は返却いたしませんので、必要な方はコピー等の控えをお取りください。
◆１作品につき、ひとつの封筒でご応募ください。

<採用のお知らせ>

◆採用の場合のみ、原稿到着後６カ月以内に編集部よりご連絡いたします。
◆優れた作品は、リンクスロマンスより発行させていただきます。
原稿料は、当社既定の印税でのお支払いになります。
◆選考に関するお電話やメールでのお問い合わせはご遠慮ください。

宛先

〒151-0051
東京都渋谷区千駄ヶ谷４－９－７
株式会社　幻冬舎コミックス
「リンクスロマンス　小説原稿募集」係

この本を読んでの
ご意見・ご感想を
お寄せ下さい。

〒151-0051
東京都渋谷区千駄ヶ谷4-9-7
(株)幻冬舎コミックス　リンクス編集部
「篠崎一夜先生」係／「香坂透先生」係

リンクス ロマンス

アダムの献身 イヴの恍惚

2018年2月28日　第1刷発行

著者…………篠崎一夜
発行人…………石原正康
発行元…………株式会社　幻冬舎コミックス
〒151-0051　東京都渋谷区千駄ヶ谷4-9-7
TEL 03-5411-6431（編集）
発売元…………株式会社　幻冬舎
〒151-0051　東京都渋谷区千駄ヶ谷4-9-7
TEL 03-5411-6222（営業）
振替00120-8-767643
印刷・製本所…株式会社　光邦
検印廃止

ISBN978-4-344-84169-7 C0293
Printed in Japan

幻冬舎コミックスホームページ　http://www.gentosha-comics.net